影匿者

金凌云 —— 著

中国 友谊出版公司

图书在版编目（CIP）数据

影匿者 / 金凌云著. -- 北京：中国友谊出版公司，2019.11

ISBN 978-7-5057-4856-9

Ⅰ.①影… Ⅱ.①金… Ⅲ.①长篇小说－中国－当代 Ⅳ.① I247.5

中国版本图书馆CIP数据核字（2019）第246195号

书名	影匿者
作者	金凌云
出版	中国友谊出版公司
发行	中国友谊出版公司
经销	北京时代华语国际传媒股份有限公司　010-83670231
印刷	唐山富达印务有限公司
规格	880×1230毫米　32开 9.5印张　220千字
版次	2019年11月第1版
印次	2019年11月第1次印刷
书号	ISBN 978-7-5057-4856-9
定价	40.00元
地址	北京市朝阳区西坝河南里17号楼
邮编	100028
电话	（010）64678009

目录

引　子　匿者希声 / 001

第一章　大笑 / 004

第二章　大惊 / 026

第三章　大悲 / 048

第四章　大贼 / 071

第五章　大义 / 096

第六章　大赏 / 122

第 七 章　大苦 / 145

第 八 章　大烈 / 171

第 九 章　大爱 / 194

第 十 章　大变 / 217

第十一章　大谎 / 243

第十二章　大白 / 270

尾　　声　教我如何不想她 / 298

引子　匿者希声

这件事情发生在一九三五年秋天，落叶时节。

那时候我二十岁，刚刚大学毕业，在天津的一家报馆谋到了一份当记者的差事。

我也不知道为什么要当记者。如果再给我一次机会的话，也许我会选择另一种行当，警察、作家、律师……谁知道呢？生活就是无数让人头疼的选择叠加在一起，但大多数时候，人们别无选择。那时候我还年轻，精力充沛，成天在街上游荡，脑子里充满各种不切实际的幻想，喜欢听别人讲故事，也喜欢给别人讲故事。有一天我买了一份报纸，无意中看到了招聘广告，于是头脑一热……就这么简单。

你问我当记者需要什么，就像农民手里的镰刀，铁匠手里的锤子，士兵手里的枪……如果去当记者，你需要的是一支笔。在我刚满周岁还是个婴儿的时候，大人们聚在一起玩了一个游戏，他们在我周围精心放置了许多物件，兴致勃勃或紧张兮兮地看着我，就像看马戏团的动物表演。他们赋予那些物件许多意义，每一样都代表一种宿命。也许他们希望我扑向那只象征官位的印章，或者象征财运的算盘，或者至少是象征口福的鸡腿……结果我挑中的却是一支钢笔。所以说，这算不算我的宿命？重来一次的话，也许我会选那把玩具手枪，至少它看起来比一支钢笔更有趣。但生活就是这样，大多数时候你不会有机会重来一次。

关于记者，有人称其为"新闻的挑夫"，也有人称其为"名誉的刺客"，还有人称其为"无冕之王"……我不知道这些"称号"是什么意思，我也不知道它们有什么意义。我只知道，记者就是记者，是听故事的人，也是讲故事的人。那时候有一种人叫"包打听"，他们干的活儿有点像后来的私人侦探，专门替花钱雇用他们的人打探消息。记者这个行当和他们有些类似。不同的是，"包打听"往往只需要对一只或几只耳朵说话，记者却需要对所有的耳朵负责。我想，这也许就是"消息"和"舆论"的区别。这种区别让我感受到了某种权力。现在的我可以说对权力又爱又恨，但我不得不承认，年轻的时候，我曾经很享受权力带来的愉悦。

很长时间里，我都没能搞清楚当记者究竟算体力劳动还是脑力劳动。如果是脑力劳动，为什么要终日奔波、疲于奔命？如果是体力劳动，又为什么要舞文弄墨、殚精竭虑？

不管怎么说，在那个年代，收音机还算得上新鲜物件，并不普及，电视机也只是个神秘的传说，更不用说遥不可及的电脑和手机。人们想要获得更多的消息，除了道听途说，只能依靠报纸。那时候识字的人只有少数，所以在多数人眼里，能在报纸上写字的都算得上文化人。总之，我的个人感觉，在报馆当记者算得上一份比较体面的差事。

我所在的《卫报》，那时候在天津算是相当不错的报纸了。你问我怎么区分一份报纸的好坏，最简单的方法，就是在最短的时间内浏览一遍报纸上登载的广告。如果它成天刊登那些肛瘘、脚气或性病广告，那它就是小报。那时候有许多这样不入流的小报在街头叫卖。《卫报》和它们不一样，它算得上很有品位，是大报。

关于我的情况，就是这些：二十岁，风华正茂，在天津《卫报》当记者，自我感觉良好……差点儿忘了告诉你，我叫萧原，萧条的萧，原野的原。你记不住也没关系。在我要讲的这个故事里，我充其量只是个配角，主角另有其人。不过，我也并不是无足轻重、可有可无。如果没有我，就不会有人知道这个故事。

这个故事包括一个年少轻狂的警察、一个任性多情的女大学生、一个沉默寡言的保镖和一个初出茅庐的记者，也包括爱恨、生死、贫富、穷通……我想，这些也许就是生活的全部。这是我们的故事，关于真相，关于命运。当然，还有爱情。

现在我已经很老了，经常记不住事情。但是，即使再过八十年，我也不会忘记这个故事，不会忘记他们的名字，不会忘记他们微笑、流泪或者愤怒时的样子。多年以来，我经常回想起关于这个故事的一切，回想起这个故事里的每一个人、每一句话、每一个细节。如果我想不起来了，我就去翻看那些老旧的报纸。当记者有一个好处，就是可以把自己经历过的重要的事情写在报纸上。掸去尘土，那些人和事就会重新浮现在眼前，栩栩如生，一切仿佛就发生在昨天……

第一章　大笑

1

那天晚上，我做了一个梦。

在梦里，我走进了一条巷子。那巷子很窄、很深，黑漆漆的，一眼望不到头。我不知道自己为什么要来这里，也不知道要去哪里。我只是感觉很孤独，还有一点恐惧。一阵冷风吹过，我打了个寒战，然后发现一个人影鬼魅般出现在我眼前。那是个蒙面人，他很高大，也很冷漠，一言不发，锋利的刀刃指向我的胸口。短暂的惊吓过后，我放弃了反抗或逃走的冲动。即使是在梦里，我仍然有清醒的意识。我知道，与一个身强体壮的劫匪狭路相逢，最明智的做法就是服从。我几乎掏空了所有口袋，其中最值钱的不过是一块怀表。奇怪的是，他对那怀表视而不见，对银圆也不感兴趣，唯独挑中了我的钢笔。然后他就像烟雾一样消失得无影无踪，只留下我还站在原地发呆。

一个拦路打劫的匪徒，为什么需要一支笔？对我来说，失去这支笔又意味着什么？谁能告诉我，这个梦到底是凶还是吉……整个早晨我都很恍惚，一直在思索这些奇怪的问题，以至于在电车上坐过了站。当我狂奔到报馆的时候，乔先生已经等得有些不耐烦了。

我们的报馆在海河西岸，距离万国桥不远。那是一座二层小楼，有着灰色外墙。在法租界，这样的西洋小楼并不起眼，真正引人注目的是门口的"卫报"招牌和聚集在这座小楼里的人们。在天津，他们当中的许多人都算得上文化名人，其中最有名的就是乔先生。

乔先生是我的师父。"师父"的意思就是，他不仅是我的职业导师，也是我的人生导师。他叫乔振邦，四十多岁，戴金丝边眼镜，很斯文，说话永远慢条斯理。在报馆，他的头衔是"主笔"。他是个大人物。那是个乱世，各种势力，无数纷争，报馆则不得不经常表明立场。一般情况下，但凡需要表明立场的文章大都由乔先生执笔。我读过他的文章，感觉非常好。在我印象最深的一篇文章里，他把当局的一位高官比作老鼠，极尽嘲讽。这让他摊上了一场官司。尽管官司最后输了，乔先生不得不登报致歉，但我始终认为那个关于老鼠的比喻很形象，也很恰当。我到报馆应聘的时候，乔先生恰好是我的面试官。他的温和与儒雅给我留下了极其深刻的印象。当然，我给他留下的印象也不错。因此他聘用了我，并且让我充当了他的助手。这是一个很好的开始。从此，我告别了浑浑噩噩的日子，立志要成为像乔先生那样的人。

我向乔先生表示了歉意，也解释了我迟到的原因。如我所料，乔先生对我的怪梦表现出了足够的兴趣，并且以他睿智的头脑洞悉了其中的奥秘。那是我第一次听说"弗洛伊德"这个洋人的名字，也是我第一次听说"潜意识"这个舶来词。

"梦，是潜意识的反映。"乔先生说，"潜意识里，不是欲望，便是恐惧。你呢，是欲望，还是恐惧？"

我有许多欲望，但我看不出一个路遇劫匪的梦和欲望有什么关系。那么，我为什么恐惧，就因为一支笔？它并不稀有，也不贵重。当然，它还算是有些来历。关于它的来历，我在"抓周"的故事里提到过。那只是一个古老的游戏，对我来说，除了日久生情，它并没有什么特别的意义，我为什么要恐惧？

"对一个士兵来说，最重要的是什么？"乔先生问我。

"枪！"

"记者呢？"

我并不愚蠢，很快就明白了乔先生的意思。他不止一次告诉我，对一个记者来说，笔就是武器，同样是权力的象征，同样可以主持公义，替天行道，惩恶除奸……这些话曾经让我热血沸腾，但是现在，我忽然感到一阵惶恐。我联想起了"抓周"和"宿命"的关系。我感到冥冥之中似乎有人想要掌控我的命运。在这个关于"恐惧"的话题里，这才是我真正感到恐惧的时刻。

乔先生大概感受到了我的恐惧，他安慰地冲我笑笑，拍了拍我的肩膀。

"看好你的笔，不要让它落到别人手里！"他说。

我下意识地摸了摸口袋，确认我的钢笔还在，然后跟着乔先生走出了报馆。

2

乔先生有两间办公室，一间在报馆，一间在茶馆。除了休息日，他几乎每个白天都泡在茶馆里，直到天黑才回到报馆去写他的文章。这是他的习惯。

那时候报馆还没有热线电话，记者们想要获得新闻线索，只能各显神通。新来的人大都会去"扫街"，就是到大街上四处扫荡碰碰运气，遇到值得写在报纸上的事情就停下来。有些资历的人会选择"社交"，就是想方设法多认识一些消息灵通的朋友。根据我的经验，消息灵通的朋友往往都爱喝酒。乔先生当然不会去"扫街"，他也不爱喝酒，所以他的方式就是"泡茶馆"，十年如一日，风雨无阻。他在茶馆里很受欢迎。当他走进茶馆，你会听到一阵和他打招呼的声音，此起彼伏，应接不暇，经久不息。那时候"先生"这个称呼不是随便叫的，那代表了一种身份或者地位。人人都认识乔先生，人人都尊敬他。当然，乔先生也很尊重别人。无论男女，无论老幼，无论穿得体面或不体面，乔先生都很温和，脸上永远保持耐心的微笑。这是他的风格。如果你不认识他，你无法把他的样子和报纸上那些言辞犀利的文章联系在一起。我想，他好像只会在报纸上发作，即使是发作，也只会针对那些值得他发作的人和事。

　　你大概读过老舍先生的《茶馆》，乔先生常去的茶馆就是那样的，有十几张桌子，谈笑风生的茶客，忙忙碌碌的伙计。茶馆的确是个好地方，什么人都有，谈论的话题五花八门，家长里短，街市奇谈，真真假假，天上地下……很多人喜欢和乔先生聊天儿，其实他们真正的目的并不是这个。有些人是因为遇到了麻烦，想让乔先生替他们在报纸上主持公道。还有人干脆把聊天儿当作一门生意，把茶馆当成了贩卖消息的集市。如果他们提供的消息登在了报纸上，他们会得到一些打赏。乔先生总是那么慷慨。但是我知道，这个上午不会有人得到打赏，一个铜板也不会有，因为他们的消息实在是……虽然我只是乔先生的助手，只需要把他们的谈话内容记录在纸上，尽量不插嘴，但我又不是木头，我能判断一件事情到底是有趣还是无聊。举个例子，一个女人认为裁缝给她做的旗袍衩开得太高了，几乎和窑子里的那些女子一样，大腿根儿都露出来了，简直是对她人格的污辱，她要求乔先生把这件事情写在报纸上。我告诉你，这算是其中最真实、最有趣的事情了。她哇啦哇啦说了很多，我的手都写酸了，流露出掩饰不住的烦躁。等她发泄完了，我又想发泄了。我不知道为什么要听这些故事，它们简直太无聊了。

　　乔先生仍然保持着他的风度。把那个女人送走以后，他很温和地对我说，如果整个上午只是发生了这些事情，那我们应该感到庆幸，因为这说明社会安定，生活如常。他还说，我们当记者的，虽然以事件谋生，但内心应该向善，不应该唯恐天下不乱。我认为他教训得很对，我为自己刚才的态度感到羞愧，同时在心里暗暗祈祷天下太平。

就在这个时候，有人跑进了茶馆。那是个人力车夫，他跑得飞快，十万火急，以至于撞倒了跑堂的伙计，但他顾不得那么多，继续向乔先生跑过来，不小心又摔了一跤，当他爬起来的时候，我听到了一个坏消息。

"罗盛昌死了！他被人杀了！罗盛昌被人杀了……"

他上气不接下气，但声音很大，震耳欲聋。就像是有人把一颗手雷扔进了茶馆，所有人都坐不住了。包括乔先生在内，所有人都很震惊，目瞪口呆。

3

如果我告诉你罗盛昌是谁，也许你就能理解人们为什么震惊。

那时候还有镖局，类似于后来的安保公司。在所有镖局里，"昌盛"这个字号最响亮，可以说人尽皆知。这个字号引申出了许多意思，比如威严、力量、平安……罗盛昌就是这个字号的创始人。和乔先生一样，他也是个大人物。据说他年轻的时候能徒手掀翻一头暴怒的公牛。尽管他已经四十多岁，要举起二百多斤的石锁仍然不在话下。你不一定要相信这些，反正我信。我以前有个邻居，外号叫柴火。他是个练家子，脾气暴躁，就像他的外号一样，一点就着。有一次，忘了因为什么，我和他发生了一点小纠纷。最后，他用拳头解决了问题。我很庆幸自己只是掉了两颗牙齿，而不是像另一个劝架的倒霉蛋那样断了两根肋骨。柴火的理想是当一名镖师，于是他去了昌盛镖局，但罗盛昌拒绝了他。他感觉很没面子，于是求职变成了踢馆。不过，这一次被打掉牙齿的是他自己。据说，整个踢馆的过程只持续了几秒钟，并不激烈，也不精彩，索然无味。

如果罗盛昌只是个大力士,这不足以说明什么。实际上,在许多人眼里,除了镖局大佬,他还是个"判官"。那时候,坊间流传着这样的说法:如果你遇到了麻烦,比如说债务纠纷,一般情况下你不愿意报官,因为报官也解决不了。这时候你有两种选择,一种是去找乔振邦,另一种是去找罗盛昌。他们都很公正,只是处理问题的方式有所不同。乔振邦的方式更适合文化人,他喜欢讲道理,即使有些人蛮不讲理,他们也并不愿看到自己像个小丑一样出现在报纸上,被人指指点点。罗盛昌的方式更粗野一些,适合那些体力劳动者,他们四肢发达、头脑简单,但有信仰,他们看见罗盛昌威猛的样子,就好像看见供在寺庙里的关公。相信我,心存敬畏的人一般不敢说谎。所以,罗盛昌和乔先生一样受人尊敬,在黑白两道都吃得开。

关于罗盛昌,流传最广的是另一个故事。那时我还没当上记者,有一次我从报纸上看到了这个故事:一个夜晚,一伙匪徒洗劫了一家商号,但没能捞到多少油水,于是带走了掌柜家的婴儿。商号已经破产,倒霉的掌柜没钱赎票,想要报官又担心撕票,只好求助于罗盛昌。罗盛昌当然不会坐视不管,他通过乔先生在报纸上放出消息,限绑匪三天之内放人。两天之后的早晨,天还没亮,镖局看门人忽然听到门口传来了婴儿的啼哭……就这样,罗盛昌成为人们心中的英雄。那是个人人自危的乱世,人们最需要的就是英雄。

现在,这位人人敬重的英雄死了,而且死于谋杀,这当然算得上爆炸性新闻。你可以想象人们听到这个消息时脸上的表情。

乔先生就是那样的表情。他的眼睛瞪得很大,嘴巴微微张开,暂时忘记了呼吸……这个表情维持了几秒钟,他很快恢复了镇定,也恢复了风度。他一言不发,拿起帽子,穿过嘈杂的人群走出了茶馆。

4

我承认，当我听到这个坏消息的时候，除了震惊，还有些亢奋。也许是职业习惯，每当生活中有打破常规的事情发生，我都会感觉亢奋。我知道这样不好，但我无法控制自己。我希望你能理解，当记者的总是希望能经历一些大事件，尽管我也不希望那些事情发生。和所有人一样，我最好奇的是：谁杀死了罗盛昌？为什么？

消息已经传开了，昌盛镖局聚集了许多人。警察把他们挡在门口，因为他们都是来看热闹的闲杂人等。但乔先生不是闲人，那些警察都知道他是谁，也知道他是总探长的朋友，所以他们很给面子，很有礼貌地把路让开了。

镖局有个前院，院子很大，大概就是镖师们习武的地方。可以想象平时的热闹场面，一群肌肉发达的年轻人聚在一起，生龙活虎，喊声震天……但是现在，他们被警察看管着，蹲在院子中央的旗杆底下。"昌"字旗仍然在头顶飘扬，他们却不见了往日的神采，一个个目光呆滞、垂头丧气。

我们穿过前院，来到了主楼。这是一幢灰色的中式建筑。它既是罗盛昌的办公楼，也是他和家眷的住宅。门口悬挂着大大的"昌"字牌匾。太阳明晃晃的，这块曾经的金字招牌，现在看起来暗淡无光。当我们迈上台阶的时候，遇到了雷万钧和他的助手沈沫。

雷万钧就是总探长。他四十多岁，皮肤很黑，脸上的肌肉紧绷，法令纹很深，目光凌厉，不苟言笑。他是个传奇，毫不夸张。那时候我崇拜的人不多，乔振邦算一个，罗盛昌算一个（可惜已经死了），雷万钧也算一个。在知道福尔摩斯之前，我只知道雷万钧。他的名字经常出现在报纸上，总是和那些奇怪的案子联系在一起。人们提起他总是啧啧惊叹。就连在报纸上一贯嬉笑怒骂的乔先生，提到他的时候也总是不吝赞美之辞。雷万钧是个不折不扣的

"神探"，在他手里告破的案子不计其数。当然，他只负责大案子，尤其是杀人案。

有一次，海河里忽然漂上来一具浮尸，没有人知道他是谁，因为他没有脑袋。这是一个真正意义上的无头悬案。要知道，那时候没有指纹比对，没有血型鉴定，没有基因检测……什么科技手段都没有。所有人都认为雷万钧不该插手这个案子，这会毁了他的一世英名。但是，雷万钧只用了五天就把案子破了。五天！最初的线索，就是死者右手食指指肚上的老茧。雷探长认为，那是赌徒的印记。打过麻将的人都知道，有些人总是喜欢在抓牌的时候盲搓。事实证明，他的判断是正确的。他们用了两天时间到各个赌馆排查失踪的赌徒，接下来的两天排查凶手。第五天凌晨，他们在一间赌馆里抓到了凶手，并且在凶手的指引下，从一口枯井里找到了那颗人头。

这个故事也与沈沫有关。报纸上说，抓捕过程中发生了激烈搏斗，凶手挥舞着砍刀，气势汹汹地嚷嚷着鱼死网破，五六个警察竟然都拿他无可奈何……直到沈沫出现。据说雷万钧年轻的时候动手能力很强，但随着年岁渐长，他越来越依赖他的头脑，体力活儿一般都交给别人去干。那个人往往就是沈沫。

能够成为雷万钧最信任的助手，沈沫当然也不简单。他一看就是个聪明人，反应总是比别人快。他二十二岁。就长相而言，我认为他应该去当明星，而不是当警察。如果他去拍电影，我相信会有很多姑娘在银幕前尖叫。他是个美男子，高高的个子，大大的眼睛，挺拔的鼻梁……他在姑娘中间很受欢迎，尤其是他坏笑的时候。不过我更喜欢看他工作时的样子，很严肃，很专注，专注的人总是很有魅力。我认为我了解他。我和他从点头之交发展到亲密伙伴，只用了短短一个星期。我们有很多相似之处：年龄相仿，志趣相投，都有一个引以为傲的师父……这让我们成了无话不谈的朋友。

乔先生和雷探长应该也是这样的朋友。尽管年龄、身份和地位让他们看起来都有些矜持，有些客套，但我能从他们的眼神中看出来，他们相互信任，相互欣赏。我想，信任和欣赏已经足够了，他们不再需要任何亲热的表示来证明彼此的友谊。而且，他们刚刚失去了一位共同的朋友，过分亲热也不合时宜。

简单地打过招呼之后，乔先生要求看看案发现场，雷探长同意了。

案发现场就在罗盛昌的书房。书房里有一道暗门通往密室。罗盛昌仰面躺在密室的地上，闭着眼睛。如果不是插在他喉咙上的飞刀和地上的血泊，我还以为他只是睡着了。飞刀长约三寸，刀刃几乎没入咽喉，只露出圆形手柄和系在上面的一块红布。

乔先生摘下了帽子，低头默哀。我也这样做了，然后抬头看看四周。密室不大，四面无窗，靠墙的陈列柜上摆放着许多古玩，都是一些金银玉器或瓶瓶罐罐。另一面墙上挂满了字画。很多有钱人喜欢收藏，这并不奇怪。奇怪的是第三面墙，那里有一幅《钟馗捉鬼图》，它被撕成两半，露出了嵌在墙内的保险柜，柜门半开着，里面空无一物。

"你怎么看？"乔先生问雷探长。

雷探长没有回答，只是看看沈沫。我想，这大概是一个小小的测试。对沈沫来说，这是一个机会，可以用来证明他不仅有动手能力，动脑的能力也不差。

沈沫模拟了案发过程。他的口才很好，肢体语言也很丰富，活灵活现，让人感觉身临其境。在他的描述中，我仿佛看到罗盛昌活了过来，从外面走进密室，关上了暗门。然后，一个黑影悄悄地走进了书房，在密室门口耐心等待，终于等到罗盛昌打开暗门，手起刀落……他认为凶手是近距离完成刺杀，也就是说，凶手把飞刀当成了匕首，使用的动作不是甩，而是刺，否则刀口不会那么深。

乔先生最关心的问题是，凶手是谁？

沈沫的看法是：熟人作案。理由很充分：一、镖局戒备森严，日夜有人值守，而凶手来去自如，可见其熟悉环境；二、密室是镖局禁地，极其隐蔽，外人很难接近；三、罗盛昌武功卓绝，如果不是疏于防范，很难一刀毙命。

乔先生看看雷探长。雷探长点了点头。

熟人作案？

我第一个想到的就是罗太太。除了罗太太，还有谁能接近密室，又有谁能让罗盛昌失去戒备？我承认自己受到了那些小报的影响，它们最喜欢耸人听闻。在我的想象中，这基本上就是一个"蛇蝎女人谋杀亲夫"的故事。但是，当我真正见到罗太太的时候，我才知道自己错怪了她。

5

罗太太是一个可怜的女人。我想，为了蒙蔽世人，凶手也许会挤出一些眼泪，但绝对挤不出那么多眼泪。事实上，她一直在哭，根本停不下来。更重要的是，他们还有一个不到五岁的孩子，我不相信，作为母亲，她能忍心杀死这个孩子的父亲。

当罗太太终于可以说话的时候，她回答了雷探长的问题。她说，昨晚十点多钟，她和罗盛昌一起上了床，她很快就睡着了。中途她醒了一次，迷迷糊糊看到罗盛昌起床走出了卧室，她认为他只是去上厕所，所以并没有特别留意，继续睡了。早晨醒来，她发现他不在身边，也没有在意，因为他有晨练的习惯，总是比她起得早。直到早餐时，他仍然没有出现，到处都找不到人，她才感觉不对劲……她说，罗盛昌最近总是失眠，每次失眠他都会去书房待一会儿，好像只有去看看他收藏的那些宝贝，才有助于他安眠。她还说，除了她，罗盛昌从来不让人接近他的书房，外人不会知道书房里有暗门通往密室，也不会知道密室的墙上暗藏着保险柜，更不会知道保险柜里有一条足金打造的赤龙……

足金打造的赤龙？

罗太太说，它通体黄金，两尺多长，弯弯曲曲……她不懂收藏，只知道那是罗盛昌最得意的藏品，他视若珍宝，从来不向外人展示。

沈沫想看看赤龙的照片，罗太太无法提供，因为它根本没有照片。这时我就派上用场了。

每个人都有天赋，我也不例外。我的天赋就是绘画，尤其擅长素描，无论人像还是器物，我都可以画得惟妙惟肖。如果不是心血来潮当了记者，也许我还可以靠画画谋生。当然，和那些真正的画家相比，我缺少了一些想象力和创造力。不过我的本事也足够让你刮目相看。你大概听说过警察局里的模拟画像师，我的本事和他们差不多。只要你能描述出那个人或那个物件的样子，我就可以画它个八九不离十。

根据罗太太的描述，我画出了那条赤龙大概的样子。她提了一些意见，我又修改了几次，最后，她点了点头说，就是它了。

从古到今，龙的形象大致就是那样，头上长角，双目突出，爪牙锋利……实际上，除了一些花纹和细节，它的样子和我们在其他地方看见的龙并没有什么本质区别。唯一特别的是，它的额头上刻了一个字：顺。颜体，正楷，字体很小，不易察觉。

沈沫想知道赤龙的来历，罗太太说，她也很好奇，但罗盛昌讳莫如深，绝口不提。

雷探长跳过了这个话题，他还有一些更重要的问题。

罗盛昌为什么失眠？不知道。镖局最近是不是有什么麻烦？不知道。罗盛昌以前都得罪过什么人？不知道。他最近和什么人有过节？不知道。他最近接触过什么人，有没有什么人感觉不对劲？不知道……

罗太太又哭了。她什么都不知道。她说，镖局的事罗盛昌从来不让她插手，实际上她也插不上手。但是她相信，凶手一定是自己人，一定有功夫，也许就是那些镖师中的某一个。

镖师们被带了过来，一个接着一个，由雷探长亲自盘问。沈沫站在雷探长身旁，全身紧绷，虎视眈眈，随时准备动手的样子。周围的那些警察也都抓紧了手里的警棍。

这让我感到紧张。我在乔先生脸上看到了同样的紧张。雷探长大概见惯了风浪，脸上始终没有任何表情，语气也很平静，平静得就像是在拉家常："昨晚你在什么地方，什么人可以证明？"但他的目光就像鹰一样。我相信，在那样的凝视之下，没有人能守得住心里的秘密。如果在盘问中有人露出了破绽，也许会有一场恶战，也许会有人流血，甚至……

盘问结束了，没有人流血，因为没有人露出任何破绽。最后一个镖师离开之后，我松了一口气。但沈沫并没有放松，他找来镖局管家，要来了花名册，才发现遗漏了一个人。

这个人名叫闻达。花名册上显示，他只有二十三岁。据说在所有镖师中他的武功最高，内部比武从未输过，外出押镖也从无闪失，因此最受罗盛昌赏识和信赖。管家说，镖局后院的仓库里常年存放商户托管的物资，为防盗抢，每天都有镖师看守。昨晚轮到了闻达，但不知道为什么他临时找了人顶替，匆忙外出后彻夜不归，直到现在也不见踪影。结合他平时的表现，这很反常。

花名册里夹着一张罗盛昌和所有镖师的合影。如果不是有人指点，我猜不出哪一个是闻达。他和我想象中一样高大，但不如我想象中威猛。就镖师而言，他的长相似乎太过斯文，少了一些霸气。他看上去很内敛，有些憨厚，甚至还有些木讷，一点也不像个杀手。我想，人的确是不可貌相。正如沈沫坏笑的时候，一点也不像个警察。

沈沫问来了闻达家的地址。他看上去有些急躁，大概很想立刻找到闻达掰一掰手腕。雷探长当然知道沈沫的本事，但闻达也不是等闲之辈，谨慎起见，他让沈沫带上两个警察，再加上两个口口声声要为罗盛昌复仇的镖师，人手应该足够。既然人手足够，也就不在乎有人滥竽充数。于是在征得乔先生和雷探长同意之后，我跟着他们一起出发了。

这是我第一次亲历警察办案，既紧张又兴奋。一个是身手最好的警察，一个是武功最高的镖师……光是想一想就足够刺激了。我想，这将是一场真正的高手对决，而我将见证这个让人血脉贲张的时刻。如果一定要押的话，我愿意倾尽所有，把宝押在沈沫身上。

6

海河东岸有一片棚户区。那里是真正的贫民窟，从远处看就像是一片废墟。废墟中间有一条狭长的巷子，巷口坐着一位"代写书信"的先生。在他的帮助下，我们很快找到了闻达家。

土坯墙，茅草顶，纸糊的窗户，破旧的木门……仿佛一阵大风刮来，房子就要塌了。这就是闻达的家，也是我所见过的最糟糕的房子。

根据沈沫的安排，我并没有和他们一起接近这所房子，而是停在十几米外，看着他们慢慢向前走去。两个镖师绕到后面，两个警察守在前门两侧，沈沫上去敲门。我屏住呼吸，心跳剧烈，想象着一场殊死搏杀即将发生。沈沫敲了很久不见回应，于是破门而入，两个警察也冲了进去……

没有打斗声，沈沫很快走了出来，朝我招了招手。显然，闻达不在家。

走进屋子，我才明白什么叫作家徒四壁。我想，镖师的薪水并不高，因此闻达必须想别的办法来改善他的生活，而那条足金打造的赤龙能卖个好价钱。如果这就是他的杀人动机，我也许能理解，但无法原谅。

我们四处搜了搜，没有发现那条赤龙。我感到失望，但想想并不意外。如果我是闻达，如果我就是那个凶手，我现在可能在任何其他地方，就是不会待在家里坐等警察上门，也不会把任何值钱的东西留在这所四面透风的破房子里。

让人意外的是，闻达居然没有把他的父母带走。当我们在他家邻居的指引下找到那两位老人的时候，他们正在附近的小河边悠闲地晒着太阳。他们不知道发生了什么，也不知道闻达在哪儿，还以为他仍然在镖局值班。当然，在确认闻达就是凶手之前，沈沫什么也没有告诉他们。

邻居们对闻达的印象还不错，都说他是个孝子，为人忠厚。这让我感到疑惑。如果闻达真像他们描述的那样，为什么处心积虑谋杀师父，为什么扔下父母独自逃亡？

沈沫避开了这个问题。他告诉我，他抓过的犯人当中，有许多都貌似忠厚。他还说，抓到闻达以后，一切自有答案。

7

雷探长一声令下，全城搜捕开始了。

当所有的巡警都被动员起来之后，沈沫终于有机会停下来喝了杯水。然后，他向那两个镖师提了一个问题：闻达平时都有什么嗜好？

我知道他的意思。一个人丧心病狂，总是有某种原因。这是常规的推理，闻达要么是个酒鬼，要么是个烟枪，要么是个赌棍。从古至今，这三种人最容易失去理智。

同样是镖师，那两个家伙似乎对闻达很陌生。他们说，闻达平时总是很沉默，不太合群，很少跟他们在一起混。即使在一起押镖，闻达也从不向他们敞开心扉，因此他们并不真正了解他。不过，就他们所见，闻达从不喝酒，从不抽大烟，也从不赌博。

"那么，闻达有没有相好的女人？"

他们继续摇头。

"没有还是不知道？"沈沫问。

"不知道。"

沈沫叹了口气，把他们打发走了。然后，他决定去找几家酒馆、烟馆或赌场碰碰运气。巡警们正在四处搜查，其实他可以休息一阵子，但他是个性急的人，无法在焦虑中等待，这会要了他的命。

在那个年代，赌场和酒馆一样都是合法的，而烟馆不是。许多人认为，大清的灭亡有许多原因，其中一项就是鸦片，因此当局严令禁烟。但不合法并不意味着它不存在。在几家地下烟馆里，我们遇到了一些意料之中的麻烦。如果警察的身份并不能让那些人屈服的话，沈沫会使用暴力。他总是有办法解决问题，我对此并不担心。不过，我们最大的麻烦还在。我们没有找到闻达。

我想，闻达也许早想好退路，从案发到现在已经过去了十几个小时，足够他逃离这座城市。也许他已经坐上了火车或者轮船，此刻正从容地闭目养神或者欣赏沿途的风景，也许南下，也许北上，他想去哪儿就去哪儿，只要他高兴。从此，一个名叫闻达的杀人凶手将从这个世界上消失，他将换另一个名字以另一种身份在另一个地方重新做人。他有一条足金打造的赤龙，应该能让他过上体面的生活……

关于赤龙的话题提醒了沈沫，他忽然想到了另一种可能。他认为闻达也许会在逃亡之前先把赤龙卖掉，因为它携带起来并不方便。于是他决定再去古玩店看看，也许有人见过闻达，运气好的话，说不定还能遇见闻达正在与买家讨价还价。

我对此并不乐观，但没有反对。我了解沈沫，他想好了要做一件事情，反对是无效的。而且，关于赤龙的来历，我也很好奇。

不过，我的好奇心并没有得到满足。因为半路上我们遇到了一个巡警,他正朝着警察局的方向狂奔。沈沫叫住了他。他很亢奋,也很狂乱,还有点口吃,加上剧烈的喘息,要听清他说的话很吃力,但我听明白了他的意思。

他们抓到了闻达。

8

闻达躺在一家小诊所里,四肢分开被绑在床架上,脑袋上缠着绷带,绷带里渗出了血渍。再看看那两个又瘦又小的巡警,脸上居然不见一处伤痕,衣服上也没有皱褶,就连抹了凡士林的头发都丝毫没有被弄乱。我错过了什么?是我低估了他们,还是高估了闻达?

闻达睡着了,睡得很沉。沈沫上去就是一记耳光,闻达只是微微抬了一下眼皮,然后又闭上,继续睡他的觉。巡警说,他们已经问过大夫了,那是镇静剂的作用,药效大概还能维持一小时。

接下来的故事由那两个巡警讲述。我并没有低估他们,不过我还是高估了闻达。可笑的是,他栽在了一个姑娘手里。

巡警说,他们当时正在沿街巡逻,路过这家诊所的时候,一个姑娘忽然把他们拦住,声称她抓到了歹徒,然后把他们带进了诊所。那时候,他们并不知道病床上的这名男子是谁,也不知道他犯了什么事。那姑娘也没有说明身份,只说她彻夜不归,家人一定很着急,也许正在四处找她,所以她必须先回家报个平安,稍后再去警察局录口供。说完,她就匆匆忙忙地走了。他们打算把这名男子带回去盘问,但一直叫不醒他,只好任由他睡。他们从他身上搜出了一块昌盛镖局的腰牌,从腰牌上知道了他叫闻达。然后他们接到了警察局的通知,要求全城搜捕要犯闻达……

大夫被叫来了。他是个畏畏缩缩的男人。他说他什么都不知道,只知道那姑娘貌美如花,但生猛如虎,竟然凭一己之力把病人拖进了诊所，又找来绳索绑住他的手脚，还在病床边守了一整夜。至于她和病人是什么关系，有什么过节，大夫说他只管治病，其余一概不问，一概不知。

嫌疑人闻达已验明正身，那生猛的姑娘又是谁？

巡警说，那姑娘走的时候，匆忙留下了姓名和住址，她叫周叶，家住周公馆。

"周叶？"沈沫看上去很惊讶。

"你认识？"我问。

沈沫点点头，若有所思。

我能感觉到，他们好像不只是认识这么简单。我和沈沫已经是无话不谈的朋友，所以他没什么可隐瞒的。他告诉我，周叶是他唯一喜欢的姑娘。他表白过，但她没同意，因此只能算是他的梦中情人。她只有十八岁，大学还没有毕业。联系到周公馆这个住址，我才知道她是周自恒的女儿。

周自恒也是个大人物。他是个盐商，同时是一位社会活动家。我听说过许多关于他的故事，比如出资兴办学堂，为那些贫苦人家的孩子免除学费；比如组织慈善活动，给那些遭灾后无家可归的人捐钱捐物……许多人获得过他的帮助，这让他赢得了很好的名声。他在商界和社会底层的呼声都很高。

周自恒的女儿，沈沫的梦中情人……不知道为什么，当我把周叶和闻达联系在一起时，我有一种感觉，事情似乎正在朝着越来越复杂的方向发展。

9

周公馆在城南。那是一幢西洋别墅，院子很大，围墙很高，相当气派。我们走到门口的时，院子里传来了争吵声，很激烈，声音很大，想听不见都难，除非把耳朵捂住。争吵的起因很简单，周叶打算去警察局录口供,周自恒坚决反对。

我能理解周自恒,他是个体面人,最看重名声,那是他的立身之本,现在周叶在外面有了麻烦,居然要出入警察局这种是非之地,这让他感到难堪,他最担心的就是那些小报记者无中生有、肆意渲染,败坏女儿的清白,把脏水泼向周公馆。我也能理解周叶,她是个大学生,接受的是新式教育,受了新思潮的影响,渴望独立自主,不甘心事事依赖父亲,况且她出入警察局也不能说明什么,清者自清,小报记者爱说什么就让他们说去吧……

他们继续争吵。沈沫和我尴尬地站在门口,进退两难,不知道该不该插手他们的家务事。这时候,院子里传来另一个女人的声音。她提出了一个折中方案:由周叶说明情况,然后由周自恒安排手下人代替她去警察局录口供。

沈沫告诉我,那是周太太的声音,但她并不是周叶的母亲。她叫袁琳,原来是个护士,周叶的母亲去世后,她才成为周公馆的女主人。我听说过这个故事,在许多人眼里,这是一宗钱色交易,否则无法解释周自恒与袁琳之间二十多岁的年龄差距。乔先生的看法则是爱情可以不论阶层,当然也可以不论年龄。在一些小报上,这门婚事曾经沦为笑谈,但是在乔先生的笔下,它被传为佳话。

不管怎样,周叶似乎并不喜欢这个继母,她生硬地拒绝了袁琳的提议。她说她既然说过要去警察局,就必须去,不能言而无信。袁琳又说了些什么,大概是在劝她考虑一下周自恒的苦衷。周叶的语气变得不耐烦了,她告诉袁琳,最好不要插手她的事情。她对袁琳的态度激怒了周自恒,他大声命令周叶回到自己的屋子里去。

然后,我们听到了一阵脚步声,紧接着,铁门砰地打开,周叶气呼呼地跑了出来。她看见了我们,呆住了。追在她身后的周自恒和袁琳也停下了脚步,露出疑惑的表情。

我留心看了看周叶。沈沫很有眼光,她确实很漂亮,让人过目不忘。当然，袁琳也很漂亮，但她们看起来很不一样。周叶是明朗的，眉宇间英气勃勃。袁琳却是阴柔的，眼神里万种风情。我知道她很年轻，但她比我想象的还要年轻，她看上去和我们差不多大。在她的身旁，周自恒更像是她的父亲，周叶更像是她的妹妹。我忽然明白那些小报记者为什么要妄自揣测。

沈沫自报家门，并且说明来意。周自恒开始还有些警惕，当沈沫和我各自报出师父的名号之后，他才放松下来。他放松时的样子很慈祥，笑容谦和，很有礼貌。我告诉你，当记者的时候我见识过许多真正的名流，他们都有一个共同特点，就是低调与谦和。因此我知道，那些飞扬跋扈、张牙舞爪的不过是纸老虎，算不上什么大人物。

就这样，我们替周叶解了围，化解了一桩家庭纠纷。在沈沫和我保证秉公办案和据实报道之后，周自恒终于同意放行。

10

去警察局的路上，周叶向我们讲述了她的遭遇：

昨晚九点多，她结束了大学戏剧社的排练独自回家，在一个僻静的巷口遇到了一个讨厌的家伙。那人形迹可疑，径直向她走来，两只眼睛直勾勾地盯着她的胸部，这让她很不舒服。她正要躲开，却被他一把拉住。他从口袋里掏出一沓钞票，问她这些钱够不够。这个王八蛋大概把她当成了流落街头的暗娼。这对周叶来说简直是奇耻大辱，她很愤怒，赏了他一记耳光，转身就跑。那人追了上来，恬不知耻，继续纠缠。夜深人静，她找不到人求助，只好一路狂奔，不小心竟然掉到了河里。她不会游泳，呛了几口水，然后昏了过去。当她醒来的时候，发现自己躺在河岸上，那个家伙蹲在她身旁，两只手伸到她的胸口……她当然不会让他得逞，从地上摸起一块石头，朝着他的脑袋狠狠一砸。他倒下了，她爬起来就跑。她跑了很长的路，当她终于感到安全的时候，又开始担心那个家伙，担心他伤得太重，如果不及时就医，也许会死掉。尽管那是个歹徒，但毕竟是一条性命，她不想闹出人命，犹豫半天，鼓起勇气又跑了回去。那人仍然躺在地上不省人事，幸好还有呼吸。她找不到人帮忙，只能靠自己了。她使出浑身的力气，终于把他拖进了最近的诊所，然后跑出去报警。这时候已经很晚了，附近一个巡警都没有，于是她回到诊所，委托大夫暂时看管，等她回家去叫帮手，没想到大夫胆小怕事，竟然溜之大吉，只给她留下几支镇静剂。她只好绑住歹徒，在他醒来的时候用药水把他催眠……就这样，她在诊所里待了一整夜，天亮以后才看到外面有巡警路过。

周叶说完了。沈沫和我面面相觑。

"他欺负你了吗？"沈沫问。这是他最关心的问题。

"没有。"周叶笑着说，"是我欺负他。"

她一夜未眠，看起来有些憔悴，但笑容依然很明朗，还有些顽皮。我想，如果她知道闻达是个谋杀嫌疑人，大概不会这么轻松。

沈沫当然笑不出来，他淡淡地说了一句："那就好。"

他下意识地捏了捏拳头。我相信，再见到闻达的时候，沈沫一定会让他吃一些苦头。

11

警察局到了。

我们远远地看见了闻达，他仍然在昏睡。那两个巡警不知道从哪儿找来了一副担架，把他抬了回来。路上一定很辛苦，他们满头大汗，气喘如牛。他们刚要进门，其中一个笨蛋忽然脚下一滑，身体一歪，担架失去了平衡，闻达摔到了地上。他终于醒了，起初有些茫然，向四周看看，搞清楚状况以后，他很轻松地挣脱了束缚，甩开了巡警。两个巡警挥舞着警棍追了上去,我甚至还没看清闻达的动作,他们就已经躺下了,警棍飞出很远。沈沫冲了上去。我和周叶待在原地,静观其变。

想象中的高手对决终于出现了。邪不压正,我希望沈沫尽快解决战斗……结果比我想象的要快,沈沫只撑了不到半分钟,就倒在了地上。闻达看他一眼,面无表情,一声不吭,拍拍衣服上的尘土正要走开,忽然看到了周叶。他呆愣了一下,然后迈开步子,向我们走来。

糟糕!我感觉自己腿脚发软,心跳如狂,呼吸困难……我很想撒腿就跑,但我没有这样做。周叶也吓呆了,一动不动。现在能保护她的只剩下我了。我不是什么勇士,但也绝对不是懦夫。我知道我一定会倒下,即使倒下,也要保留一个男人的尊严。巡警落下的警棍就在不远处,我刚要跑过去,周叶抢先了一步。她拾起警棍,指向闻达,她的手在颤抖,声音也在颤抖。

"你别过来,站着别动!"

闻达距离我们只有一步之遥。奇怪的是,他居然乖乖地停下了脚步。他盯着周叶的胸口,眼神很奇怪,仿佛有话要说。没等他开口,沈沫已经爬了起来,趁他不备,用警棍狠狠给了他一击。

闻达倒下了。这一次他没有反抗,也没有挣扎,任由沈沫给他戴上了手铐。即使被按在地上,他的眼睛仍然盯着周叶的胸口。

12

雷探长亲自审问了闻达,沈沫负责笔录,乔先生旁听。我和周叶被安排在另一间屋子里待着,没有机会亲临现场,但我们后来通过沈沫听说了这个故事:

几天前,闻达从集市路过,回家后发现身上的玉佩不见了,他认为是在人多拥挤时不小心弄丢的,于是回到集市上四处寻找,但没能找到。那是一枚玉观音，并不贵重，却是家传之物，对他来说意义非凡。他花钱在报纸上刊登了寻物启事。昨天傍晚，他收到一封匿名信，信中声称拾到了他的玉佩，让他当晚九点到南城某个巷口见面，届时物归原主，酬金面议，过时不候。于是他临时找了人顶替他在镖局值夜班，然后按时到达指定地点，等了差不多一刻钟，一个姑娘忽然出现在巷口，胸前戴着他的家传玉佩。他天性木讷，不擅表达，于是直接掏钱打算赎回，却莫名其妙地挨了一记耳光。姑娘转身就跑，他下意识地追了上去，没想到她掉到了河里。他连忙下水营救，上岸时她已经昏迷。作为镖师，他掌握一些急救常识，正打算按压她的胸口，脑袋上突然挨了一下……他第一次醒来的时候是在诊所，她给他打了一针，他昏昏沉沉又睡了过去，再醒来的时候就到了警察局。

这是我听过的最荒唐的故事。更让我惊奇的是，沈沫居然相信了。不光是沈沫，雷探长和乔先生也相信了闻达是无辜的。

闻达为他的故事提供了证据，包括他在报纸上刊登的寻物启事，也包括那封约他到指定地点见面的匿名信。白纸黑字，他证明了自己并不是一个图谋不轨的好色之徒。事实上，闻达和周叶的故事只是一个误会，这个误会证明了另一件事情：闻达并不是杀害罗盛昌的凶手，他没有作案时间，因为他整晚都和周叶待在一起。

周叶承认玉观音是她两天前刚刚从集市上买来的，但她否认给闻达写过匿名信。她说，她没有看到报纸上的寻物启事，她也没有那么无聊，不会和一个陌生人开这种玩笑。

那么，是谁在开玩笑？

我忽然感觉到一阵寒意。我仿佛听到，看不见的凶手正在某个地方大笑。

第二章 大惊

1

再见到闻达的时候，周叶从胸口摘下玉观音，交还给了他。

我特意观察闻达。他曾经让我感到惊悚和窒息，不过，现在他是一个安静的人、可靠的人，就像镖师合影里的那个他，沉默、内敛、憨厚、木讷。除非别人主动发起挑衅，否则他不会有任何攻击性，当然也不会有任何威胁。

周叶的感觉大概和我类似。她的眼神里不再有鄙夷和警惕。她露出了微笑，大大方方地向闻达表示了歉意。

"抱歉！是我多心了。"

我认识一些漂亮姑娘，她们大都很傲慢，总是扭扭捏捏、拿腔拿调，好像不这样就会有损她们漂亮的外表。周叶不是这样的，她很随和，随和得有点不像话。她不会掩饰，也不会伪装。她大概还没有学会如何用掩饰和伪装来适应这个千奇百怪的世界。你可以通过她的眼睛发现她的内心世界。如果她讨厌你，她会用眼神来表示这种讨厌；如果她喜欢你，她也会用眼神告诉你。现在，她的眼神里表达的是亲切。她主动向闻达伸出了右手。

"你叫闻达？"不等他回答，她又说，"我叫周叶，大家都叫我叶子。"

闻达居然没有和她握手。他不是在生气，而是在迟疑。他要么是个白痴，看不懂这是和解的意思；要么就是个乡巴佬，还以为男女授受不亲。我认为，他应该是怯场。我敢打赌，他大概从来没有和一个姑娘亲切地握过手。他傻乎乎地站在那里，眨着眼睛，没有任何表示。我以为周叶会尴尬，但她没有，她上前一步，抓过他的右手用力地握了一下，总算是完成了这个礼节性的小小仪式。我发现闻达脸红了，不知所措。他脸红的样子很可爱，也很可笑。周叶笑了，开始关心他脑袋上的伤。

"脑袋还痛吗？"她问。

"不痛。"他答。

"要不要再去医院看看？我认识一个大夫……"

"不用。"

"去看看吧，不然，落下什么后遗症就不好了。"

"真不用。"

周叶抬头看看闻达的脑袋，她发现绷带上渗出了新的血渍。这让她感到不安，于是她伸手去摸他的脑袋……这是一个大胆的举动，也许在周叶看来这不算什么，仍然只是一个关心的表示，但是她的这个举动让闻达很吃惊，他下意识地退后一步，敏捷地抓住了她的手，又像是摸到了一块滚烫的烙铁，很快松开了。

周叶坚持要陪闻达去医院检查，闻达坚持说不用……他们坚持了大概两个回合，一直冷眼旁观的沈沫终于不再沉默。

"你知不知道，你师父罗盛昌死了？"

在此之前，没有人告诉闻达镖局里发生了什么。他一直在睡觉，第一次醒来在诊所，然后就到了警察局。他还以为自己被捕只是因为和周叶之间的误会。审问的时候，雷探长最关心的只是闻达昨晚的行踪，当他发现闻达并没有作案时间之后，也就没什么兴趣继续和闻达废话。于是沈沫充当了这个信使。其实沈沫应该早一点把这个坏消息告诉闻达，但周叶一直在对闻达表示歉意和关心，他始终插不上嘴。我猜，沈沫仍然对闻达怀有敌意。他是个心高气傲的家伙，与闻达交手时，他当着梦中情人的面一败涂地，一定让他不爽。更让他不爽的是，他挨了闻达的打，周叶一句慰问没有，还要当着他的面关心闻达，礼节性的关心也就罢了，她居然去摸闻达的脑袋，还要陪闻达去医院……这太过分了。如果我是沈沫，我也会不爽，我也会用一个坏消息来终止他们的"亲热"。

闻达的反应有些迟钝。他呆呆地看着沈沫，好像没听清沈沫说了什么，或者他听清了但一时还不能接受这个事实。沈沫重复了一遍，并且告诉他，罗盛昌死于谋杀。闻达这才露出了震惊的表情，他一把推开沈沫，快步跑出了警察局。周叶同样震惊，下意识地去追闻达，沈沫把她拦了下来。

沈沫说，他还有一些与案子有关的问题，需要她来回答。

2

沈沫是一个张扬的家伙，但是在周叶面前，他很收敛，甚至有些卑微。因此，他们之间的谈话不像是警察对证人的盘问，更像是学生对老师的请教。

沈沫的问题与闻达有关。也许是警察的职业病，也许仅仅是因为不爽，他仍然对闻达心存疑虑。

"昨天夜里，闻达从始至终都没有离开过你的视线？"他问周叶。

"没有。"周叶说。

"你说过，把他拖进诊所以后，你出去了一趟。你忘了吗？"

"我没忘。我出去报警的时候，他还没醒。而且，当时有大夫看着他。"

"你说过,大夫是个胆小鬼?"

"他就是个胆小鬼。不过,那时候他以为我和闻达认识,后来我才告诉他,那是个坏人。"

沈沫停顿一下,继续追问:"长夜漫漫,你一直都不困吗?"

"当然困了,又累又困。"

"当你坚持不住的时候,你是怎么……"

"我睡了一会儿。"周叶说。

这就够了。沈沫拐弯抹角,终于得到了他想要的答案。

我开始想象另一个故事:闻达需要一个不在场证人,于是他选中了周叶。他先找人把玉观音卖给了她,同时在报纸上刊登了寻物启事,并且给自己写了一封匿名信,然后在她每天回家的必经之路上制造了一场"误会",从而把自己送进诊所,又趁她睡着的机会,溜出去杀死罗盛昌并夺走了赤龙,再悄然回到诊所假装昏睡,仿佛这一切都没有发生过……

我被这个故事震撼了。这太疯狂了,让人难以置信。不过,这世上的确有一些疯狂的人,而且杀死罗盛昌本身就是一件疯狂的事情。对闻达的印象,在我的脑海里变得模糊不清。也许憨厚和木讷只是他的面具,面具背后的他其实深不可测……

我忽然想到了一个问题:"你睡了多久?"

"不到一刻钟。"周叶说。

"你怎么能确定是一刻钟?"

"那儿有个挂钟。我睡着之前看了一眼,醒来之后又看了一眼。"

我没问题了。从诊所到镖局的距离不近,我想,全力冲刺的话,一刻钟也许可以到达,但即使是全世界跑得最快的人,要杀死另一个人再原路返回,这绝无可能,除非……闻达长了一双翅膀。

沈沫还有问题:"玉佩是在哪儿买的?"

"集市上，"周叶说，"离我们学校不远。"

"什么人卖给你的？"

"一个小贩。"

"男人还是女人？"

"男人。"

"他只卖这一块玉佩吗？"

"不是。"周叶说，"还有别的，都是些女人用的小玩意儿。"

"那么，你为什么不挑别的，偏要挑它？"

"不是我挑的，是他非要给我的。"

"非要给你……"沈沫表情一动，"他说什么了？"

"他什么也没说。"

"什么也没说？"

"对。他什么也没说。"

"卖东西不说话，他是个哑巴吗？"

"对。他就是个哑巴！"

周叶大概受够了这干巴巴的盘问，她的语气很生硬。但她的表情很认真……我忽然意识到，她不是在生气，也不是在开玩笑。

一个哑巴？

3

这是一条狭长的街道，人来人往。街道两旁有餐馆、杂货店和裁缝铺，还有几间书店和文具店。这里就是周叶所说的集市。

在周叶经常光顾的那间书店门口，她告诉我们，就是在这个地方，她遇到了那个哑巴。

那是个黄昏，周叶刚刚逛完书店，出门就看见了他。他蓬头垢面地蹲在墙角，衣服破破烂烂，像个乞丐。也许是受父亲周自恒的影响,她从小就同情弱者,每次遇到乞丐都会施舍一点,或多或少。但是,当她走近时才发现,那人不是乞丐,而是个小贩。他身边摊开了一块破布,上面都是一些女人用的小饰物。她的同情心既然已经被勾起,就难以平复,于是施舍变成了买卖。她随意挑了一样东西,向他问价。他啊呜啊呜地比画了半天,她才知道他是个哑巴。这让她更加同情,于是按他比画的价钱多给了一些。交易完成后,她正要走开,却被他拉住。他从口袋里掏出了一个用干净手帕精心包裹着的物件。那是一枚玉观音,温润玲珑。她的善良似乎让他很感动,因此他拿出了压箱底的宝贝。他比画着让她戴上试试,她不想拒绝一个哑巴的善意,而且,她发现自己的确很喜欢这枚玉观音……

我想,如果这是一个阴谋的话,那个哑巴应该不会再出现在这个集市上了。但沈沫不愿意放弃希望。他告诉我们,无用功也是查案的一部分。我同意。于是我们开始沿街搜索,不放过每一个角落、每一个路人,不厌其烦地寻找。我们找到了两个哑巴,但都不是我们要找的人。集市上没有人记得他,就像他从来没来过,或者说他来过,但只有周叶见过他。在这个集市上,也许他只做了一件事情,就是把玉观音卖给了周叶,然后就消失了。

沈沫推理认为,这个神秘的哑巴——或者根本不是哑巴——就是我们要找的凶手,他早有预谋刺杀罗盛昌夺取赤龙,但对闻达的身手有所忌惮,于是利用玉观音和匿名信布局,把本该值夜班的闻达引出镖局,并且利用周叶牵制住闻达,从而为他争取到作案时间;同时又利用闻达牵制住警察,从而为他争取到逃亡时间。

"为什么是我?"周叶问。

"也许是偶然。"沈沫说,"恰好你从他身边路过,停了下来。"

"就这么简单?"

"就这么简单。"

我想，事情并没有这么简单。我不知道哑巴为什么选中周叶，但我可以确定，他一定跟踪和监视过周叶，知道她性情刚烈，并且熟悉她的活动规律，包括她喜欢逛哪间书店，回家会路过哪个巷口，甚至哪一天晚上要参加戏剧社的排练……不过，我能想到的，沈沫一定也能想到。如果沈沫这样告诉周叶，她一定会胡思乱想。无端端卷入一桩谋杀案已经很让人烦恼了，如果她知道自己是凶手精心安排的一枚棋子，我猜她从此无法安眠。沈沫当然不愿意看到自己心爱的姑娘成天自责或是担惊受怕。

周叶半信半疑，但没有追问。她是一个大大咧咧的姑娘，粗枝大叶，神经大条。

4

天黑了，雷探长和乔先生还在警察局等待。乔先生本该回家的，但他没有，也许是想等一个结果。如我所料，他们对那个哑巴很感兴趣。

根据周叶的描述，我画出了那个哑巴的肖像。我介绍过我的本事，我不仅能画器物，更擅长画人像。那是一个瘦削的中年人，眼窝深陷，眉骨突出，尖下巴，鹰钩鼻，额头上一道明显的疤痕……

雷探长和乔先生的表情有了一些变化。尤其是雷探长，他脸上的肌肉永远紧绷着，永远不动声色，但是现在，他露出了惊奇的表情。紧接着，从他的嘴里跳出来一个名字。

"娄阿法！"

我们都很吃惊，沈沫反应最快。

"娄阿法是谁？"

雷探长没有回答，只是看看乔先生。乔先生也看着他，欲言又止。他们的眼神都很奇怪。我从来没有见过乔先生那样的表情，这个表情甚至比他听到罗盛昌遇刺的消息时还要震惊,仿佛我画出的并不是一个男人,而是一个妖怪。

"娄阿法是谁?"沈沫重复着他的问题。

"江洋大盗。"雷探长说,"一个血债累累、杀人不眨眼的恶棍……"

电话响了。尖锐的铃声打断了雷探长的讲述,也强行压制住了我们的好奇心。

那时候通信很不发达,不过,雷万钧的办公室里装了电话,这是查案的需要,也是总探长才有的待遇。

电话是周自恒打来的,他想知道周叶的下落。他的声音很大,从听筒里传了出来。他说他不明白到底发生了什么,天都黑了周叶为什么还不回家……雷探长并没有在电话里谈论与案子有关的事情,只是礼节性地向周自恒表示了歉意,并且承诺立即派人护送周叶回家。

周叶不想回家,她想听完故事再走。但雷探长似乎并不打算把故事讲完,乔先生似乎也有和雷探长独处的想法,他让我和沈沫一起把周叶送回家去。

师父的话当然要听的。至于娄阿法的故事,我想我们迟早会知道。

5

秋天的夜晚,凉风习习。与一个赏心悦目的姑娘走在街头,原本是一件愉快的事情,但我们无法愉快,因为一宗杀人案沉甸甸地压在心头。

我们的话题从娄阿法开始,这是我们共同关心的,但是因为知道得太少,很快就难以继续。然后我们谈到了闻达,周叶仍然对闻达的伤情念念不忘,不知道他现在好不好,但沈沫对此不感兴趣,于是又聊不下去了。接着又谈到了罗盛昌，讨论了一个英雄的死亡会给这座城市带来什么样的影响，我们各自发表了看法，都是一些杞人忧天式的泛泛之谈……

最后，我们谈到了周自恒。

周叶很崇拜她的父亲。父亲在她的眼里什么都好，只有一个缺点，就是管得太多，事无巨细，这让她感到烦恼。她当然知道父亲其实是处处为她着想，但她就是感觉不自由。她说西洋人最崇尚的就是自由，若为自由故，生命和爱情都可以不要，因此她最向往的就是自由自在的生活。她说自己已经十八岁了，在父亲的眼里好像还是一个三岁小姑娘，起居、饮食、学业甚至她在学校参加什么社团、交往什么朋友，父亲全都要过问，全都要干预。

沈沫露出了他标志性的坏笑："所以说，你拒绝我，是因为你爸……"

"和我爸没关系，"周叶说，"是我自己的意思。"

"为什么？"

"我告诉过你，你不是我喜欢的类型。"

"你喜欢什么类型？"

"我也不知道，也许还没遇到。"

"是他这种吗？"沈沫忽然指着我说。

我猝不及防地问："谁？"

周叶很认真地看着我，摇了摇头，抱歉地冲我微笑。

"我不是说你不好，其实你很好……"

"谢谢。"我说。

正如我所说，她很简单，不会掩饰，也不会伪装。我喜欢这样。

"你能不能告诉我，我到底哪儿不好？"沈沫追问。

"你真想知道？"周叶反问。

"当然。"

"我妈妈告诉过我,长得好看的男人,一般都不可靠。"

沈沫耸耸肩:"好看,又不是我的错。"

周叶也耸耸肩:"我不喜欢你,也不是我的错。"

"好吧,"沈沫叹了口气,"那是老天爷的错。"

周叶抬头看看天,沉默下来。

再穿过一条巷子,周公馆就要到了,周叶忽然停了下来。

"你们能不能帮我个忙?"她问。

"可以。"沈沫说,"你说,需要我们做什么?"

周叶告诉我们,到家以后,她父亲也许会挽留我们,请我们喝茶,然后详细询问昨晚她和闻达之间发生了什么。她希望我们替她做些掩盖,如果父亲知道她无意中卷入了一宗杀人案,对她的管束一定会更加严厉。她说她现在享受的自由已经很有限了,不能再失去更多。

看着她可怜巴巴的样子,我充满了同情。我理解她,也知道善意的谎言有时候并没有什么坏处,不过我不知道应该说些什么才能替她掩盖。

沈沫看上去很有把握。他很负责任地对她说:"可以,没问题。"

6

周公馆到了。我们远远地看见一个男人站在门口的灯下,影子拖在地上。

是周自恒,他在张望。当他看见周叶的时候,脸上的焦虑化开了,露出了微笑。这个微笑让我感动。我想,这就是父爱。父爱就是一个男人站在家门口,在风中等待他的孩子回家;父爱就是一个男人看着他的孩子,脸上露出动人的微笑。

我们把周叶送到周自恒身边，正要离开的时候，他叫住了我们。他很和蔼地对我们说："坐一会儿再走吧，我这里有些好茶。"

一切都在意料之中。周叶紧张地瞪着眼睛，并且偷偷地冲我们吐了吐舌头。她的样子很可笑，我差点儿没忍住。她太了解自己的父亲了。

这是我第一次走进这个大富之家，客厅宽敞，灯火辉煌。我们在宽大的沙发上落座之后，袁琳出现了。她让用人退下，亲自为我们泡茶。她是一个优雅的女人，温婉、娴静、得体，看起来很有涵养。她把泡好的茶递给我们，然后小鸟依人地坐在周自恒身旁。周叶站在他们身后。

喝茶当然是个幌子，我们都在等待周自恒问起那件事情。他问了，沈沫答了。他履行了对周叶的承诺，把事情掩盖得滴水不漏。他提到了玉观音，但没有提娄阿法，也没有提那封匿名信以及报纸上的寻物启事，更没有提闻达当时还背负着杀人嫌疑……总之，他该说的说了，不该说的都没说。他告诉周自恒，这只是周叶和闻达之间的一场误会，现在误会解除了，已经没事了。他说的不全是真话，但也不全是假话。他说完以后，躲在周自恒背后的周叶忍不住偷偷冲他竖了一下大拇指。

周自恒似乎相信了沈沫的话。但女人总是比男人敏感，袁琳还有问题。

"闻达是哪里人，做什么的？"她问。

"本地人，卖苦力的。"沈沫回答。他没说闻达是镖师，大概是担心穿帮。镖局的案子已经传开了，相信周自恒早有耳闻。

"既然是个误会，为什么录口供要花费那么长时间？"袁琳追问。

"周小姐给闻达下了药，他一直昏睡不醒，所以耽误了时间。"沈沫对答如流。

"你给他下了多少药？"袁琳回头问周叶。

周叶愣了一下，仓促回答："我忘了，反正不少。"

袁琳没问题了，但谈话并没有结束。接下来的话题就是镖局的案子。

这个话题是周自恒提起的。他说，他下午刚刚听说了这个案子，很震惊，也很痛心，他和罗盛昌认识多年，虽然来往不多，但对罗盛昌的人品和能力一直很欣赏。他还说，罗盛昌和他的镖局弥补了警察力量的不足，是维护社会安定不可或缺的力量，罗盛昌一直被视为城市英雄，"昌"字旗也一直被视为安全的象征，如今罗盛昌不幸遇刺，只怕人心惶惶，街市再无宁日。他认为，凶手以罗盛昌为刺杀对象，一定别有用心，背后或许还有不可告人的更大的阴谋。

周自恒想知道查案有什么进展。沈沫告诉他，案子主要由雷探长负责，他只是打打下手。话虽委婉，但意思很明白：未经师父允许，关于案子的情况，他不敢擅自向外人透露。周自恒微笑着说，作为士绅代表，他有权过问此案，而且他和雷探长是多年的朋友，他当然可以亲自去问，不过，既然雷探长的助手就在身边，他又何必舍近求远？

话已至此，沈沫再也委婉不下去了。他告诉周自恒，已经知道嫌疑人是谁，但不知去向。周自恒想知道更多，沈沫说更多情况他并不了解，他所知道的只是一个名字。

沈沫说出了那个名字，周自恒手上的杯子颤了一下，茶水溅了出来。

"娄阿法？"

"对。"沈沫点点头，"您认识他？"

周自恒看上去很惊讶："是谁告诉你们嫌疑人是娄阿法？"

"有人看见了他，我们画了像，我师父认识他。"

"谁看见了娄阿法？"

沈沫瞟了一眼周叶,周叶下意识地摆摆手。

"一个路人。"沈沫说。

砰!周自恒把茶杯重重地放回茶几上。

"不可能!"

"为什么不可能?"沈沫问。

"十二年前,娄阿法已经被处决,他怎么可能死而复生?"

我们都呆住了。

周自恒告诉我们,娄阿法的案子当年轰动一时。作为士绅代表,他曾经受邀观刑,见证了行刑过程。当时在场的有二十多人,其中包括罗盛昌,也包括乔先生和雷探长。

一个十二年前被处决的江洋大盗重现人间,他扮作哑巴,把玉观音卖给了周叶,并且潜入镖局杀死了罗盛昌……这是个鬼故事吗?

屋子里忽然静得可怕。

沈沫最终打破沉默,他问周自恒:"娄阿法的相貌,您还有印象吗?"

"刻骨难忘。"

于是,周自恒开始描述,我开始画。我希望自己画出的是另一个男人,无论他是谁,只要不是那个哑巴就好,但是……

怎么可能?

我看了看周叶,她的脸白得像纸。

7

天色已晚,警察局里空空荡荡。乔先生和雷探长都已经走了。

娄阿法的画像仍然钉在总探长办公室的墙上,和我在周公馆画出的那张肖像一模一样。我不知道乔先生和雷探长谈论了什么,不过我相信,他们一定长久地注视着这张画像,惊涛骇浪在他们心里翻腾。

周自恒相信自己的记忆力,那么周叶呢?我问沈沫,他摇了摇头。他说,周叶也应该不会记错,否则她的表情不会那样惊骇,脸色也不会那样苍白。

我想,那个哑巴也许只是长相酷似娄阿法。不过我没能说服沈沫,甚至没能说服我自己。要知道,乔先生和雷探长一直很从容、很镇定,如果他们并不确信画像中的男人就是娄阿法,他们不会那样震惊。在他们的眼神里,我似乎还看到了一点点恐惧。

在那个年代,科学并不昌明,但无神论已经在四处传播。我相信无神论,不相信阴阳两界,不相信神鬼传说,不相信死而复生……但是,现在我动摇了。我无法解释这一切,沈沫也不能。但他很坚定,他说他相信雷探长,如果娄阿法是个恶鬼,那么雷探长就是钟馗。我忽然想起了罗盛昌密室里的那幅《钟馗捉鬼图》,它被撕成了两半,这让我感觉不祥。不过,我没有把这种感觉告诉沈沫。

沈沫是一个勤奋的人。他铺开稿纸,打算把当天的查案经过写成报告。而我却无所事事,这让我感到惭愧,于是我问他需不需要我帮忙做什么。他想了想,然后抬头看着那面墙。

墙上还钉着另一张画像,那条赤龙。沈沫把它摘下来交给我,让我有空的时候去古玩店找懂行的人看看。他说,弄清它的来历,也许会对查案有帮助。

我同意。如果是娄阿法杀死罗盛昌夺走赤龙,背后一定有某种原因。我很高兴能帮上忙。其实可以先回家睡一觉,天亮以后再说,但是我无法克制自己的好奇心,一刻也不想耽搁。

8

玩收藏的人都知道估衣街。街道两侧有十几间古玩店,一间挨着一间。如果是白天来,这里会很热闹,熙熙攘攘。现在是夜晚,这里冷冷清清,看不到几个人影。

几乎所有店铺都关门了，但我并不死心，终于发现有一间店铺亮着灯。店堂里只有一个伙计，冷不丁看见有人闯进来，还以为遇到了劫匪。我说明了来意，他才放下扫帚。我拿出画稿，他说掌柜的不在，自己只是个负责打扫店堂的伙计，看不出它的来历。不过，他说他见过这条赤龙，不是画稿，而是实物。他告诉我，大概五分钟前，有个瘸子来过，从包袱里掏出了赤龙，让他看看并且估个价。他说他无法估价，因为他只是个伙计……

在那条冷清的街道上，我很快找到了那个一瘸一拐的背影。是个黑衣人，穿着肥大的外套，戴着破旧的草帽，佝偻的背上背着一个沉重的包袱。我很想绕过去看看他的脸，但我鼓不起勇气。他不紧不慢地走着，我不远不近地跟着，思索着下一步计划。忽然吹过来一阵风，刮掉了他的草帽，他转过身来，我看见了他的脸。尽管当时光线很暗，但我能大致看清他的轮廓：眼窝深陷，眉骨突出，尖下巴，鹰钩鼻，额头上有一道疤痕……

娄阿法！

我认为那不是鬼魂，而是活人，因为我仿佛看到了他在呼吸，甚至能感觉到他的体温。但是我自己手脚冰凉，呼吸似乎也停止了。

娄阿法看看四周，警惕的目光在我的脸上停顿了一下。

糟了！我浑身僵硬，毛骨悚然。我想我一定是暴露了。接下来他会做什么？露出可怕的狞笑，拔出刀子猛扑过来，一刀封喉？我又该做什么？转身逃跑，大声呼救，或者装作若无其事，双手斜插在口袋里吹一声口哨……我想了很多，结果却什么都没做。他也没有，他弯腰拾起了草帽，继续向前走去。

我想过放弃。即使我放弃，也不会有人知道我遇见过他，更不会有人嘲笑我的懦弱。不过我并没有放弃。我不是说自己多么勇敢，我只是控制不住好奇心。你知道，我才二十岁，许多事情不由自主,理智说了不算,好奇心说了才算。我当然知道娄阿法是个狠角色,极其危险,但我认为只要足够小心,就不会有事。

他仍然不紧不慢,我仍然不远不近。他再没有停留,也没有回头。尽管胆战心惊,总算有惊无险。

最后,我跟着他远离了人群,来到一片荒芜的菜地。菜地很开阔,听不到人声,看不见灯火。他停下来,钻进了一个茅草棚。我也停了下来,找了个地方隐蔽。

我趴在草丛里,尽量不让自己发抖。草丛里蚊子很多,在我耳边"轰炸"不停,但我只能忍着,不敢弄出一点动静。我安静地待了一会儿,发现他走出了茅草棚,蹲在地上点燃了一沓黄纸,跳动的火焰照亮了他的脸庞,他的脸上忽明忽暗,没有一丝表情。

他在给谁烧纸?罗盛昌吗?我听说有些杀手会给死在他们刀下的冤魂烧纸,他们认为这样做可以减轻杀戮带来的罪恶感,摆脱那些枉死的冤魂的纠缠,但是我想,杀戮就是杀戮,手上的血迹或许可以轻松抹去,心里的血迹却永远也洗不干净,它会带来无数不眠之夜和挥之不去的梦魇……

我正胡思乱想着,忽然发现远处的火焰已经熄灭,他回到了茅草棚。我在草丛里又趴了一会儿,直到他打呼噜的声音响起。

9

我一路狂奔,跑进了警察局。

沈沫正在灯下写他的查案报告。惊愕的表情在他脸上只停留了一秒,下一个瞬间他已经抓起警棍蹿了出去。然后他发现我没有跟上,于是掉头回来拉了我一把。

"带路!"他说。

"我跑不动了。"我说。

我确实跑不动了。我从来没跑过那么快,也没跑过那么远的路。心脏就要跳出胸口，肺就要炸了，喉咙已经在冒烟，双腿也不是我自己的了。

沈沫抓住我的胳膊，用肩膀架着我走到门口。门口有几辆自行车，其中一辆属于沈沫。

沈沫用自行车载着我，风驰电掣地回到了那片菜地。

根据沈沫的安排，我仍然趴在草丛里，看着他猫着腰小心翼翼地向前走去。他举起警棍，闪身钻进了茅草棚。

我屏住呼吸……

沈沫很快走出了茅草棚，远远地冲我招手。我跳出草丛跑了过去。

娄阿法不见了，茅草棚里什么都没有。地上没有脚印，甚至没有烧纸留下的灰烬。

为什么？我见鬼了吗？

沈沫看着我，眼神里不是责备，而是担忧。他告诉我，当一个人精神过度紧张，身体过度疲劳，确实有可能产生幻觉，这很正常，并不是什么奇怪的现象。

他问我："你以前有没有过梦游的经历？"

我不想说话，也不想解释。我确实很紧张，也确实很累，但是我并没有疯掉，我能分得清什么是现实，什么是幻觉。我真希望这一切都是幻觉，抑或是梦游。当我梦醒的时候，我希望一切如常，罗盛昌仍然谈笑风生，"昌"字旗继续随风飘扬，而我在茶馆里听到的最惊人的消息，不过是一个裁缝做坏了一件衣裳……

我知道，这不可能。

10

路过夜市的时候，我们停了下来。

夜市上有许多露天小摊，挂面、馄饨、包子、煎饼等各种小吃香气四溢。天津人被称为"卫嘴子"是有道理的，不仅因为能说，也因为能吃。

我饿了。过度的体力消耗会带来强烈的饥饿感，而饥饿是无法忍耐的。

沈沫显然也饿了，狼吞虎咽地吃起来。我认为他的吃相配不上他那张好看的脸，不过这让他看起来更粗野，更像个男人。他一边吃，一边和我说话。

"如果娄阿法确实还活着，我倒是有一些想法……"

"什么想法？"我问。

他没回答。

我又问了一遍，他仍然没反应。

我放下碗，抬头看他。他的样子很奇怪，几根面条挂在嘴边，忘了吸进去，也忘了咀嚼，眼神又直又僵，呆呆地盯着我的背后。

我感觉背后一阵凉风，下意识地回头……

娄阿法！

他坐在我身后的一个馄饨摊上，包袱放在身旁。当我回头的时候，他恰好抬头，四目相对。

半秒钟错愕之后，沈沫抓起了警棍，娄阿法扔出了汤碗……汤碗和警棍在空中相撞，落到地上，碎片飞溅。娄阿法抓起包袱，起身便逃。沈沫拾起警棍，穷追不舍。

夜市上一阵混乱，人们不知道发生了什么，议论纷纷。嘈杂声中，我穿过人群，朝着他们的背影追了上去。

你问我一个瘸子能跑多快，我告诉你，比兔子还快，因为他根本不瘸。我也不知道他为什么要伪装成瘸子，也许我将来有机会知道，知道的时候我自然会告诉你。

他们跑进了巷子，我追进了巷子。他们跑出了巷尾，钻进了另一条巷子……我继续追。

我不记得那个夜晚我到底跑了多远的路，只记得我被那些巷子弄得头昏脑涨,好像陷入了一座迷宫。那些巷子都很窄,也很黑,再加上浓浓夜雾,起初我还能看见他们的背影,后来只能根据脚步声来判断他们的方向,最后连脚步声也听不见了,我只能盲目地来回奔跑,就像被困在通风管道里的老鼠。当我跌跌撞撞地走出巷口,浓雾中忽然蹿出一个黑影,饿虎扑食一般把我扑倒在地。在我最绝望的时刻,听到的却是沈沫的声音。

"怎么是你?"

就这样,娄阿法利用这座"迷宫"和我们玩了一次"捉迷藏",然后消失得无影无踪。他留给我们的,只有说不出的失望和沮丧。

那天夜里,我又做梦了。我梦见自己在巷子里亡命狂奔,那巷子无穷无尽,当我终于找到出口时,却发现娄阿法站在那里,面目狰狞,杀气腾腾……

醒来的时候,我满头大汗。

11

天亮以后,我赶到了警察局。

沈沫正在替雷探长打扫办公室,这是一个助手应该干的活儿。他看起来也没睡好,也许一夜未眠。他一直都是一个斗志昂扬的人,但是现在他灰溜溜的,无精打采,像霜打的茄子。

我想起他在夜市上没说完的话,于是我问他当时有什么想法。他说他忘了,当时只是灵光一现,娄阿法一出现他就忘得干干净净。他认为自己很失败,作为一个警察,眼睁睁地看着谋杀嫌疑人从自己的眼皮底下逃之夭夭,简直是奇耻大辱,雷探长一定对他很失望。我认为雷探长也许会失望,但不会责怪他,因为不是他无能,而是娄阿法太狡猾。他告诉我,如果不能抓住娄阿法,他永远也无法原谅自己,问题是,他现在毫无头绪。我安慰他说,雷探长一定会有办法,他是个神探,十二年前他能抓住娄阿法,十二年后当然也可以。

周叶忽然出现在门口。沈沫立刻把他的沮丧收了起来，抖擞精神。但是，当他发现周叶身后还跟着闻达时，他脸上的笑容僵住了。

"你们为什么会在一起？"

"我们为什么不能在一起？"周叶说。

"碰巧。"闻达说。

我能理解周叶为什么来警察局，我猜她昨晚像我一样梦见了娄阿法，也像我一样无法克制自己的好奇心。但闻达又是为什么？

闻达的样子很奇怪。他脑袋上的伤口还缠着绷带，脸上又多了几处青肿，袖子和衣角也被扯破了。他告诉我们，昨天他回了一趟镖局，想见师父最后一面，结果遭到了围攻，所有人都以为他是凶手，没有人愿意听他解释。当然，他也解释不清。

"你能不能去镖局替我跟他们解释一下？"他问沈沫。

"不能。"沈沫说，口气冷得像冰。

"那你能不能帮我写个证明……"

"不能。"

"哦。"闻达说。他转身要走，周叶一把拉住他。

"为什么不能？"她问沈沫。

"因为……"沈沫缓和了语气，"警察局没有这个先例。"

"那你就开个先例。"

"我没有这个权力。"

"谁有这个权力？"

"我师父。"

"你师父呢？"

沈沫没有回答，恶狠狠地看着闻达。闻达沉默不语，只是疑惑地看着周叶。我想，周叶对闻达的感觉大概很复杂，既有同情，又有歉意。

"你师父呢?"周叶继续追问,"他在哪儿?"

"他快到了。"沈沫看看墙上的挂钟,淡淡地说。

我们都安静下来,沉默地等待。

时钟在转动,一下、一下、一下……感觉越来越缓慢,有一阵,时间就像是停滞了。

最后,我们没能等到雷探长,却等来了一个巡警。他大声嚷嚷着,慌慌张张地跑了进来,又慌慌张张地跑了出去,只留下了一个坏消息。

雷探长死了!

12

雷探长家是一座中式宅子,前后两院,古色古香,据说是他家祖上传下来的。

案发现场就在雷探长的卧室里。他死在床上,与罗盛昌的死状几乎一模一样,喉咙上同样插着一把飞刀,同样是一刀毙命。从作案手法看,凶手应该是娄阿法。

雷探长的枕头底下有一支手枪,这说明他平时很注意防范,但他还来不及拔出手枪就已经被杀死了。娄阿法是怎么做到的?我无法想象。我只能想象雷探长当时正在沉睡,黑暗中,娄阿法像个幽灵一样悄无声息地出现在他的床侧,深陷的眼窝里射出两道嗜血的寒光……太可怕了。

沈沫告诉我们,他在勘察中有一个意外的发现,他发现雷探长的卧室里同样暗藏着密室,密室里同样暗藏着保险柜,保险柜同样被打开,里面同样空无一物。至于丢失了什么,也许只有雷太太知道。由于惊吓过度,雷太太已经被送进了医院。大夫说,现在最好不要打扰她,不要让她再受任何刺激,除非你想杀死她肚子里的孩子。

沈沫很自责,后悔昨晚没能抓住娄阿法,因此他勘察得格外仔细。即使所有警察都离开了,他仍然没有放弃。他发现了一双鞋印,从雷探长的卧室窗台一直延伸到后院围墙,围墙外面有一条巷子,巷子里还有更多新鲜的鞋印。这条巷子平时很少有人走动。沈沫推理认为,这些鞋印属于娄阿法和他的两个同伙。

沈沫决定拿纸拓下那些鞋印,我们当然不能闲着,于是上去帮忙。

当我蹲在地上埋头干活儿时,跟在我后面的周叶忽然拉了我一把。

"怎么了?"我回头问她。

她没有回答,只是盯着我的脚下,眼神很奇怪。

我低头看看脚下,然后我知道她为什么奇怪了。因为我刚刚踩上去的鞋印和我正要拓下的鞋印很相似,大小和花纹都吻合。开始我还以为这只是巧合,直到我发现另一双鞋印似乎属于沈沫。我把沈沫叫住,确认了这是事实。沈沫呆住了。

三双鞋印,一双属于娄阿法,另外两双分别属于沈沫和我。你知道这意味着什么。这意味着昨晚我们来过这个地方,娄阿法带我们来的。可惜夜太黑,雾太浓,我们晕头转向,迷失了自己。

你可以想象一下,当沈沫和我迷失在这条巷子里的时候,娄阿法也许与我们只有一墙之隔,他站在院子里面,贴着围墙,倾听着外面的脚步声,当我们匆忙的脚步声渐行渐远,他才从容转身,拔出飞刀,向雷探长的卧室走去……

沈沫脸色铁青,狠狠一拳打在围墙上。他收回了拳头,墙上鲜血淋漓。

第三章　大悲

1

雷万钧死后，沈沫变了。

他变得低沉，也变得……沧桑。也许不适合他这个年纪，但这是我唯一能想到的词。我认为，只有"沧桑"才更接近他当时的样子。他不再是那个性情张扬的男孩，而变成了一个不苟言笑的男人，就像他的师父雷万钧一样。他仍然只有二十二岁，但是他的外表和他的心理都已经告别了二十二岁。这种变化很明显。他开始不修边幅，不再用凡士林抹头发，不再用雪花膏搽脸，不再每天认真地修理胡须，看见那些漂亮姑娘也不再露出坏笑，不再和她们插科打诨，甚至不再拿正眼看她们……总之，他的外表和他的眼神让他看起来更严肃，也更成熟，甚至有一点冷酷。

每个男孩都有一些关键时刻，断奶、发现身体的变化、第一次遗精、第一次打架、第一次喜欢一个姑娘、第一次亲吻喜欢的姑娘……其实这些都不是最关键的时刻。最关键的是，除了生理意义，他还有一个心理意义上的断奶期。那是他真正长大的时刻，从一个男孩变成一个男人。在这个时刻，也许会慌张，因为背后不再有依靠，不再有人无条件地给他帮助，迷茫的时候不再有人给他提示，甚至连暗示也没有，他只能依靠自己的力量解决所有问题。当他慢慢适应了这些，才会镇定下来，做他必须做的事情，承担他应该承担的责任。每个人的情况不相同，这个关键时刻也许会出现在不同时期。有些人是在结婚之后，有些人是在成为父亲之后，还有些人是在失去父母之后……我认为，沈沫的这个关键时刻，就是在雷万钧死后。他告诉我，他忽然发现许多过去认为重要的事情其实并不重要，对他来说，现在只有一件事情是有意义的，那就是抓住凶手，为师父复仇。

我知道，沈沫一定很自责。他一定在想，如果他能跑得更快，如果那个夜晚没有下雾，如果他没有在巷子里迷失，如果他熟悉雷探长家的后院，如果他停下来观察一下周围环境而不是继续疲于奔命……我知道他心里怎么想的，因为我的想法和他一样，我同样自责。我也有许多假设，每一个假设的结果都是"雷探长不会死"。但生活中没有如果，只有事实。事实上，雷探长已经死了。我们只能承受这个结果，同时承受内心的悔恨与愧疚。

乔先生也变了。当我在茶馆里见到他的时候，我发现他变得沉重，也变得苍老了。他的头发变灰了，眼神变得黯淡无光，背有些驼，步伐也不再像原来那样稳健。他的注意力不再集中，表情也不再淡定，总是一副若有所思的样子。人们和他打招呼，他有时会忘了回应。有人冲他微笑，他也会忘了还以微笑。他刚刚失去了两位相识多年、相互信任和相互欣赏的老朋友。我可以想象他心里的悲伤。也许不仅是悲伤，还有孤独和愤怒。

我也很愤怒。如果你被一个凶手戏耍过，就像是戏耍一个白痴一样，你就能理解我的愤怒。我希望沈沫尽快抓住娄阿法。我希望自己能够见证那个时刻，那样我就可以朝他那张丑陋的脸上吐一口唾沫，发泄我心头的怒火。

2

我有一个问题：以往发生的杀人案，比如罗盛昌的案子，一般都由雷探长负责，现在雷探长被人杀了，案子由谁来负责？

你可能会说沈沫，但不要忘了他只是一个助手，主要干体力活儿，这么大的案子还轮不到他做主。警察局里还有许多探长，官职和地位都比沈沫高。我以为他们会像我一样愤怒，也许会争先恐后发誓要抓住凶手，因为凶手杀死的是总探长，这几乎等同于向警察局宣战。但沈沫告诉我，事实并非如此。

雷万钧是个天才，天才都很孤独。他在外面也许很风光，在警察局却没什么朋友。老天爷很公平，他会让你在某一些方面杰出，也会让你在另一些方面像个白痴，比如说处理人际关系。你大概知道有一种东西叫作嫉妒，我就是这个意思。后来我有机会认识了几个探长，其实他们并不像我想象中那样愚蠢。他们告诉我，他们觉得自己很倒霉，倒霉之处就在于和一个天才共事，雷万钧每破一个案子，报纸上每一次宣扬，都仿佛是在向人们暗示他们很愚蠢。慢慢地，所有人都认为他们很愚蠢，他们也渐渐地习惯了愚蠢并且心安理得……最后，他们就真的变成了愚蠢的人。

我想，再愚蠢的人，也不会不知道这个案子有多严重。因此，探长们听到消息之后都离开了麻将桌，到案发现场看了看。不过，他们也只是在现场看了看，装模作样表示了哀悼，表示了沉痛，也表示了愤怒，然后就回到了麻将桌上，发誓要赢更多的钱或者把输掉的钱赢回来。

但是，警察局局长坐不住了。局长叫马向东，他是个胖子，长得很可爱，像个吉祥物。在警察局他是个大人物，主要负责发脾气。他的业余爱好包括抽烟、看戏和逛窑子。他也是一个麻将爱好者。我听沈沫说，马向东那天赢了不少钱，心情不错，但是雷万钧遇刺的消息破坏了他的兴致，于是他派人把所有探长从别处的麻将桌上叫了出来。那些愚蠢的人商量来商量去，商量出了一个聪明的办法：既然凶手是个死鬼，那么这个案子肯定是破不了的，既然这是个破不了的案子，还不如就当它没有发生过。马向东大概也认为这是个好主意，于是下令严密封锁消息。

我后来才发现，每当他们遇到大案却发现无法破案的时候，他们就会这样做。这几乎成了一种惯例。你以记者的身份去问，他们会说那是谣言，纯属捕风捉影。如果你遇到的那个探长知书达礼，他会客气地对你说不用紧张，也不用害怕；如果你遇到的探长脾气暴躁，他会厉声警告你不要造谣，不要信谣，更不要传谣。他们也许认为，所有人都闭嘴，这件事情就会自动消失，就像风中的烟雾一样。

但是，他们忽视了沈沫的感受，也忽视了沈沫还有一个当记者的朋友。

3

当报童们四处奔跑，高喊"号外！号外……"的时候，马向东不得不再一次告别麻将桌，重新把探长们召集起来。

不过，他们最关心的仍然不是如何查案，而是谁走漏了风声。有人怀疑过沈沫，但不能确定，因为除了沈沫，还有太多的怀疑对象。雷万钧遇刺的案子在警察局内部已经传开，每一个警察都可能泄密。在马向东和探长们的淫威之下，那些卑微的警察也许发过毒誓把事情烂在肚子里，但谁没有几个可以交换秘密的朋友，同样的誓言会在一个又一个朋友之间传递，最后，这个秘密就成了尽人皆知的"秘密"。所以，他们终于明白继续追查泄密者不会有什么结果，也不会有什么实际意义，于是他们开始讨论如何应付这个尴尬的局面。

对一群愚蠢的人来说，办法总是会有的。他们很快又有了新的主意：既然消息已经传开了，那就传开好了，不用管它。生活总是要继续，再大的事情都会过去，都会被忘记；烟雾再大，总会有被风吹散的时候。

但是，烟雾并没有被风吹散，反而越来越浓。坏消息一个接着一个，人们失去了两位英雄，一位是镖局大佬，一位是警界神探，还有什么比这个更骇人听闻。自然而然，人们都希望警察局能够做点什么，或者至少说点什么。但他们始终一言不发。有报馆记者去问，他们就两手一摊，无可奉告。他们连"本案正在调查"这样的谎话都不会说给人们听。他们才不会先扔一只靴子，然后让人们去等待另一只靴子落地。

谣言很快出现了，愈演愈烈。

我在茶馆里听了几个故事，都是胡扯、无稽之谈。有一个酒鬼，他说有一天夜里他醉倒在路边，看见娄阿法从他身边路过。这个我信，不过他接下来说的我不信。他说他看见娄阿法纵身一跃，从海河东岸跳到了西岸。还有一个清洁女工也说她看见了娄阿法，她说他就像孙猴子那样会七十二变，晃了晃脑袋就变成了另一个人。还有一个算命的盲人说，他很久以前就已经掐指算到娄阿法肉身已死但魂魄不散，现在果然复活，他还说娄阿法白天都待在坟墓里，夜晚才出来继续做他的江洋大盗……

我不知道他们为什么要这样说，也许这样可以引起人们的注意。有些人听完了一笑而过，但另一些人不会，他们也许会相信这些故事都是真的。

谣言也是一门生意。那些小报最喜欢这样的故事，这些故事可以让他们卖出更多的报纸。经过他们的渲染，人们陷入了恐慌。

恐慌也可以用来获利。一些江湖术士开始沿街贩卖药草和神水，据说它们可以抵御恶鬼。那些山贼当然也不会放过这样的机会，他们出动的次数更加频繁，更加猖獗，肆无忌惮。如果黑暗中有人问"什么人",他们只需要回答"娄阿法",那个警惕的声音就会消失,接下来他们就可以为所欲为。

轮到周自恒出场了。

作为商界领袖和士绅代表,在这个混乱的局面之下,周自恒不可能保持沉默,不可能袖手旁观。在袁琳的陪同下,周自恒约见了马向东,当面施压,义正词严。他说,血案频发,匪徒作乱,满城风雨,人人自危,身为民众卫士,警察怎能视而不见,无所作为?

如果是一般人,马向东不一定会理睬。但对周自恒这样的大人物,他还是表示了尊重。他说,警察正在作为,但案件太过复杂,匪徒太过狡猾,破案尚须时日,民众尚须等待。

送走了周自恒,马向东又回到了麻将桌上。

人们忍无可忍,开始集会请愿。他们围住了警察局,要求马向东出来对话,给大家一个交代。我猜马向东那天打麻将的时候输了钱,因为他当时很狂躁。对话很快变成了口角,不知道是谁从人群中扔出了一颗鸡蛋,精准地命中了马向东的额头。他暴跳如雷,宣称他们都是暴民,下令警察动手。

就这样,集会请愿演变成了流血事件。

4

乔先生终于拍案而起。

乔先生发作的方式就是写文章。他写文章喜欢打比方,尤其喜欢用小动物打比方。这一次,他把马向东比作乌龟。马向东更加狂躁,他本来打算把乔先生抓起来,让乔先生吃些苦头,但他担心无法收场,毕竟乔先生也是个体面人,于是他忍气吞声、装聋作哑,继续当他的缩头乌龟。他也许认为,乔先生只是个书生,只会在纸上咆哮,伤不了他一根毫毛。

但是,这一次他又忽视了乔先生的能量,也忽视了乔先生还有一位很特别的朋友。

乔先生有许多朋友。但这位朋友与众不同，他叫季成庸，是当局的一位高官。这是一个不打不相识的故事。乔先生曾经在报纸上写文章抨击过季成庸，把他比作老鼠。这个比喻让季成庸很难堪，他本来有无数种方式来回击乔先生，毕竟他手中掌握权力，但他还算是有些修养，通过法律途径解决了这件事情。乔先生登报致歉之后，他们以文明的方式握手言和，也许是为了表现自己的大度，季成庸主动请乔先生吃了顿饭，饭桌上他们相谈甚欢，最后居然成了朋友。

季成庸从报纸上看到了乔先生写的关于罗盛昌案的文章，怒发冲冠，他把马向东叫到了他的办公室，发了脾气并且拍了桌子。马向东灰溜溜地回到了警察局，又把他的火气发泄在探长们头上。等他心平气和以后，他们又开始商量。他们一致认为，既然高层过问了，那么必须尽快解决这件事情，平息坊间的谣言，平息民众的恐慌，最重要的是平息高层的怒气，也好让他们自己尽快回到麻将桌上。

至于如何破案，他们有一个巧妙的想法，就是找一个替罪羊。他们的计划是，找一个死囚，最好与娄阿法长得差不太多，先把他打得鼻青脸肿，让人们看不出他原来的模样；然后给他下哑药，让他变成真正的哑巴；再告诉大家这个人就是凶手，他一直在冒充娄阿法作案……最后是立功受奖，圆满收场。

这是一个绝密计划，知情面很窄。但沈沫不知道通过什么途径听说了这个阴谋，他终于爆发了。他冲进马向东的办公室，公然以下犯上，宣称如果他们敢这样做，他就敢把真相散布出去，让他们收不了场。马向东威胁说如果他敢出去乱讲，一定让他吃不了兜着走。沈沫说你可以试试，然后脱掉警服，把它扔在马向东面前，转身就走。马向东能怎么办，难道把他杀了灭口？结果，沈沫还没有走出警察局大门就被叫了回去。详谈之后,马向东终于搞清了状况:沈沫就是那个泄密者,他有一个当记者的朋友,那个当记者的朋友有一个喜欢打比方的师父,那个喜欢打比方的师父有一个在高层做官的朋友……

搞清楚状况以后,马向东的态度就变得温和了,他从地上拾起警服,掸去尘土,然后亲自帮沈沫穿上。他说,"替罪羊"只是探长们的一个想法,其实他也认为那样做不妥。他还说自己理解沈沫的感受,作为警察局局长,他失去了雷万钧这个最得力的干将,没有人比他更悲伤,没有人比他更愤怒,也没有人比他更希望尽快将凶手绳之以法。

这次谈话之后,马向东终于做出了正确的决定,下令追查到底。

5

探长们又被召集起来了。马向东拿出了总探长的官印,宣称谁负责这个案子,谁就是代理总探长,破案之日,就是升官之时。

对探长们来说,这是个诱惑,也是个机会。但是没有人抓住这个出人头地的机会。他们只是看着那个官印,也许他们的眼睛里都燃烧着渴望的火焰,却没有人向前迈出一步。

这并不奇怪。我想,他们大概不认为自己有能力破这个案子。除了自知之明,也许还有深深的恐惧。在他们眼里,娄阿法神出鬼没,无所不能,像雷万钧那样的天才都不是对手,更何况他们这样愚蠢的人。他们就是再愚蠢,也不至于引火烧身,自取灭亡。因此,他们只是坐在那里,眼巴巴地看着那个官印,无动于衷。

最后,有人忽然想到了沈沫。作为雷万钧最信任的助手,沈沫一定有为师父复仇的动力,也一定获得了师父的真传,于公于私,于情于理,他都是最佳人选。至于他浅薄的资历,那有什么关系呢？自古英雄出少年，非常时期不拘一格嘛……所有人都认为这是个好主意。但我能猜到他们的真实想法，他们在等着看这个"刺头"的笑话。如果沈沫接过了官印，他会有两种结局，一种是像雷万钧一样被娄阿法杀死，另一种是被民众的唾沫淹死。无论哪一种结局，他们都会很高兴。那时候他们可以说，你看，愚蠢的不是我们，是他。

沈沫没有推辞，他当上了代理总探长。

签下军令状之后，马向东把官印交给了沈沫。在探长们虚伪的祝贺声中，就职仪式草草收场。

也许只有我的祝贺是真诚的、发自内心的。对一个二十二岁的年轻人来说，这几乎是一步登天。我很高兴我的朋友能有这么一天。不过，沈沫并不认为这是一件值得高兴的事情。他告诉我，踏着师父的鲜血升职，这让他心里很不舒服。

除了代表权力的官印，沈沫还拥有了一支勃朗宁手枪和一间独立办公室。官印、手枪和办公室原来都属于雷万钧，现在由沈沫继承了。

我把玩过那支手枪，开始很新鲜，后来却有一种说不清的感觉，黑黑的，像不祥之物。

不管怎么说，沈沫的人生进入了一个崭新的阶段。我不知道他能在总探长的位置上坚持多久，也许很长久，也许很短暂，这取决于他的能力，还有运气。

军令状上，沈沫只有一个月时间。

6

我和乔先生谈论过这个案子。

我认为，时间也许不是问题，无论如何，沈沫手握官印，拥有了权力，他可以调动更多的人力、物力，只要运用得当，一个月也许足够。但乔先生看着我,叹了一口气。

"你呀,还是太年轻。"

回想起来,沈沫能当上代理总探长,和乔先生的文章有间接关系。乔先生应该感到欣慰,有人负责这个案子总比没有人负责好,而且我向他介绍过沈沫的本事。但是,很明显,乔先生的眼里仍然有深深的忧虑。他的表情告诉我,事情并不像我想象的那么简单。

事情确实没那么简单。沈沫告诉我,关于案子,他其实并无胜算,甚至可以说毫无把握。他的问题也在于年轻。当探长们迫于压力需要沈沫出头的时候,资历不是问题;但是当沈沫需要他们帮忙的时候,资历就成了问题。没有人听从他的号令,探长们不给面子,那些与他同辈的警察也都对他爱搭不理,他们总是能找到合适的理由回避他的指示。没有人相信他能撑得过一个月,也许某一天早晨,人们又会听到一个坏消息:新上任的代理总探长被发现死在床上,喉咙上插着一把飞刀。运气好的话,他也许能活命,至于破案……想都不要想。所有人都认为沈沫来代理总探长一职是一个笑话,谁愿意为一个笑话卖命?因此,沈沫确实是升职了,但他只是一个光杆儿司令。

从来没有什么孤胆英雄,雷万钧不是,沈沫也不是。查案是一件非常复杂的事情,需要许多大脑、许多张嘴、许多双手……这就是沈沫的烦恼。

我告诉沈沫,作为朋友,我愿意分担他的烦恼,如果需要我帮忙,我一定不会推辞。但是,除了画画和写文章,我不知道自己还能干什么。

沈沫拍拍我的肩膀,苦笑一下。他说,只有我们两个还不够,他需要更多人手。

我忽然想起了闻达。我认为闻达既有动力,也有能力,沈沫也许需要有人帮忙干一些体力活儿,闻达的身手一定可以派上用场。

如我所料，闻达也一心想为师父罗盛昌报仇。对他来说，这是个机会。不过，他仍然希望沈沫能去镖局帮他解释清楚。沈沫同意了，并且主动伸手和闻达握了一下。

这是一个重要的时刻，我很高兴看到他们握手言和。他们曾经敌对过，但现在情况不同了。他们的师父死在了同一个人的刀下，同样的仇恨让他们坐上了同一条船。

其实闻达已经不需要解释什么了。我们走进镖局才发现，几乎所有人都知道了闻达不是凶手，娄阿法才是。

我们回到警察局，周叶又出现了。她仍然无法克制自己的好奇心。听说沈沫负责这个案子，她和我一样高兴。她告诉沈沫，她也想帮忙。沈沫只是笑笑，并不当真。但周叶很认真，她说她被娄阿法利用过，这个案子就与她扯上了关系，她必须做点什么，否则不得安宁。她很执着。沈沫了解她，于是他说："可以，行，好的。"

我不知道周叶能帮上什么忙，不过我认为多一个人总不会有什么坏处。多数时候，女人总是比男人敏感，尽管周叶看上去神经大条。

7

一个警察，一个镖师，一个记者，一个女大学生，平均年龄不满二十一岁，就凭这几个乳臭未干的家伙能抓住娄阿法？听起来像是开玩笑，但我们是认真的。

你问我有多大把握？我不知道"把握"是什么意思，我没想过这个问题。那时候我还年轻，喜欢做没把握的事情，因为这样做能让我感到刺激。后来我才知道这不是我的问题，是肾上腺素的问题。也许这是一个错误的决定，也许有一天我会后悔，但后悔是将来的事情，将来的事情将来再说。

现在的问题是：去哪里抓娄阿法？

当沈沫提出这个问题以后,我们都冷静下来,开始思考。然后我发现自己脑子里一团糨糊。这个案件距离结束还有一个月,但没有人知道结局会是什么。我想尽快抵达终点,却搞不清终点在哪个方向。那种感觉无法描述。你可以试试蒙上眼睛,看看能不能走成直线。

我看看闻达,又看看周叶,他们和我一样,一脸茫然。

在我们中间,最聪明和最冷静的就是沈沫。他思考的时候有一个习惯。他喜欢撕纸,把一张纸撕成两片,然后是四片,八片,十六片……我不知道这样做对思考会有什么帮助,但我从撕纸的声音里听到了一丝丝快感。

当碎纸屑在他的办公桌上堆成一座小山时,沈沫停了下来。

"你们相信这世上有鬼吗?"沈沫问。

"什么意思?"周叶反问。

"我想先确定一点,我们要抓的这个凶手,到底是人是鬼?"

"是人。"周叶说。

"那么,这个人到底是不是娄阿法?"

"是他。"

"如果是他,那十二年前被枪毙的那个人是谁?"

周叶犹豫一下:"……不是他?"

沈沫扬起眉毛:"你的意思是,娄阿法当年没被枪毙?"

周叶点点头。

我同意。如果可以选择的话,我希望我们的对手是一个活人,而不是一个鬼魂。

"那么,当年在刑场上,你父亲看错了?"沈沫说。

周叶瞪着眼睛,不说话了。

我的经验是,当一个人告诉你一件事情,你不一定要相信,但是,如果三个人告诉你同一件事情,如果他们没有说谎的动机,也不能从谎话中获利，那么这件事情就值得相信。不过这个经验现在没有任何用处。十二年前，周自恒、雷万钧和乔先生亲眼看见娄阿法死了，现在，周叶、沈沫和我又亲眼看见他活着。如果没有人说谎的话，怎么解释这一切？

我忽然有了一个想法："也许，娄阿法还有个兄弟，孪生兄弟？"

"我查过了。"沈沫摇摇头，"他确实有个弟弟，但不是孪生兄弟，比他小三岁，比他死得早，病死的。"

我无话可说。

沈沫把目光从我脸上移开，移到了闻达的脸上。

闻达挠了挠头，很难为情似的。我猜他宁愿动手，不愿动脑。不过，他的脑袋可不笨。

"也许他买通了警察，帮自己找了个替死鬼？"闻达说。

"你的意思是，他买通了所有人？"沈沫说，"我师父，还有周先生、乔先生，他们都被收买了？"

闻达无言以对，闭上了嘴。

我想，娄阿法也许能收买行刑官，但不可能买通所有人，众目睽睽之下瞒天过海，这不可能。

"也许，他不需要收买所有人。"周叶说，"除了行刑官，他只需要再收买一个人。"

"谁？"沈沫问。

"刽子手。"

我心里一动。如果刽子手被收买了，他可以控制子弹的落点，也许娄阿法只是看上去已经死了，实际上没有。

这个想法很大胆，周叶自己也吓了一跳，瞪大了眼睛，捂住了嘴。

8

沈沫找到了当年的行刑记录,但我们没能找到当年的刽子手,因为他半年前已经死了。他喜欢抽大烟。我听说他一直很压抑,抽大烟也许能让他忘记那些死人的脸。

行刑官还活着。他岁数大了,记性不好,已经有了老年痴呆的迹象,不过他还记得当时的情况。他告诉我们,刽子手一共开了两枪,第一枪打在脑袋上,又在心脏上补了一枪,因此娄阿法不可能活下来。我们不知道该不该相信他。如果当年他也被收买了,那么他不可能对我们说实话。

沈沫问他,当年替娄阿法收尸的是谁?他回忆了一下,说是娄阿法的父母。

娄阿法的父母仍然健在,住在西郊农村。两位老人目光浑浊,反应迟钝。沈沫想知道娄阿法埋在哪儿,于是他们带我们去了那个地方,尽管并不情愿。

穿过泥泞的小路,远处是一片坟场。那里有一棵树。树下有一个隆起的土包,堆了几块石头,插了一块木板,刻在上面的名字已经被风雨侵蚀得无法辨识。我记得那天阴天,天空很低沉,没有风,我的感觉却是阴风刺骨。我悄悄观察娄阿法的父母,他们都很麻木,脸上看不到任何表情。他们把我们带到了这个地方,一刻也没有停留,步履蹒跚地离开了。

我们站在娄阿法的坟前发了一会儿呆。然后,沈沫有了一个疯狂的想法。

在实施这个想法之前,他对周叶说:"你先回避一下。"

"我为什么要回避?"周叶问。

"因为……你是女人。"

"你看不起女人?"

"不是。我的意思是,你不会想看的。"

"我想看。你们能看，我为什么不能？"

"好吧。"沈沫叹了口气，"随你。"

沈沫和闻达挖开了坟墓。他们不让我插手，事实上我也不敢插手，因此我只是站在一旁看着，心里一阵阵悸动。我忽然想起了那个算命的盲人，他说娄阿法昼伏夜出……

周叶也吓坏了。她脸色煞白，躲在我的背后，紧紧抓住我的衣袖。我能感觉到她的手一直在颤抖。就像电流传导，我的手也忍不住微微颤抖起来。

如果沈沫猜得没错，这座坟墓只是一个幌子，里面不会有棺木，或者有棺木，但不会有尸体……

确实没有棺木，但有一张篾席。篾席已经腐烂，包裹着一具完整的白骨。颅骨上有个小孔，左胸的一根肋骨断了，像是被子弹打穿。沈沫翻动骷髅，找到了两颗弹头，锈迹斑斑。

我们相互看看，没有人出声。

沈沫和闻达重新掩埋了白骨，然后对着坟头拱手作揖，表示歉意。

一只乌鸦忽然从我们头顶飞过，叫声凄厉。我吓了一跳。周叶浑身一颤，终于忍不住哭了。

对一个姑娘来说，这样的经历确实太残酷。我想，她一定很后悔没有听沈沫的话，后悔刚才没有走开。但我低估了她。

"回家吧？"沈沫问她。

"不。"她擦擦眼泪，坚定地摇头。

"还想跟我们一起查案？"

"当然。"

沈沫看着她的眼睛，似乎在判断她到底有多大决心。

"我发誓，"她举起右手，亮出四个指头，"以后再也不哭。"

沈沫点点头，转身走开了。

你问我娄阿法到底是人是鬼，我现在无法回答。我们确实看见了一座坟墓，坟墓里确实有一具骷髅，骷髅上确实有两个弹孔，但我们无法确认他是谁。

我想，如果这是十二年前的一个阴谋，那么这个阴谋算得上天衣无缝。

9

沈沫继续撕纸，然后停了下来。

"你们觉得娄阿法还会不会继续杀人？"他问。

我希望不会。但希望归希望，现实归现实。我的感觉是，除非栽在警察手里，否则他不会停止杀戮。

"如果他继续杀人，下一个目标会是谁？"沈沫说。

我明白他的意思。如果我们能推断出娄阿法的下一个目标，即使不能抓住他，至少可以阻止他。

但是，推理需要线索，而我们没有。也许我们可以去问问那个算命的盲人，不过，我们还没有那么愚蠢。

"杀人需要理由吗？"闻达问。

"当然。"沈沫说。

"他为什么杀你师父？"

"我师父当年抓过他。"

探长们在一起谈论过娄阿法，因此沈沫听说了那个故事。他告诉我们，娄阿法案是雷万钧办案生涯中的里程碑，在此之前，他只是一个普通探长，在此之后，他才当上了总探长。起初，人们只知道有一个江洋大盗，来无影去无踪，杀人越货，从来不留活口。没有人知道"娄阿法"这个名字，也没有人知道他长什么样。当年的探长们和现在并没有什么不同，他们都不敢接手这个案子，于是把雷万钧推到了风口浪尖。所有人都以为他会栽在这个案子上，没想到他抓住了这个机会。他从一枚鞋印查起，慢慢积累线索，终于抓住了娄阿法，并且把他送上了刑场。

"我师父呢？"闻达问，"我师父也和他有仇吗？"

沈沫没有回答，他拉开办公桌的抽屉，找出了一张纸。我以为他又要撕纸，但他没有，他把它交给了闻达。

纸上有个图案：圆形，像一枚图章，没有文字，只有一双狼的眼睛，看起来很凶猛。这不是我画的，我猜他找了别人帮忙。警察局里也有画像师。

"见过吗？"沈沫问。

闻达看得很仔细，然后点点头。

"在哪儿见过？"

"在我师父腰上。有一次押镖回来，我和师父一起去泡澡……"

"我师父腰上也有。"沈沫说，"我是在验尸的时候，才发现他们身上有同样的刺青。"

"同样的刺青？"闻达很快意识到，"他们是结拜兄弟？"

"对。"沈沫点点头，"当年抓娄阿法的时候，我师父找不到人帮忙，也许会去找你师父，就像现在我需要你帮忙一样。"

闻达明白了，沉默下来。沈沫低下头，继续撕纸。

周叶忽然问道："就他们两个人结拜吗？"

沈沫表情一动，抬起头来。

我们都明白周叶想说什么。如果娄阿法继续杀人，那个人身上也许会有同样的刺青……

问题是，那个人是谁？

10

罗太太又哭了，流了许多眼泪。

她仍然什么都不知道。她不知道自己的丈夫在外面都有什么朋友，甚至不知道罗盛昌曾经和雷万钧结拜为兄弟，当然也不会知道什么人身上还有同样的刺青。

沈沫很失望，但周叶很乐观。

"我们可以登寻人启事，把刺青登在报纸上，一定能把他找出来。"周叶说。

"未必。"我说，"娄阿法也许正在找他，他未必肯抛头露面。"

"总会有人看见他的刺青，我们可以悬赏。"她是个富家小姐，对她来说，钱也许不是问题。但我不认为钱可以解决所有问题。

"看在钱的份儿上，也许会有许多人愿意把刺青文在腰上，我们怎么分辨哪一个才是我们要找的人？"

周叶眨了眨眼睛，把目光移到沈沫脸上。

沈沫显然没注意听我们说什么，他在思索别的事情。离开镖局之前，他想再看看案发现场。罗太太同意了。

罗盛昌的尸体已经不在了，但地上仍然残留着血渍。沈沫站在密室门口，一直在重复同一个动作：拨动开关，暗门打开，又关上，再打开，再关上……周而复始。

我们疑惑地看着他。直到他找来工具撬开暗门，并且找出了里面的机关，我们才知道他为什么这样做。

他告诉我们，他在雷万钧家的密室里也发现了一个机关，和这个一模一样。

"这说明什么？"周叶不明白。

"这说明这两间密室很可能由同一个工匠设计建造。"沈沫说。

"然后呢？"

"通过这个工匠，也许能找到第三间密室。如果有第三间密室,那它的主人一定是我们要找的人。明白了吗?"

周叶点点头。

罗太太没见过那个工匠,管家也没见过。也许罗盛昌的前妻见过,但他的前妻八年前已经死了。

闻达似乎想起了什么,把我们带到了镖局后院。

后院有一座仓库,仓库里也有一间密室,用来存放商户托管的贵重物品。沈沫检查后发现,它的暗门机关与书房密室很相似。

闻达告诉我们,大概半年前,这间密室的暗门发生了故障,无论如何也打不开,于是罗盛昌派他去请来了一位老师傅,这才把它修好。

"那个老师傅,他叫什么?"沈沫问。

"老潘,"闻达说,"我师父叫他老潘。"

"知道他家在哪儿吗?"

"宁河,乡下。"

"去找他。"

"现在吗?"

"现在。"

闻达出发了,他一个人去了宁河。而我们三个留在城里,还有别的事情要做。

沈沫说,娄阿法不会停下来等我们,如果我们不懂得节省时间,迟早会受到惩罚。

11

雷太太仍然躺在病床上。大夫说,她的精神状况已经稳定,胎儿也未受影响,很快就可以出院了。

雷太太见了我们,一阵唏嘘。她说她怀孕之后一直与丈夫分居,最后一次看见他是案发当晚九点多,当时他正要回房休息。次日早晨,她去叫他起床,才发现他已经死了。

她像罗太太一样无知。她不知道雷万钧与什么人结拜过兄弟。她说那些都是男人之间的事情,作为女人,她从来不问,他也从来不提。

关于保险柜的问题,雷太太告诉我们,丢失的是一把宝剑,两尺多长,通体黄金。那是雷万钧最得意的藏品,至于它的来历,他一直守口如瓶。

根据雷太太的描述,我画出了宝剑的图样。它的样子很普通。不过,与那条赤龙一样,它的手柄上也刻了一个字:风。同样是颜体,正楷。

在估衣街的一间古玩店里,我们找到了一位满头白发的老掌柜。他戴上花镜,捧着赤龙和宝剑的画稿,翻来覆去地看了半天,然后给我们讲了一个故事:

城外原来有座永安寺,那里是皇家禁地。寺院里有座佛堂,供奉着四大天王的金身,连同他们所持的法器——除了赤龙和宝剑,还有琵琶和伞——都是足金打造。在民间传说中,四大法器分别象征着"风、调、雨、顺"。八国联军入侵时期,永安寺毁于战火,化为废墟,寺中文物大都去向不明。十二年前,一位叫庄亦铭的商人在国外展会上发现了保存完好的四大法器,于是花费巨资买下它们并带回国内。由于消息走漏,庄亦铭回国不久便被人杀害,四大法器同时失踪。雷万钧接手这个案子之后,与罗盛昌联手抓获了江洋大盗娄阿法。娄阿法对杀害庄亦铭的事实供认不讳,同时供出了幕后主使灰衣社。灰衣社是一个地下组织,他们雇佣杀手杀人越货,暗中勾结东洋人盗卖文物,罪行累累。根据娄阿法的指认,雷万钧抓获了灰衣社匪首汪道坤,并从汪道坤家中追回了四大法器。不料转运期间中了埋伏,四大法器再次失踪。雷万钧联手罗盛昌继续追查,与灰衣社余党殊死搏杀,九死一生,但没能再次追回四大法器。由于军阀混战，时局动荡，高层无人过问，这个案子从此不了了之，四大法器从此杳无音信……

老掌柜的讲述到此为止。我的脑子里一团迷雾。

失踪多年的赤龙和宝剑为什么会藏在雷万钧和罗盛昌家的密室里？剩下的琵琶和金伞又在谁的手中？

老掌柜无法回答这个问题。他说，关于这个案子，当年的报纸上只介绍了这么多，再无后续，因此他也不知道后来又发生了什么。

"您还记不记得，"沈沫问他，"当年在报纸上写文章的人是谁？"

"乔振邦。"

沈沫看了我一眼。他的表情让我感到不安。

12

乔先生不在报馆，也不在茶馆。人们都说乔先生已经两天没出现，不知道他是不是生病了。

乔先生家住城南一座独门小院内。我们叩响门环，开门的是吴阿姨。大概从六年前开始，她一直在乔先生家帮佣。

她告诉我们，乔先生不在家，乔太太也不在，他们都走了，今晚不会回来，以后也不会再回来了。

"不回来了……"我没听懂，"什么意思？"

"乔先生没告诉你吗？"吴阿姨奇怪地看着我说，"他把房子卖了。"

我很困惑。但沈沫似乎意识到了什么，他跑进了院子。

人去楼空，一地狼藉，看上去乔先生和乔太太走得很匆忙。

我和周叶穿过客厅、起居室、书房，最后在卧室门口找到了沈沫。他站在那里，背对我们，一动不动，像一尊雕塑。

他看见了什么?

我走过去,然后呆住了。

一间密室,暗门半开,墙上有个保险柜,柜门开着,里面空无一物。

吴阿姨跟了过来。沈沫一把抓住她,大声咆哮:"乔先生去哪儿了?"

吴阿姨脸都吓白了。她说她什么都没动,什么也没拿,乔先生只是让她留下来打扫院子,很快会有新的主人搬进来……

"闭嘴!"沈沫完全失去了他的冷静,继续咆哮,"现在我问一句你答一句,我问什么你答什么,听明白了吗?"

吴阿姨惊恐地点点头。

"乔先生去哪儿了?"

"火车站。"

"他们要去哪儿?"

"不知道。"

"乔先生最近说过什么?"

"没有。不过,乔太太前些日子说过,她想回老家……"

"她老家是哪儿?"

"南京。"

"南京什么地方?"

"不知道。"

"他们什么时候走的?"

"刚刚,半小时前,坐人力车走的……"

沈沫撒腿就跑,我们追了上去。

天色已晚。老龙头火车站里人很多,挤来挤去。我们找遍了每一个角落,没有发现乔先生,也没有找到乔太太。检票员说,他不认识什么乔先生,但是他知道,前往南京的火车十分钟前已经开走了。

离开了火车站，我们都很沉默。

我不知道乔先生心里有多少秘密，我也不确定自己还有没有机会了解那些秘密。现在，好奇心已经不重要了，重要的是，我忽然有了一种不祥的预感。我想象那趟南下的列车上还有一名特殊的"乘客"，眼窝深陷，眉骨突出，尖下巴，鹰钩鼻……

"我们要不要去南京找他？"周叶问。

沈沫没有回应。他忽然停下了脚步，眼睛望着别处。

那是一条僻静的巷子，黑乎乎的，没有路灯。我们隐约可以看到，一辆人力车停在远端，一个人影躺在地上。

我们慢慢地向前走去，小心翼翼。巷子里很静，我能听见自己的心跳，一下一下，怦、怦、怦……

乔太太斜靠在人力车上，已经昏死过去。躺在地上的是乔先生，脸色苍白，眼睛瞪得很大，喉咙上插着一把飞刀。

我的心跳忽然停止了。世界悄无声息。

第四章　大贼

1

那是一个漫长的夜晚，也许是最漫长的夜晚。

我认为，糟糕的感觉有三种程度，首先是难过，然后是痛苦，最后是崩溃。闻达和沈沫刚刚经历了这个糟糕的过程，现在轮到我了。在此之前，我还以为自己能与他们感同身受，其实我不能。事实上，直到乔先生死后，我才真正体会到什么叫作崩溃。

震惊、遗憾、困惑、愤怒、自责、深入骨髓的悲凉、无边无际的孤独、挥之不去的绝望……我无法继续描述。

我想起了乔先生和我的最后一次谈话。在茶馆里，我告诉他沈沫当上了代理总探长，负责娄阿法的案子。我以为他会感到欣慰，但是他并不欣慰。他对我说，你呀，还是太年轻。然后他离开了，留给我的是最后一个背影：苍老、沉重、颓废。回想起他当时的眼神，直到现在我才看懂其中的忧愁。那个时候，娄阿法已经释放出了一只名叫"恐怖"的怪兽，它在城里四处游荡，人人自危，而乔先生比任何人都更清楚它的下一个猎物是谁。对乔先生来说，最可怕的也许不是手起刀落的瞬间，而是悬而未决的时刻，是无处不在的杀气、无时无刻的惶恐……那是何等煎熬？我无法想象，也不愿想象。

其实，乔先生还有一种选择：说出那个秘密，然后寻求保护。但他为什么不这样做，为什么要逃避？

我想，乔先生开始也许并不想逃避，他仍然怀着希望，于是在报纸上写下了那篇文章。他希望马向东不要做缩头乌龟，希望有人负责这个案子，希望有人能站出来阻止娄阿法，但他没想到这个人会是沈沫。许多人认为沈沫当代理探长是个笑话，乔先生也不例外。在他看来，沈沫也许和我一样，太年轻，太稚嫩，担不起重任，挑不了大梁，斗不过娄阿法，因此他感到失望，甚至是绝望，于是他选择了逃避，但他最终也没能摆脱那只怪兽。

那天晚上，我又做梦了。在梦里，乔先生仍然活着。他仍然儒雅，仍然气度不凡。梦境跳跃不定。他忽然出现在茶馆，和人们谈笑风生；忽然出现在报馆，在灯下写他的文章。他说，我们当记者的，内心应该向善，不应该唯恐天下不乱。他还说，看好你的笔，不要让它落到别人手里……不知道为什么，乔先生的表情忽然变了，他不再温和，而是变得冷酷，变得狰狞，然后他的面孔渐渐有了变化，眼窝变得深陷，眉骨变得突出，鼻子变钩，下巴变尖……他变成了娄阿法！

惊醒之后，我忽然意识到：尽管娄阿法让我感到恐惧，但我必须找到他，否则那张丑陋的面孔会纠缠到底，成为我永远无法摆脱的梦魇。

2

乔太太醒了。大夫说，她只是脑袋上挨了一下，伤得不重。

乔太太很年轻。她原本是我的学姐，后来才成为我的师娘。我刚上大学那年，她即将毕业。那年秋天，乔先生到校园里做了一次演讲，他迷倒了许多姑娘，其中就有这位学姐。她发誓要嫁给乔先生,后来她成功了。乔先生用文明的方式结束了那桩可悲的包办婚姻,和她组建了新的家庭。他们从此过上了幸福的生活⋯⋯

现在,幸福的生活结束了。她看上去比我更崩溃。

和许多刚刚失去丈夫的女人一样,乔太太只知道哭。她哭着说,这原本是一次愉快的旅行,乔先生告诉她,南京有一家报馆为他提供了更高的职位和薪水,她为此而感到高兴,因为她终于不用再忍受天津干燥的天气,不用再想念南京的亲友和她最爱的盐水鸭,于是她按照乔先生的吩咐匆忙卖掉了房子,收拾好行李准备回老家去。她以为这是新生活的开始,没想到最后是个悲剧⋯⋯

通过我们提供的画像,她确认了凶手是娄阿法。不过,在此之前,她以为那只是一个人力车夫。他把他们拉到火车站附近,突然改变方向,强行把他们拉进了那条僻静的巷子,然后一刀杀死了乔先生,一拳把她打昏。

在乔太太昏迷期间,沈沫找到了那辆人力车真正的主人。那个倒霉的车夫正在四处寻找他的谋生工具,他说他只是去路边树丛里解了个手,出来的时候它就不见了。

乔先生应该认识娄阿法,至少知道他长什么样,为什么会上他的车?乔太太告诉我们,娄阿法头戴草帽,低头哈腰,而且当时天已经黑了,他们担心误了火车,走得匆匆忙忙。她问我们,谁会去留意一个车夫的长相呢?他们不过是拉洋车的,是下等人,平时有谁会拿正眼看他们?这个问题我无法回答。她继续说,直到娄阿法动手之前,他们才打了照面,乔先生确实认识他,惊叫了一声,但是,那个时候想要逃走已经来不及了。

乔太太当然听说过娄阿法。娄阿法已经闹得满城风雨,她不可能没有耳闻。不过,她所知道的仅限于报纸上登过的消息,其中包括那些鬼故事。她并不认为那些耸人听闻的故事和乔先生有什么关系。直到她仔细检查了随身的行李,才搞清楚了娄阿法动手的原因：除了一把足金打造的琵琶，他没有带走其他东西。

如我所料，乔太太知道这把琵琶是乔先生最得意的藏品，但不知道它的来历。乔先生从来没有给她讲过永安寺和四大法器的故事，关于灰衣社的故事也从未提起。

至于乔先生腰间的刺青，乔太太当然比任何人都要熟悉。她曾经也很好奇那一双狼的眼睛代表了什么，乔先生告诉她，那只是他年轻的时候心血来潮、标新立异，并无特殊意义，如果一定要有意义的话，他只是希望自己身上多一点狼性，仅此而已。因此，她也不知道乔先生的结拜兄弟是谁……她问我们，还有谁身上有同样的刺青？

无知的女人，她以为自己了解乔先生，其实她一无所知。当乔先生忽然变得心事重重，她以为他只是因为失去了两位老朋友而感到难过；当乔先生在报纸上写文章抨击马向东，她以为他只是替民众的安危忧心忡忡；当乔先生决定卖掉房子迁居南京，她以为他只是为了让她开心。她不知道发生过什么，也不知道会发生什么，直到娄阿法拔出了刀子……

可怜的女人，像我一样无知。

3

我画出了那把琵琶，然后根据想象画出了那把雨伞，钉在沈沫办公室的墙上。我忽然发现雨伞距离娄阿法的画像太近，于是我把它挪开了，尽可能离那张脸远一点，再远一点。我承认这是一个很傻的举动，但我相信你能理解。这把雨伞也许是我们最后的机会，我不希望娄阿法比我们更早找到它。

沈沫把玩着他的手枪：装弹，插入弹匣，子弹上膛，抬起枪口，瞄准娄阿法的画像……不断地重复。我想，如果真实的娄阿法出现在沈沫面前，他一定会毫不犹豫地扣下扳机。乔先生遇刺的消息很快将传遍全城，那只怪兽将变得更加狂野，人们将陷入更大的恐慌。尽管沈沫什么也不说，但我能感受到他的压力。在沉默的等待中，心理压力还在继续增加，让人越来越焦虑。沈沫放下手枪，又开始不停地看表。留给我们的时间不多了。

闻达还没回来。他已经离开一整天了，一直没有消息。从宁河往返当然不需要花费这么长时间，我猜他可能遇到了麻烦。也许他找不到老潘，也许他找到了但老潘什么也不说。每个行当都有必须恪守的行规，既然是密室，老潘当然要替他的主顾保守秘密。这是他的职业操守，可以理解，但不合时宜。闻达是一个可靠的人，我希望他有办法解决那些麻烦。必要的时候不排除使用暴力，尽管我不喜欢暴力。

周叶也一直没出现。昨晚我们一起见证了乔先生的死亡，她吓坏了，然后她回家了。她必须回家，否则她将失去自由。回家之前，她说她还会来找我们，她还说要坚持到底，但她为什么不出现？我想，她一定是害怕了，如果坟墓里的一具骷髅还不足以让她退缩的话，那么，亲眼看见乔先生死亡应该足够让她放弃了。不过，即使她放弃了，我也能理解，她只是一个姑娘，只有十八岁，她为什么要蹚这个浑水，这个案子本来也跟她没什么关系……

"等一下！"沈沫忽然打断我，"你真的认为这个案子跟她没有任何关系吗？"

我愣了一下，不明白他在说什么。

"我问你，闻达为什么要帮我查案？"沈沫说。

"因为娄阿法杀了他师父。"

"你呢？"

"开始我只是想帮忙，现在想替我师父报仇。"

"周叶呢？"

"她说娄阿法利用了她，所以她……"

"娄阿法为什么要利用她？"

我看着沈沫,沈沫也看着我。我并不愚蠢,只是迟钝。如果我仔细想的话,应该能想到的。

玉观音、匿名信、哑巴、瘸子、捉迷藏……我把所有与娄阿法有关的细节在脑子里过了一遍,终于得出一个结论:娄阿法一直在布局,在他的棋盘上,我们不过是一枚枚棋子。为什么不是别人,偏偏是我们四个?我想,我们都不是无端卷入这个案子的,沈沫和闻达不是,我也不是。尽管为时已晚,但乔先生死后我总算明白了自己为什么会成为那枚棋子。周叶也许会有同样的联想,所以她才不再出现?

你大概能猜到娄阿法的最后一个目标是谁了。或者说,你早已经猜到了。

闻达回来了,风尘仆仆。他看上去很疲倦。他告诉我们,他一夜未眠,路上有许多波折。沈沫不想听那些波折,只想知道他是否找到了老潘。

"找到了。"闻达说,"但他什么都不说,我没办法,只好跟他来硬的……"

"别说过程,直接说结果。"沈沫大声说,"我问你,周公馆是不是也有一间密室?"

"你怎么知道……"闻达很吃惊,但他很快就意识到,"我回来晚了,是吗?"

我想,对乔先生来说,他确实是回来晚了。但对周自恒来说,也许还不算太晚。

4

周自恒一定听说了乔先生遇刺的消息,也一定知道那只怪兽即将来临,因此周公馆看上去戒备森严,如临大敌。铁门紧闭,看不到里面的情况,能看到的只是楼顶上有人警戒,高处的窗户里似乎也有一双双警惕的眼睛。我抬头看天，天空很阴沉，我仿佛看到了一股杀气。

沈沫上去敲门。铁门没开，只开了一扇小窗，露出一个保镖蛮横的面孔。

"什么人？"

"警察。"

"找谁？"

"找周先生。"

"周先生不在。"

小窗关上了。沈沫继续敲门。小窗又打开了。

"我说了周先生不在……"

"我们找周叶小姐。"

"周小姐也不在！"

小窗再次关闭。沈沫再敲，再没有反应。

这并不奇怪。周自恒是堂堂商界大亨，不是你想见就能见的。一般情况下你需要预约，然后是等待，如果周自恒在百忙之中有一点时间，对你也有一点兴趣，他也许愿意见你。但现在不是一般情况，没有什么情况比现在更特殊。乔先生不相信沈沫，周自恒当然也不相信。当凶险来临的时候，周自恒更愿意相信的是自己家的铁门、围墙和花钱请来的保镖，而不是一个只有二十二岁、看上去并不牢靠的毛头小伙子。既然他不愿意相信沈沫可以提供他所需要的保护，当然也不愿意向沈沫吐露那个有关四大法器的秘密。

那是一个什么样的秘密呢？

为了寻找老潘，闻达错过了许多事情。我们花了一点时间向他讲述那些事情，比如永安寺和四大法器，比如娄阿法、汪道坤的灰衣社……但我们无法解释当年被灰衣社余党夺走的法器为什么会出现在罗盛昌、雷万钧、乔先生以及周自恒手里。因此闻达仍然很困惑，然后尝试着理解这一切。

"黑吃黑？"闻达问。

"我相信我师父，"沈沫淡淡地说，"我相信他的人品。"

我也相信乔先生，他已经失去了生命，不能再失去名誉。

闻达怏怏地闭上嘴，不吭声了。

沈沫开始思考，然后说出了他的想法：周自恒要么是娄阿法的下一个目标，要么就是娄阿法的幕后主谋。

我被这个大胆的想法震住了："怎么可能？"

"为什么不可能？"沈沫说，"四大法器价值连城，谁不想一人独有？"

我对此难以置信，但闻达似乎已经被说动。他很急躁，抬头看了看围墙。周公馆的围墙很高，但对闻达来说，这个应该不是问题。我知道他的想法。不过，他还没来得及这样做，就被沈沫拦住了。

"你要干什么？"沈沫问。

"我先进去，把周自恒找出来。"闻达说。

"然后呢？"

"然后……"闻达似乎还没想好然后。

"拿刀架在他脖子上，逼他说实话，是吗？"沈沫反问道。

闻达张了张嘴，什么也没说。

"你知道现在最重要的是什么？"沈沫问他。

"什么？"

"抓住娄阿法。其他事情以后再说，明白了吗？"

"明白。"

"记住，你是来帮忙，不是来添乱的。"沈沫大声说。

闻达点点头，抑制住冲动，安心等待沈沫的计划。

沈沫的计划是：守株待兔。

5

监视开始了。我们各自找了地方隐蔽。我盯着前院,闻达守住后院,沈沫是活动哨,绕着周公馆四处转悠。

这不是我第一次干监视的活儿。第一次的目标是娄阿法,从估衣街跟到菜地,他像遛猴一样把我耍得团团转。我想,这一次不会了,因为目标是周公馆,它不会遛来遛去。

开始我有点紧张,总觉得会发生什么。我希望娄阿法出现,又担心他出现,因为他每一次出现都会带走一条人命。这种感觉很奇怪。更奇怪的是,不知道为什么,在监视过程中,我感觉自己也处于一种被监视的状态,总是感觉背后有一双眼睛,这让我浑身有如针刺。当我回头看的时候,却什么也没发现。我想,也许是我太紧张了,于是我努力让自己放松。当我真正放松的时候,又开始感觉到无聊。

我告诉你,跟踪一个人也许会有凶险,但跟踪至少感觉很刺激。监视一座院子的感觉很不一样,无论开始你的感觉是什么,最后你都会感觉到无聊。如果没有人陪你聊天儿的话,那么你只有一种方法消磨时间:数羊,从一数到一万,然后再数一遍……总之,那个下午很无聊。相信我,如果你整个下午都用同一种姿势待着,盯着同一个地方,眼睛一刻不眨,嘴巴一言不发,你也会像我一样感到煎熬。有几次我差点儿睡着了,但是每当我闭上眼睛的时候,娄阿法的那张脸就会跳进我的脑海里,让我瞬间清醒。

沈沫出现了。他悄无声息地来到我身边,递给我一个水壶。

"有动静吗?"他问我。

"没有。"

"嗯。耐心点,他会来的。"

我喝完了水,把水壶还给他。他离开了。我猜他接下来会去问闻达,我相信闻达的回答和我一样。

整个下午,周公馆没有任何异常,没有可疑人物,也没有异常动静。事实上,整座院子无声无息,仿佛没有人待在里面。铁门只开过两次,第一次走出来两个女佣,手里的菜篮子是空的,第二次还是她们,进去时菜篮子已经装满。铁门上的小窗一共开过三次。其中一次是邮差,另外两次是陌生人。从对话中能听出来他们是周自恒的生意伙伴,他们得到的回答同样是"周先生不在"。这当然是谎话,如果周自恒不在,他们没必要那么紧张。不过,周自恒一直没有露面,周叶和袁琳也没有,我甚至没有听到过他们的声音。

监视周公馆确实是个好主意:如果周自恒是幕后主谋,这样做也许能发现什么;如果他是下一个刺杀目标,这样做也许阻止娄阿法。我从不怀疑沈沫的决定,我只是不知道,这段无聊的时间会持续多久,我又能坚持多久。

我们并没有等待太久。很快,周公馆出事了。

6

太阳落山的时候,我又一次昏昏欲睡。睡意中,我仿佛听到了一个女人的声音。

"来人哪!"

我以为是幻听,直到惊慌的声音再次响起。

"来人哪!快来人哪!大小姐跑啦!大小姐跑啦!"

周叶跑啦?

我一下被惊醒,抬头向周公馆张望。

寂静被打破,周公馆闹翻了天。我看不到里面的情况,但听得到里面的动静。人声、脚步声,还有狗叫声……无数声音汇集在一起,太混乱了。

忽然,所有动静都停了下来,只听得到周自恒的声音。他很愤怒,声音颤抖。

"什么时候跑的?"

报信的女人说了些什么,声音很低,我听不清。

"不知道?"周自恒大声咆哮,"我让你看着她,你在干什么?"

那个女人又说了什么,激起了周自恒更大的怒火。

"你说什么?她要睡一会儿,她让你走你就走吗?很好!你现在可以走了。你走吧,你被解雇了!"

周自恒显然失控了。我理解他。他是个慈善家,但慈善家也有暴躁的一面,尤其在这样一个特殊时期,紧绷的神经会让人丢掉冷静,失去风度,暴跳如雷,歇斯底里。

在那个女人的哭声中,袁琳说话了。我听不清她说什么,但我猜她是在为那个倒霉的女人求情。然后,她的声音变大了。

"你们还愣着干什么?快去找她!她跑不远,也许还在院子里。"

所有人都动了起来。又一阵人声、脚步声、狗叫声……

很快,我听到了一个男人的声音。

"别找啦!大小姐不在院子里,她已经跑啦!"

"从哪儿跑的?"袁琳大声问。

"后院,从后院翻墙跑的。小武去解了个手,回来好像看见她……"

"什么时候跑的?"

"不到一刻钟。"

"为什么不早说?"

"他怕周先生怪罪。我们要不逼他,他还不承认……"

"去找她!"周自恒大吼,"你们都去,快!把她给我找回来!"

人声和脚步声都朝着后院的方向快速移动。

我悄悄地走到后院外面,看见许多人影正朝着不同的方向追去。等他们消失以后,我找到了闻达。他躲在一棵树后面。沈沫比我先到一步,正在盘问闻达。

"叶子跑了,你看见了吗?"沈沫问。

闻达摇了摇头,一脸茫然,揉了揉眼睛。

沈沫似乎明白了,"你刚才睡着了,是吗?"

闻达低着头,像个做错了事的孩子。

闻达刚刚从宁河赶回来,星月兼程,一夜未眠。困倦是最自然的生理反应,加上监视过程中难以忍受的无聊……我能理解,但沈沫不能。

"你怎么能……"沈沫气急败坏地说道,"你这个笨蛋!如果叶子有什么意外,我饶不了你!"

"她能有什么意外?"闻达傻乎乎地问。

沈沫狠狠地瞪着他,没有回答。

我告诉闻达:"娄阿法也许就在附近游荡,如果叶子落到他手里……"

闻达惊呆了,然后是困惑,"她为什么离家出走,她要去哪儿?"

我想了想,忽然想到了一种可能,"她会不会去找我们?"

"对。"沈沫说,"她说过今天要去警察局找我们,她不会食言。"

"我去警察局找她。"闻达拔腿就走,急于弥补他的过失。

沈沫拦住他。"不。我去找她,你留下。"他指了指周公馆,"小心娄阿法乘虚而入。"

沈沫离开了,我和闻达继续监视。我仍然盯着前院,闻达仍然守住后院。

那些保镖陆陆续续回到了周公馆,他们并没有带回周叶。我听到周自恒发了一通脾气,然后院子陷入了死一样的寂静。

大概一刻钟之后,我忽然听到一阵风声,然后是当的一声,似乎是铁器与硬物相撞的动静。周公馆又一阵骚乱。紧接着,几个保镖打开铁门出来查看,但他们什么也没发现,甚至没发现我躲在暗处。我注意到一个保镖一只手上拿着一把飞刀,另一只手上有一张字条。我想我能猜到发生了什么。我感到一阵凉意穿透全身……太糟了!

周公馆重陷死寂。我想象周自恒在他的屋子里踱来踱去,不安和焦虑堆积起来,在他的脑子里弥漫……仿佛末日来临。

沈沫回来了。他问我发生了什么,我告诉了他。他吓坏了,瞳孔收缩,嘴唇微微颤抖,但他很快恢复了镇定。他安慰我说——其实是在安慰他自己——周叶暂时不会有危险,因为娄阿法的目标并不是她,而是周自恒。如果娄阿法威胁要伤害周叶,周自恒一定会做点什么,而我们现在能做的,就是静观其变。

又过了一刻钟,铁门再次打开,周自恒走了出来。袁琳流着眼泪,生离死别似的拉着他不肯放手。他挣脱了,并且让人把她带回了院子里。然后,他上路了。

也许是娄阿法的要求,周自恒选择了步行。他没带司机,也没带保镖,只带了一个包裹。如果我没猜错的话,包裹里应该有一把伞,通体黄金。

7

天黑了。

跟踪周自恒并不困难。他身材魁梧,气宇轩昂,走路的姿势与众不同。即使是背影,我们也很容易辨认,不会跟丢。

他去了河东。在荐福庵门口,他向一个路人打听了方向,然后继续向东走，走进了一家酒馆。酒馆门口的布幌很招摇，上面写着"能人居"。

酒馆是个封闭空间，再跟下去很可能暴露，于是我们停了下来。沈沫示意闻达继续。在我们三个人中间，周自恒唯一不认识的就是闻达。

闻达跟进了酒馆。酒馆里很嘈杂，充斥着谈笑声、碰杯声、猜拳声……我听说有许多商人喜欢一边喝酒一边谈生意，但我不相信娄阿法和周自恒会在酒桌上一手交人一手交货。我想，这不过是娄阿法的小伎俩。在赎票的环节里，许多绑匪会采用"遛猴"的方式，以确认那个倒霉的事主没有带帮手，也没有报官。

我和沈沫在酒馆附近找了个地方隐蔽，四面观察了一阵。我想，如果娄阿法埋伏在附近，他一定也在观察。也许我们隐藏得很好，没有被他发现。或者他发现了，但他不在乎。雷万钧遇刺之前，他曾经利用夜幕和巷子跟我们玩过一次"捉迷藏"，所以他不在乎多玩一次，这样也许能给他带来某种快感。

我们没有发现娄阿法，但沈沫似乎有别的发现。他拍拍我的肩膀，抬手一指，我看到了一个熟悉的身影。

袁琳！

她躲在一个墙角后面，探出脑袋向酒馆的方向张望。

我们悄悄走过去，把她拉到僻静的地方说话。

"你来干什么？"沈沫问她。

"我先生在里面，我想帮忙。"

"你能帮什么忙？"

她摇了摇头，很茫然。

"知不知道外面很危险？"

她点点头，很紧张。

"有我们在，你可以放心。回家吧！"

"不。"她说,"我先生不能有事,他有事我也活不了……"

"我向你保证,你先生不会有事,叶子也不会有事。"

"你拿什么保证?"她问。

沈沫愣了一下,说:"我喜欢叶子,你知道的。"

她点头,又摇头道:"我没问你这个,我问你拿什么保证?"

沈沫掏出了手枪,说:"这个,可以吗?"

她睁大眼睛,露出恐惧的表情。不知道为什么,许多女人都不喜欢枪。

"如果你想帮忙,现在就回家待着,不然你只会添乱。"沈沫说。

她听了沈沫的话。看着她离去的背影,我忽然有点感动。周自恒确实很有眼光,袁琳看上去弱不禁风,但她比许多男人仗义,也比许多男人勇敢。

袁琳离开后不久,周自恒走出了酒馆。

闻达跟了出来。他告诉我们,周自恒去了酒馆后院,从一个酒缸底下找出了一个信封。他不知道信里是什么内容,但沈沫敢肯定上面写着另一个地址。

8

周自恒继续走。我们继续跟。

我们已经走了很远的路,都有点累了。我猜周自恒也一样。但他没有停留,也没有放慢脚步,甚至没有喝过一口水。

他去了河西。在挂甲寺门口,他再次停下来向路人打听方向,然后继续向西走,走进了一间书店。书店门楣上的招牌很醒目,上面写着"四忍斋"。

书店面积不大,人不多。闻达没有跟进去,但我们可以透过窗户看到里面的情形:周自恒从书架上找出一本书,翻开,找出一张字条，看了看，然后走出了书店。

他开始朝南走。我猜，他的下一个去处是天后宫。天后宫也许不是终点，终点也许是北边的大悲院。

沈沫回头看了一眼书店，若有所思。

"我在乔先生的书房里看见过一副对联，"沈沫问我，"你还有印象吗？"

我当然有印象。那是乔先生的人生信条。

"上联是什么？"沈沫追问。

"知足常乐。"

"下联呢？"

"能忍自安。"我说，"你为什么问这个？"

"周自恒刚才去过哪儿？"沈沫反问。

"荐福庵、挂甲寺……"

"我问的是字号。"

能人居、四忍斋……我心里一动。

能……忍……自……安！

看来娄阿法也是个文化人，"遛猴"的方位经过刻意安排，选择的字号也暗藏了玄机。

"想想看，南边哪个商号的招牌上有个'自'字？"沈沫说。

我想了半天，想不出来。

闻达挠了挠头，难以启齿似的说道："自在坊？"

"什么？"沈沫没听清。

"自在坊。"闻达重复了一遍。

"你去过？"沈沫问他。

"没有。"闻达脸红了，"听说过。"

我也听说过自在坊。那是个窑子，远近闻名。据说那里的窑姐很有风情，许多达官贵人和文人骚客都是那里的常客。

"娄阿法把叶子卖到窑子里去了?"闻达说。

"胡说什么!"沈沫瞪他一眼,"自在坊不是终点,终点应该在北边。想想看,北边哪个商号的招牌上有个'安'字。"

我几乎想破了头皮,仍然想不出答案。

"非得是个商号吗?"闻达忽然问道。

"不一定。"沈沫说,"你想到了什么?"

"永安寺。"

我感到眼前一亮。在古玩行老掌柜讲述的故事里,北边有一片废墟,原本是皇家禁地,也就是传说中的永安寺。而四大法器的来历,恰好与永安寺有关。

所以说,真正的交易地点其实是永安寺遗址,周叶现在被困在那片废墟里?

沈沫欣赏地看着闻达。闻达很受鼓舞,蠢蠢欲动。

"我们直接去永安寺吧,"闻达说,"打他个措手不及……"

"如果我们猜错了呢?"沈沫说。

闻达被泼了冷水,呆住了。

这确实是个问题。如果我们猜对了,当然可以节省时间,争取主动,甚至出其不意。但是,如果我们猜错了呢?我们会跟丢周自恒,娄阿法会夺走金伞,然后杀了周自恒,也许还会杀了周叶……我顿时冒出一身冷汗。

沈沫考虑了一下,最后的决定是:兵分两路。

9

闻达掉头向北,朝着永安寺的方向去了。

沈沫和我继续向南,咬住周自恒,以确保万无一失。

不出所料,周自恒在自在坊门口停下了脚步。脂粉和媚笑立刻拥了上来,把他团团围住,就像一群苍蝇盯上了一块蛋糕。

周自恒是个体面人，讲究的是文明，逛窑子似乎有损于他的体面和文明，因此他迟疑了片刻，看看四周，终于下定决心走了进去。

我们在马路对面待着，看着自在坊门口的一串串红灯笼发呆。一个香艳的女人在高处推开窗户冲我们招手，我们故意把脸扭开不看她。还有一个花枝招展的女人带着迷人的微笑朝我们走来，我们冲她摆手示意她走开。她继续朝前走，拉住沈沫并且在他身上一阵乱摸，直到触碰到他腰上那个硬邦邦的铁家伙，她才停了下来，接着就头也不回地跑了。

大概十分钟之后，周自恒走了出来。他走到一个僻静的巷口，犹豫了一下，摘下身上的包裹，扔进了巷口的垃圾桶。

"他在干什么？"我小声问沈沫。

"交货。"沈沫一边说，一边用目光检查四周，"娄阿法应该还有同伙，就在这附近等着收货。"

我看看四周。巷口黑乎乎的，除了周自恒，没有其他人影。

我不解地问："周自恒手中没了砝码，他拿什么赎票？"

"拿他自己的性命！"

我吓了一跳。

"他还有别的选择吗？"沈沫说。

周自恒向北走了。沈沫跟了上去，而我留了下来。现在，我的任务就是盯住这个垃圾桶。如果娄阿法的同伙来取包裹，我要做的并不是阻止他，而是尾随。这是我唯一能做的。你可能还记得沈沫思考时的习惯，我的口袋里现在装满了纸屑，尾随时我会把它们撒在路上，确保沈沫和闻达能找到我，从而找到那个家伙。

我爬上一栋低矮的平房，在屋顶上趴着。我远远地看着周自恒的身影消失在夜幕中，然后是沈沫。当沈沫也消失以后，我似乎看到了另一个熟悉的人影朝着他们的背影追去。我不确定那是不是袁琳,也不确定她要干什么。我想提醒沈沫,但他已经走了,于是我把注意力收了回来,全神贯注地盯着那个垃圾桶。

有人路过巷口,但没有人靠近垃圾桶。半小时之后,我开始感觉到无聊,然后开始想象永安寺会发生什么。我想,那里一定会有一场恶战,很激烈,沈沫和闻达联手发起攻击,娄阿法挟持着周叶负隅顽抗。我能想到的最好结局当然是我的朋友大获全胜,他们抓住了娄阿法,救出了周叶。最坏的结局呢?我不敢想象。

砰!砰!砰!

我忽然听到了三声枪响,在夜空中荡起阵阵回声。

枪声很沉闷。虽然距离很远,听起来并不真切,但我敢确定枪声来自北方永安寺的方向。

出事了?

10

漫长的等待。

我真希望我能在永安寺亲眼见证那一场恶战,而不是待在这个无聊的地方胡思乱想。

不知道过了多久,煎熬终于结束了。沈沫和闻达出现了。沈沫毫发无损,而闻达伤痕累累,血迹斑斑,惨不忍睹。他们没有把周自恒和周叶带回来。这让我感觉不祥。

"出什么事了?"我问。我能听见自己的声音在颤抖。

沈沫没有回答。他看上去十万火急:"有没有人来取走包裹?"

我告诉他没有,确实没有。

在我监视期间,一共有十九个人路过,他们只是路过,并没有停下脚步,甚至没有人朝垃圾桶看一眼。谁会注意一个垃圾桶呢?一般情况下,里面装的都是这个世界上的糟粕。我想,如果他们知道这个毫不起眼的垃圾桶里有一件无价之宝，一定会后悔……

沈沫扑向垃圾桶，揭开盖子。他呆住了。

包裹不见了！垃圾桶里什么都没有，连一片废纸也没有。

我敢发誓，以我母亲的名义发誓，我确实感到无聊，但我的视线从来没有离开过垃圾桶，一刻也没有……

但是，为什么？

沈沫怒了，一脚踢倒了垃圾桶。然后我们都呆住了。

垃圾桶没有底座，或者说底座被人拆掉了。地上露出了一个井盖。沈沫掀开井盖。我看了一眼，井盖下面是下水道，下水道四通八达，就像在地下铺开的蜘蛛网。

沈沫跳进了下水道，我和闻达也跳了下去。

下水道里的空间很狭小，一个人猫腰勉强能够通过。里面很黑，沈沫打开了手电筒。我们脚下的污水奇臭无比，上面漂浮着许多垃圾，包括人类的排泄物。我还看见一只老鼠。在手电光的照射下，它一动不动。我以为它死了，但几秒钟之后它忽然动了，嗖一下掉头跑了。沈沫没有任何迟疑，朝着它的方向开始移动。

我不明白为什么要去追一只老鼠，难道它知道我们要干什么，正在给我们带路？沈沫一直用手电筒照着前方的井壁，我抬头看了半天，终于明白了为什么是这个方向。

井壁上有一道新划痕，时断时续，像是指路的标记。我仿佛看到手电光柱的前方有一个男人的背影，他像我们一样猫腰前行，背负着一个沉重的包裹，包裹里有一把金伞，金伞的尖端不时从井壁上划过……我希望我能看见他的脸，但他一直没有回头，然后，幻觉消失了。

下水道纵横交错，像迷宫一样。这一次我们没有迷失，而是用最短的时间到达了终点。井壁上的划痕最终消失在一个井盖下面。我们推开井盖，回到了地面。

地面上有一家糕点铺子。一个女人站在门口,目瞪口呆地望着我们,身边的小姑娘吓得哇哇大哭。沈沫安抚了小姑娘,告诉她我们不是坏人,然后向女人打听是否看见过什么。她果然看见了那个男人。她告诉我们,大概半小时前,她刚刚回到家门口,忽然听到一阵动静,回头看到井盖被人推开,一个黑影冒了出来,她吓了一跳。联想到最近的各种传闻,她以为见鬼了,想逃却迈不开腿。那是个黑衣人,背着一个包裹,看了她一眼,一言不发,扬长而去,瞬间消失得无影无踪。

沈沫拿出了娄阿法的画像。她看得很仔细,然后点了点头。

"他朝哪个方向跑的?"闻达问。

女人指了一个方向。

"追吗?"闻达问沈沫。

"来不及了。"沈沫说,然后看我一眼,走开了。

我站在那里,欲哭无泪。

11

我们回到了周公馆。周自恒和袁琳在家,周叶也在。

周自恒没有受伤。周叶也没有,她只是受了惊吓,脸上泪痕未干。但袁琳的胳膊上缠着绷带,绷带上渗出了血渍。

我不知道你是否意外,反正我当时就傻了。然后我问他们永安寺发生了什么,他们告诉了我。

正如沈沫所说,周叶是一个信守承诺的人。她说过要继续和我们一起查案,就不会食言。但是,当她打算出门去警察局找我们的时候,周自恒阻止了她,告诫她哪儿也别去。周自恒这样做当然是为了保护女儿。他知道自己是娄阿法的最后一个目标,也知道周叶可能因此处境凶险。不过,他没有向周叶说明原因,周叶当然无法理解,也不肯服从,于是规劝变成了软禁。无论她发多大的脾气,周自恒始终无动于衷。直到太阳下山，周叶才找到一个机会，从后院跑了出去。但她并没有跑多远，就在一条巷子里遇到了伏击，她甚至没能看清对方是谁就晕了过去。醒来时，她发现自己的眼睛被蒙住，手脚被绑住，嘴里塞着一块破布，动弹不得，也无法呼救。她眼前一片漆黑，不知道自己在哪儿，看不到绑匪的样子，也听不见绑匪的声音，她能感觉到的只有令人窒息的杀气。就在最绝望的时刻，她忽然听到了闻达的声音。

闻达为了找周叶花了不少时间，费了不少功夫。永安寺已是一片废墟，他在残垣断壁中小心翼翼地转来转去，既没有找到周叶，也没有发现娄阿法。他以为自己来错了地方，直到他发现一截断墙下面有个洞口。他通过洞口走进了一间地下室，这才发现了被绑架的周叶，但没看见娄阿法。他喊了一声周叶，正要向她靠近，突然感觉到背后似乎有人，他本能地回头，看到了一个蒙面人。与此同时，一把飞刀朝他飞了过来。他躲过了偷袭，又一把大刀挟着风声迎面向他劈来。他匆忙拔刀自卫。蒙面人的武功极高。以闻达的身手，竟然只有招架之功，没有还手之力。几个回合之后，闻达被打倒在地。对方似乎并不急于杀他，而是转身朝周叶走去，抡起大刀，朝她的颈部砍去。他想救周叶已经来不及了，眼看她命悬一线，一个人影忽然扑了上去，尖叫一声，把周叶扑倒在地。他后来才知道，那个人是袁琳。

如我所料，袁琳一直跟着周自恒和沈沫，跟到了永安寺。当他们走进那片废墟之后，她跟丢了，找不到他们的踪影。她在黑暗中四处寻找，忽然听到一阵兵刀交响的动静，然后发现了一个洞口。她以为周自恒正在与绑匪交战，这让她感到担心。她不知道自己能帮上什么忙，但她无法袖手旁观，于是她钻进地下室，恰好看见蒙面人朝周叶抡起大刀，几乎是出于本能，她尖叫着扑了上去，大刀划过她的胳膊，她的脑袋撞在墙上……就这样，她把周叶救了下来，自己晕了过去。

大刀抢空了，蒙面人愣了一下。这样就给了闻达一点时间。在蒙面人再次对周叶下手之前，闻达挣扎着扑了上去。不过，他仍然不是对手，几个回合之后，他再次倒地不起。这一次，蒙面人似乎打算先把闻达解决掉，他再次抢起了大刀……这时，洞口传来了沈沫的声音。

沈沫本来可以更早出现的，但他说服周自恒花了一点时间。周自恒当时已经走进了废墟，沈沫不得不出面阻止，把他拉到一个隐秘角落里说话。这也解释了袁琳为什么会跟丢。沈沫认为，娄阿法以周叶作诱饵，目的就是刺杀周自恒。周自恒当然知道自己不是娄阿法的对手，但他宁死也要救回自己的女儿。沈沫自愿代替他冒险，并发誓一定救出周叶，即使牺牲自己的性命。周自恒很感动，但他不相信沈沫的能力，担心这样做会激怒娄阿法，周叶反而更凶险……他们争来争去，直到废墟里传来袁琳的尖叫声。沈沫反应更快，他很快找到了通往地下室的洞口，大声呼喊着周叶的名字，同时拉动枪栓，子弹上膛。

听到子弹上膛的声音，蒙面人呆了一下。闻达趁机反扑，试图缠住对手。但对方并不恋战，匆忙逃向另一个洞口。当沈沫赶到时，蒙面人已经逃走。沈沫追了出去，连开三枪。

这就是我听到的那三声枪响。

你问我沈沫的枪法怎么样，我希望他枪法很准，希望他命中目标。但这只是一个愿望。事实上，沈沫追出去的时候已经晚了，他没有追上目标，甚至不知道目标逃往哪个方向，他只是胡乱猜了一个方向，发现远处的黑暗中有一个背影，于是便毫不犹豫地连开了三枪。

事实证明，那个背影只是废墟中残存的一尊石像。

无论如何，周叶得救了。有人为她摘掉了眼罩，她最先看见的是闻达,然后是袁琳和周自恒,最后是沈沫。

12

没有人责怪我。

在整件事情里,我的任务最简单,只需要盯着一个垃圾桶,不用流血,甚至不用流汗,但我还是把它搞砸了。我真希望有人骂我两句,甚至打我两下,这样也许能让我舒服点。但他们没有这样做。

沈沫试图露出微笑,但他笑得比哭还难看。他对我说:"不怪你。"

闻达什么也没说。他拍拍我的肩膀,脸上没有任何表情。

周自恒冲我露出慈祥的笑容并说:"东西丢了不要紧的,人没事就好。"

袁琳虚弱地冲我笑笑,表示安慰。

我看看周叶。她没看我,注意力都在闻达身上。

闻达应该去医院,但他拒绝了。他认为那些都是皮外伤,不碍事。但他的伤口还在流血。我能看出他在硬撑,而且他似乎快要撑不住了。

周叶显然也发现了这一点,坚持要送闻达去医院。闻达仍然拒绝。于是袁琳找来了医药包。在成为周太太之前,她在医院里当过护士,懂得如何处理。

不过,袁琳还来不及做什么,周叶已经把医药包夺走了。她非要亲自动手。她说自己也学过护理,懂得如何包扎伤口,而且,闻达是为了救她才受的伤,因此她必须这样做。

周叶表达的意思是知恩图报,但我从她的眼神里看到了别的东西。那种眼神很微妙,它让一个少女的脸上有了一种特别的光泽。

她很细心地包扎,不停地问闻达疼不疼。我看了看沈沫。沈沫面无表情,把脸扭开,看着别处。

闻达的伤势并不致命,但伤口很多,胸前、背后、胳膊、腿等到处都是。

闻达是我见过的顶尖高手,他被伤成这样,我无法想象娄阿法到底有多大本事。

"那不是娄阿法。"闻达说,"娄阿法的画像我见过,那不是他。"

不是娄阿法?

"那是谁?"沈沫问。

闻达从口袋里掏出了一只帆布头套。他告诉我们,在那片废墟里,在最危险的时刻,他们忽然听到了子弹上膛的声音,蒙面人呆了一下,他趁机反扑,尽管没能阻止对方逃走,但他扯下了对方的头套。虽然只是短短一个瞬间,但他很难忘记那个人的面孔。

我画出了那张面孔:方脸、浓眉、高鼻、嘴阔、耳垂很长……

没有人认识他,除了周自恒。他露出了惊讶的表情。

"汪道坤?"

你可能还记得汪道坤这个名字。他就是当年的灰衣社匪首,表面上是个合法商人,背地里无恶不作。我此前提到过他,但我似乎忘了告诉你他的结局是什么。

十二年前,雷万钧通过娄阿法的指认抓住了汪道坤,并且从他家中起获了四大法器。在看押期间,汪道坤用床单把自己吊死了。

现在,他又出现了。

第五章 大义

1

那天晚上，周自恒终于向我们敞开了心扉。

他带领我们走进书房，向我们展示了一幅画卷。长长的画卷在灯下徐徐展开，我们都被震撼了。

那是一幅建筑蓝图，勾画出了永安寺的原貌。很难想象，那一片残垣断壁原来的样子竟是那么宏伟和壮观。红墙碧瓦，雕梁画栋，松柏岿然，经幡摇曳，云烟缭绕……看着它，我体会到了当人们看到美好事物时的温暖，也感受到了一种对人类创造力的敬畏，以及对人类破坏力的憎恨。

周自恒告诉我们，这是当年庄亦铭送给他的礼物，他第一次打开画卷时，也像我们一样震撼，因此他接受了庄亦铭的建议，毫不犹豫地加入了永安社。

"永安社是什么？"沈沫问。

"一个社团，一种理想。"周自恒说。

"什么理想？"

"重建永安寺。"

我心里一动。

"为什么要重建永安寺？"沈沫追问。

"这是我们的信仰。"

"信仰？"

"对，信仰。"周自恒说，"我们相信，那些美好的事物永远不会被毁灭。即使它被毁灭，我们也有能力让它重生！"

周自恒表情严肃，目光神圣，语调铿锵。我仿佛听到一阵动人心魄的鼓点，与此同时，我感觉到体内血液奔流，心跳加速。

光看纸上的蓝图已经足够震撼，如果有一天它变成了现实……你能想象吗？我想，也许这就是理想，理想就是你心里有一幅蓝图，你相信它可以实现，并且努力让它变成现实。

一阵沉默过后，沈沫继续提问。

"永安社有多少人？"

"最多的时候有十几个人。"

"现在呢？"

"现在……"周自恒目光黯淡，"就剩我一个人。"

这就是永安社的故事：最初是十几个人，为了共同的理想，他们筹集资金，搜集情报，想方设法从世界各地寻找流失的文物，然后把它们带回来，让它们回到创造它们的地方。为了避免不必要的麻烦，他们的行动一直很低调，很谨慎。然而，每当一件文物被带回国内，就会成为那些江洋大盗的目标。有人被杀害，有人知难而退，因此他们的同伴越来越少。但周自恒和庄亦铭坚持了下来。周自恒确信永安社内部有人暗中勾结江洋大盗，于是他秘密招募了几个年轻人，其中一个是警察，一个是镖师，还有一个是记者。他们之所以加入，是因为他们既有能力，也很正直，愿意承担更大的责任。他们插香结义，歃血为盟，并且把一双狼的眼睛刺在身上。在他们看来，这代表着血性与忠诚。

周叶看着她的父亲，袁琳看着她的丈夫，她们都流露出了崇拜的眼神。

"你们做的事情很了不起。"袁琳说,"可是,为什么要掩盖永安社的身份呢?"

"这是一场你死我活的斗争,很残酷,如果公开身份,就会成为活动的靶子。"

"连最亲近的家人都不能说吗?"周叶追问。

"不让最亲近的人担心,也是一种责任。"

周叶和袁琳相互看看,沉默下来。

我也有一个问题:在重建永安寺的计划里,乔先生既不能像周自恒和庄亦铭一样出钱,也不能像雷万钧和罗盛昌一样出力,永安社为什么需要他?

周自恒告诉我,并不是所有人都认为那些江洋大盗是恶魔,在一些小报上,他们甚至被美化成了杀富济贫的"侠盗"。因此,需要乔振邦用他手中的笔来告诉人们真相。事实上,正是通过乔先生的文章,人们才真正了解了灰衣社都是什么样的人以及他们干了什么。

接下来的故事我们已经知道了:十二年前,庄亦铭遇刺之后,他们抓住了娄阿法,追回了四大法器,捣毁了灰衣社。不出周自恒所料,永安社确实有内奸,这个人就是汪道坤。汪道坤道貌岸然,表面上是个爱国商人,实际上一直在勾结日本人盗卖中华文物。被捕后,他见大势已去,上吊自杀。如果不是四大法器意外失踪,这几乎算得上一次辉煌的胜利。

"后来呢,"闻达终于不再沉默,"后来发生了什么?"

这是闻达最关心的问题。我们都知道,其实他想问的是:"四大法器为什么在你们手里?"

周自恒继续讲述:汪道坤自杀后,他们都很遗憾,因为没能通过他把灰衣社余党一网打尽。不过他们认为既然匪首已经死了,余党也许就此作鸟兽散,没想到对方居然敢反扑。四大法器被夺走后,他们继续追查,很快把目标锁定在一个叫石敬山的人身上。石敬山是汪道坤的管家。汪道坤落网的时候,石敬山表现得很无辜,骗过了所有人,然后他失踪了。半年后,他们终于查到了石敬山的下落,并且在他与日本人交易的时候发动了攻击。交战很激烈,石敬山身中四枪落入河中。虽然没能找到尸体,但他们相信,他很难有机会生还。更重要的是,他们终于追回了四大法器。他们本来打算把法器上交当局,但他们很快改变了主意,隐瞒了这个消息,因为他们发现当局有高官参与盗卖文物,甚至有军阀公然盗墓。那是一个兵荒马乱的年代,什么都可能发生。为了安全起见,也为了分担风险,他们决定分别保管。他们的计划是,继续筹措资金,等到天下太平,重建永安寺,重塑四大天王金身,那时候再让四大法器重见天日。没想到时隔十二年,灰衣社竟以如此诡异的方式卷土重来。

周自恒讲完了他的故事,深深地叹了一口气。

"我们都老了,失去了当年的锐气,十二年的风平浪静,也让我们变得有些迟钝,否则不会被这个突如其来的变故弄得措手不及。"他忽然话锋一转,"可是,你们还年轻。"

这是一种托付吗?我感到肩上一沉。

2

现在,沈沫办公室的一面墙几乎被占满了。除了四大法器的画像,还有三张大大的人像。左起是娄阿法,中间是汪道坤,右边是石敬山。

石敬山的画像是我从报纸上临摹的,那是由周自恒提供的一张十几年前的老报纸。报纸上刊登了一则商号开业的消息和一张合影,汪道坤居中,众星捧月;石敬山站在他身后,脸庞清瘦,貌似忠厚。

我看着这三张画像，满腹狐疑，一头雾水。

依照周自恒的说法，娄阿法当年已被枪毙，汪道坤畏罪自杀，石敬山身中四枪落水失踪，绝无可能生还。他们已经灰飞烟灭，不应该再出现。然而，娄阿法和汪道坤又出现了。我不确定石敬山还会不会出现。我想，即使他出现，我也不会感到意外。过去的几天我经历了太多意外，已经见怪不怪了。

如果这不是一个鬼故事，那么只有一种解释：十二年后，汪道坤和娄阿法的孩子长大成人，他们拥有和父亲类似的相貌以及顽劣的秉性，灰衣社从而死灰复燃。

我把这个观点告诉了沈沫和闻达。闻达点了点头，表示认同。沈沫却摇了摇头，表示不解。

"汪道坤的情况我不了解。"沈沫说，"但我调查过，娄阿法生前没结过婚。"

"他没结过婚，不代表他没孩子。"我说。

沈沫表情一动，问："你是说，他有个私生子？"

这也许是最合理的解释。不过，合理不一定就是事实。据我所知，许多事实都不合理。

沈沫又开始撕纸。闻达掏出汪道坤的头套，看着它发呆。

我忽然想起一个问题：汪道坤作案时戴着头套掩人耳目，这符合常理；娄阿法明明可以不留痕迹，但他为什么无所顾忌，非要抛头露面？

沈沫告诉我，娄阿法大概是在寻找一种变态的快感。他说，有一种人喜欢控制别人的恐惧，这样可以给他们带来愉悦的感觉。

变态的快感？我似懂非懂。

闻达也有问题：他们为什么要在字号里暗藏玄机，纯属巧合还是别有用心？

沈沫告诉他，也许是巧合，也许是别有用心，一切皆有可能。

"'能忍自安'是什么意思？"闻达问。

"意思就是，天大的仇恨都得忍着，别把他们惹毛了！"沈沫说。

"你能忍吗？"闻达问他。

沈沫没有回答，他皱着眉头，显然在想别的问题。我以为他在想下一步如何查案，但是，这一次我没猜对。

沈沫告诉我们，他预感到对手还会出现，他们似乎对我们了如指掌，而我们对他们却一无所知，如果继续调查下去，也许会有更大的凶险……

"你想说什么？"闻达打断他。

"我必须让你们了解其中的凶险，然后由你们自己决定继续还是放弃。"沈沫说。

"最大的凶险是什么？"

"死！"

"我已经死过一回了。"闻达满不在乎。

"你呢？"沈沫把目光转向我。

"如果要放弃，"我说，"我应该早一点放弃，而不是在乔先生被杀之后放弃。"

"你们先回家想想。"沈沫说，"想清楚了再做决定。"

"不用想，这就是我的决定。"我说。

"不后悔？"

"不后悔！"

我知道自己并不勇敢。也许我可以在听完周自恒的故事之后拍拍屁股走人，但我发过誓要为乔先生复仇，丢失金伞也让我感到羞愧，如果临阵退缩，我一定会看不起自己。我知道，有一种人以人们的软弱为食，人们越软弱，他们越强大。我还知道，愤怒和仇恨可以战胜软弱。

无论如何，当我做出这个决定的时候，一种既悲壮又豪迈的感觉油然而生。我被自己感动得几乎流泪。

3

第二天上午，我照常赶到警察局。沈沫在办公室等我，但闻达和周叶却没有出现。

闻达需要养伤，周叶呢？我想，她一定是吓坏了，如果被绑架的是我，我也无法在睡醒之后就忘掉那一切。

"下一步计划是什么？"我问沈沫。

"出去走走。"沈沫说，然后从墙上摘下那三张画像，穿上外衣，戴上帽子，拿上手枪，朝门口走去。

他总是那么淡然，那么镇定。和他在一起，我很少会感到压力。我欣赏这个……我欣赏他。自从我认识他以后，从来没见过他漫无目地地闲逛。他每走一步，都不是盲目的。

第一步是能人居，第二步是四忍斋，第三步是自在坊，第四步是永安寺……我想，你大概能猜到他要干什么了。

能人居的老掌柜认出了画像中的汪道坤。他告诉我们，汪道坤当年是这里的老主顾，有一间固定包房。汪家少爷每年过生日，汪道坤都会在这间包房宴请宾客。在他的印象中，汪道坤待人和善，对所有人都很有礼貌，没想到竟然是个杀人不眨眼的大魔头。他最后一次见到汪家少爷是他十岁生日，汪道坤出事之后，再没见过。沈沫提到后院酒缸底下的字条，老掌柜对此一无所知，甚至不知道周自恒昨晚来过。他问沈沫，什么字条，给谁的字条，写的是什么？

四忍斋的老板娘认出的是石敬山。她告诉我们，石敬山当年经常光顾她的书店，印象中他不爱说话，喜欢读书，尤其喜欢读志怪小说，曾经购买过三个不同版本的《聊斋志异》。她当然听说过汪道坤，知道石敬山是汪府管家。她说，汪道坤出事以后，石敬山再没来过。她也认识周自恒，记得他昨晚来过，匆忙进来，又匆忙出去，但她不记得他看过什么书，当然也不知道他在书里找到了一张字条，更不会知道是谁把字条留在那本书里的。沈沫根据昨晚的记忆找到了那个书架，书架上确实都是一些志怪小说，神神鬼鬼。

自在坊的老鸨认出了娄阿法。她告诉我们，娄阿法当年是这里的常客。不过，她一点儿也看不出他是个江洋大盗。他喜欢上了一个叫青莲的窑姐，后来花了不少钱替她赎身。从此她再没见过娄阿法，也再没见过青莲。再后来的事情她是从报纸上听说的。她不知道娄阿法和青莲是否明媒正娶，也不知道他们是否生过孩子。她认为娶一个窑姐算不得光彩，一般人羞于启齿，如果娄阿法因为这个瞒着父母和邻居，那也并不奇怪，完全可以理解。

离开了自在坊，我们去了附近的那个巷口。垃圾桶还在原处，井盖也在。我们向周围的路人打听，所有人都说那个巷口原来没有垃圾桶，不知道是谁把它放在那里的。

然后，我们来到了永安寺。除了闻达和袁琳留在地下室里的点点血迹、沈沫落在地上的三枚弹壳以及嵌在石像身上的三颗弹头，我们没有找到任何线索。

最后，我们站在废墟中央，环视着那一片残垣断壁，回忆起周自恒昨晚向我们展示的建筑蓝图，想象着一座巍峨神圣的庙宇从瓦砾堆中拔地而起；想象着佛光普照，众神慈悲；想象着四大天王身披甲胄，手持法器，横眉立目，威风凛凛……不知不觉，我的眼眶湿了。我看了看沈沫，他站在那里，目光凛然，表情肃穆。

我们就这样一直站在那里，沉默着，思索着，回忆着，想象着，直到太阳下山，天色渐晚。

又一天过去了。你问我有什么收获，我不知道这个问题的答案,我也不知道沈沫接下来有什么打算。他一直在沉默,一直在思索。他没有告诉我他在想什么,我也没问。

我想,等到太阳照常升起,沈沫也许会向我宣布他的计划。

4

太阳照常升起,沈沫仍然没有计划。我们在他的办公室干坐着,大眼瞪小眼。然后,袁琳出现了。

我们以为周公馆出事了,但袁琳示意我们不必紧张。她说周公馆目前很安全,她来找我们,是因为一桩家务事。

"家务事?"沈沫很纳闷儿。

"对,家务事。"袁琳说,"我知道你们很忙,不想给你们添麻烦,但是……"

"不要紧的。"沈沫打断她,"你说吧,我们听着。"

袁琳开始讲述。她的声音和她的外表一样柔和,但我能听出她内心的焦虑。

她告诉我们,昨天晚上十点多钟,周叶和周自恒吵了一架。争吵很激烈,起因却很简单:昨天早晨,周叶仍然打算出门来找我们,周自恒仍然不同意,并且不顾女儿反对,把她反锁在屋子里,让保镖严加看管。周叶闹了一阵,慢慢就消停了。到了晚上,周自恒认为她应该想通了,于是他打算和女儿进行一次心平气和的谈话。周叶开始确实很平静。她列举了她必须出门的理由。首先,她向我们发过誓要坚持到底,不能言而无信;其次,金伞的丢失她负有责任,因此她必须把它找回来;最后,她已经长大成人,不是三岁小孩,即使是亲生父亲,也不能限制她的人身自由。周自恒也列举了禁止她出门的理由。首先,他不是限制她的人身自由,而是为她的安全着想;其次,现在是非常时期,危险尚未解除,她需要的是忍耐,而不是冲动;再次,她不必为金伞的丢失感到内疚,没有人责怪她,她也不必负任何责任;最后,查案是男人的事情,她毕竟是个姑娘,只要她不添乱就好……

最后这句话激怒了周叶。袁琳说,周叶最崇拜的是花木兰,最讲究的是男女平等,最痛恨的是有人看不起女人,即使是亲生父亲,那也不行。于是她发了脾气也说了狠话,她说如果父亲继续将她软禁,那她立刻开始绝食,三天之后……后果自负。

"三天之后……什么?"沈沫似乎没听清。

"后果自负。"

"她要干什么?"我问。

"她没说。不过,我觉得没说比说了更可怕。"

"也许她只是想吓吓你们,你们不用担心。"沈沫微笑着,试图安慰她。

"不。"袁琳摇了摇头,"她脾气很倔,说什么就是什么。而且,她已经开始绝食了。"

"那么,"沈沫收起了笑容,"你来找我们,是希望我们做什么?"

"你们救过她,我能看出来,她很信任你们。"

"我明白了。"沈沫说,"我们可以试着去劝劝她,也许她愿意……"

"不。"袁琳打断他,"我先生的话她不听,你们去劝她也没用的。"

沈沫愣了一下。

"我先生说,她的个性太像她母亲。"袁琳继续说,"如果她想好了要做什么,没有人能让她改变主意。"

"那么,你先生的意思是……"

"我先生的意思是,把叶子托付给你们。"

我们都愣住了,面面相觑。

"这是周先生的意思?"沈沫问。

"对。我先生说,成天关着她也不是个办法,还不如遂了她的意,让她和你们在一起,也算有个照应。"

"你先生为什么不亲自……"

"我先生很要面子。"袁琳再次打断沈沫,"你知道的,这毕竟是家务事,你们也未必同意。"

这确实是家务事,但它也不完全是家务事。现在,袁琳把这道难题交给了沈沫。

沈沫同意了。你可能认为他的决定有点草率。但是,如果他不这样做的话,周叶真有可能让他"后果自负"。

接下来,我们跟随袁琳来到了周公馆。袁琳上楼去叫周叶,周自恒在客厅里陪我们喝茶。

我以为周自恒会有许多事情要向我们交代,但他什么也没说,只是问了我们一个问题。

"你们会照顾好她,对吗?"

"您信得过我们?"沈沫反问。

"我相信你们有这个能力,我是问你们是否愿意照顾她?"

"当然。"沈沫说。

周自恒站了起来,郑重地冲我们拱了拱手。

"谢谢,拜托了。"

他的目光很深邃,表情很复杂,既有忧虑,也有无奈。

无论如何,周叶获得了她想要的自由。我希望她将来不会后悔。

5

离开周公馆的时候,我们多了一个人,多了一支手枪,还多了一辆小汽车。

手枪是坤式的,很小巧。那是周自恒送给周叶的礼物,防身用的。周叶不想要它,她说她不会用。但沈沫说服了她,他说他会教她怎么用。

小汽车也是周自恒提供的,那是他的专车。他想让我们带上司机,但周叶拒绝了。她说那样就坐不下了,她自己可以当司机。

周叶把车开得飞快。她很开心,同时也很内疚。她认为自己不应该对父亲发脾气,更不应该吓唬他。沈沫告诉她,周自恒并没有生她的气,她不必内疚。

"你们是怎么说服我爸的?"她问。

"我们告诉他,虽然你年纪不大,但你比他想象中更成熟。"沈沫说。

"然后呢?"

"然后他承认你确实已经长大了,不能再关在笼子里。"沈沫停顿了一下,仿佛在说服自己,"嗯,就是这样。"

周叶半信半疑,把目光移向我。

"对,就是这样。"我说。

周叶相信了我们的鬼话,她更加开心,很快转移了话题。

"闻达呢,他在哪儿?"

现在你知道了,周叶为什么必须获得自由。当然,她列举的那些理由都不是谎话,但是,还有一个理由她没有说出口。对一个情窦初开的姑娘来说,想念是无法忍受的,就像常人无法忍受饥饿一样。

闻达不在家。很奇怪,他应该在家养伤的。他的父母也不在家。不过,我们很快找到了两位老人,他们仍然在河边悠闲地晒着太阳。

"闻达干什么去了?"周叶问他们。

"找人去了。"老头儿说。

"找什么人?"周叶很敏感,"男人还是女人?"

"不知道。"

"叫什么?"

"什么？"老头儿似乎有点耳背。

"我问您，"周叶大声说，"那个人叫什么？"

"我告诉你，"老头儿同样大声，"那个人就叫什么。"

周叶愣住了。

"什么就是我。"沈沫忍不住笑了，"我就是什么。"

闻达确实是去找沈沫了。我们在警察局见到他的时候，周叶表现得很亲切，跟他很熟悉似的。但闻达不冷不热，表情很冷漠。我的感觉是，他似乎刻意要和周叶保持距离。

我理解闻达。当一个穷人面对一个富人，保持距离其实就是保持自尊。

"你怎么不在家养伤呢？"周叶问。

"不用养，没事了。"闻达说。

"这么快就没事了？我看看。"

"没什么好看的。"

闻达一直板着脸，但周叶并不尴尬。自从我认识她以来，我从来没见过她尴尬。

"你让我看看！"她说。

"不用看，真没事。"

周叶还想坚持，沈沫打断了她。

"人都到齐了，"沈沫说，"咱们走吧。"

"去哪儿？"周叶问。

"出去走走。"

6

沈沫有一个想法。他认为，每个人都会怀念自己生活过的地方，因此，我们的对手也许会去他们的旧居看看。如果他们出现过，总会留下一点线索。

他说得很有道理。虽然我不确定那些杀手是否还具有正常人的情感，但那天是个好天气，出去走走总比待在屋子里强。如果我们运气好的话，也许会有意外收获。

　　娄阿法的父母在家。两位老人记得我们来过，但不记得娄阿法曾经喜欢一个叫青莲的女人。他们甚至没听说过青莲这个名字，当然不会知道娄阿法和这个女人是否生过孩子。他们有理由说谎，但我从他们的表情里看不出任何异常。沈沫似乎也不怀疑，没再追问。临走的时候，沈沫给两位老人留了几块大洋。这个举动让闻达很迷惑，却让周叶很感动，眼圈都红了。我想，沈沫也许对挖开娄阿法的坟墓感到抱歉，这点钱算是一种补偿吧。

　　汪道坤的故居位于河西，距离挂甲寺不远。那是一栋西洋别墅。十二年来，它多次被转手，早已不叫汪公馆。最近的买主还没有入住，因此它闲置着。由于长时间无人打理，它看上去有些破败，不过我相信它当年一定很气派，也许比周公馆还要气派。我们在附近找了许多人打听，唯一的收获是一个名字。有人还记得汪家少爷叫汪嵩，汪道坤出事后不久，汪嵩就失踪了，后来再没有人见过他，也没有人知道他的下落。结合石敬山当年的失踪，沈沫推理认为，是他带走了汪嵩。

　　石敬山的故居位于杨柳青。那是个好地方，出产年画。石家只有几间茅草房子，荒废多年，杂草丛生。年纪稍长的村民都记得石敬山，记得他当年在城里给一位大人物当管家，每半个月回一次村子探望老婆和孩子。他们对石敬山最后的记忆，还停留在十二年前：有一天，石敬山忽然匆匆忙忙地回到村里，他带回了一个男孩，然后又匆匆忙忙离开了村子，带走了自己的老婆和孩子，从此再没有回来过，也没有人见过他。他们都以为石敬山发达了，带着老婆和孩子进城享福去了。有人还记得石敬山的儿子叫石永，当年只有十二岁。至于他带回来的那个男孩，他们不知道是谁，还以为石敬山在城里娶了一房姨太太,又生了一个孩子。

"汪嵩、石永。石永、汪嵩……"

周叶反复念叨着这两个名字,就像她认识似的。她看上去很兴奋。也许在她看来,这一通奔波不算徒劳无功,至少有些收获。但在我看来,知道这两个名字又有什么意义呢?名字不过是个代号,他们也许已经改名换姓,叫张三、李四,或者王二麻子……无论他们叫什么,我们都不会知道。

在这个故事里,这大概是最可笑的部分,他们已经集齐了四大法器,而我们却还不确定他们是谁,也不确定他们是否还会出现。

7

离开了杨柳青,路上要穿过一条小河。河水很清,闻达在河畔蹲下来,挽起袖子捧水喝。

"哎呀!"周叶忽然一声惊叫。

我们吓了一跳,然后发现她抓着闻达的胳膊,盯着上面的一道伤口。

"怎么又受伤了?"她问。

我以为那是在永安寺留下的伤口。但周叶告诉我们,她在替闻达包扎的时候认真数过,闻达身上共有九处伤口,不包括这一处。

闻达承认这是新伤。他说,昨天他去药房给母亲拿了些治咳嗽的中药,回家的时候天已经黑了,路上突然遭人暗算,幸亏他有所防备,只是划伤了胳膊。

"谁干的?"沈沫问他。

"不知道。"闻达摇摇头,"跑了。"

"没看见脸吗?"

"看不见,他戴着头套。"

"头套?"沈沫表情一动,"什么样的头套?"

"就是头套……"闻达笨拙地挠头,"怎么说呢?"

沈沫从口袋里掏出了一个头套。你可能还记得它,闻达从汪道坤头上扯下来的那个。

"对,"闻达点点头,"跟它差不多。"

沈沫抓着头套,翻来覆去地看着,似乎在找什么线索。

周叶从车厢里找来急救包,一边给闻达包扎,一边抱怨。

"受伤了为什么不说呀?"

"不碍事的,为什么要说?"

"这么深的伤口还说不碍事,你看,还流血呢!"

他们又说了些什么,但我已经听不见了,因为我开始想一些别的事情。我想,暗算闻达的不会是别人,他不姓石就是姓汪,或是姓娄,他们一定是因为刺杀周自恒不成功,于是迁怒于人。闻达也许是第一个,然后是沈沫和我,最后是周叶……我承认我有点害怕了。

"快上车!"沈沫忽然冲我们喊。

"去哪儿?"周叶问。

"去找他们!"

"去哪儿找他们?"

"这儿!"沈沫说。他举起了那个头套。

其实它更像是一个袋子,由黑色帆布缝制而成,从外表看不出有什么特别的。沈沫把它翻了过来,我们才知道他发现了什么。

头套的内侧印着一枚铜钱,铜钱下面印了两个字:丰合!

8

"丰合"是一个字号。确切地说,它是一家银号,有的地方也叫钱庄,后来都叫银行。不管叫什么,这个帆布袋子原本是用来装钱的,翻过来掏两个洞,它就变成了头套。

沈沫认为，这个袋子说明我们的对手在丰合银号出现过，也许是存钱，也许是取钱。当然，它也可能是他们从别人手中偷来或抢来的，甚至他们洗劫过这家银号。很有可能，他们就是干这个的。无论如何，只要是线索，沈沫都不会放过。

丰合银号在城里有几间分号。我们拿着那三张画像四处奔走，不停地打听。在第四间分号，我们停了下来。掌柜的认出了画像中的石敬山。他告诉我们，石敬山一共来过三次，每次出现都是在黄昏时分，赶在银号关门之前进来。第一次是存钱，第二次是取钱，昨天是第三次，石敬山取走了所有存款。他感觉石敬山很紧张，鬼鬼祟祟的样子，不像是好人。当然，银号的规矩是只认凭据不认人，因此他没有多想也没有多问。沈沫查看了一下账户资料，上面登记的姓名和地址当然是假的。由于账户已经清空，石敬山以后未必还会出现，这让我们有点失望。不过，在我们离开之前，掌柜的忽然想起，石敬山临走时曾经向一个伙计打听，最晚一班开往蓟县的长途汽车几点发车。

接下来的路有些颠簸，但周叶仍然把车开得飞快。天黑之前，我们赶到了蓟县。

在长途汽车站，我们给无数人看过那些画像。无数人摇头走开，终于有一间旅馆的老板娘点了头。她认出的不是石敬山，也不是娄阿法，而是汪道坤。她说他前天半夜才住进来，昨天上午就走了，没说要去哪儿。当然，她也没问。不过，她记得他出门的时候叫了一辆人力车。

旅馆门口有几个人力车夫在拉活。其中一个见过汪道坤，但他不肯告诉我们汪道坤坐他的车去了哪儿。很明显，他想要打赏。不过沈沫似乎并不打算奖励他，哪怕一个铜板。

"我是警察！"沈沫板着脸说。

"警察怎么啦？我又没犯法。"

我以为沈沫会发作，但他没有。他想了一下，然后一屁股坐上了人力车。

"他去了哪儿，你就拉我去哪儿。"沈沫说，"他给了你多少钱，我照给。"

车夫把我们带到了那个地方。那是一个集贸市场，卖什么的都有，很热闹。

一个粮店老板告诉我们，汪道坤确实来过，但不知道他后来去了哪儿，只知道他买了许多粮食，足够他吃一个礼拜。

走出集贸市场，我们继续打听。一个挑夫见过汪道坤，据说他们曾经讨价还价，最后价钱没谈拢，汪道坤自己扛着东西走了。

"为什么没谈拢？"沈沫问。

"给钱太少，东西太多，路太远。"

"他要去哪儿？"

"挂月峰，山顶有座龙王庙，听说过吗？"

我听说过挂月峰。不过我没去过，也不知道山上有座龙王庙。

"他去龙王庙干什么？"闻达说，"求雨吗？"

"求雨？"沈沫反问，"求雨为什么不买香纸，买那么多粮食干什么？"

闻达眨着眼睛，很困惑。

周叶同样困惑，不过她很快得出了结论。

"龙王庙是他们的窝点，对吗？"

沈沫点点头，抬头看天。天上乌云密布。

9

天黑了，风起云涌，暴雨将至。

挂月峰比我想象的更陡峭，高不见顶。落叶时节，草木凋零，山上灰蒙蒙一片，毫无生气。我站在山脚下，看着乌云压顶，忽然有一种不祥的预感。

闻达显然顾不了那么多,他大步走向山口,一刻也不想耽搁。沈沫却停了下来。

"等一下。"沈沫说。

"等什么?"闻达站住了。

"你不觉得我们找到这儿太顺利了吗?"

我回忆了一下,从丰合银号一直到挂月峰,整个过程似乎确实太顺利了,没有任何波折。

"顺利难道不好吗?"闻达问。

"我师父说过,如果查案太过顺利,其中必然有诈。"沈沫说。

"有什么诈?"

"说不清。我总感觉,他们是故意给我们留下线索……"

周叶一直在听他们说话,听到这里,她似乎明白了。

"你是说,他们希望我们找到他们?"她问沈沫。

"对。"沈沫抬头看着山上,"如果我没猜错的话,他们已经布下了陷阱,就等着我们自投罗网。"

我同意,并且做了进一步的推理:他们刺杀闻达不成功,于是改变了主意,毕竟在城里动手不方便,把我们各个击破也很麻烦,因此,他们索性利用一个不小心被扯掉的头套,一步一步把我们带到这个偏僻的地方……

周叶紧张起来,她看看闻达。闻达仍然盯着沈沫,等待他的决定。

沈沫的决定是:"先找个地方避雨,天亮后再上山。"

闻达站着不动,于是周叶也不动。

"你以为他们会等我们到天亮?"闻达说。

沈沫的脸色变了,他大概没想到闻达会公然质疑他的决定。

"那你打算怎么办?"沈沫问。

"你们避雨去吧,我去会会他们。"闻达说,然后迈步走向山口。

周叶追了上去。她回头看了我们一眼,眼神很复杂。既有失望,也有轻蔑。也许在她眼里,我们是胆小如鼠的懦夫,闻达却是无所畏惧的英雄。明知山有虎,偏向虎山行,还有什么比这个更让人热血沸腾?她崇拜英雄,于是她义无反顾。不过,闻达似乎并不打算带她去冒险。

"你别跟着我!"闻达说,眼神凶巴巴的。

"为什么?"

"你……"闻达停顿了一下,似乎在选择合适的词,"你很麻烦。"

"我不麻烦。我能保护自己,我还能帮你呢。"

周叶掏出了周自恒送给她的手枪。不过,她似乎刚刚想起自己还不会用这个东西,于是她下意识地回头看看沈沫。

"走吧。"沈沫追上去说,"路上我教你怎么用。"

我知道沈沫为什么不阻止她。她很固执,除了她自己,没有人能让她放弃。

他们都走了,山下就剩下我一个人。你告诉我,我应该怎么办?

10

那是我有生以来见过的最大的一场雨,铺天盖地,无边无际。

风在咆哮。豆大的雨点借着风势横扫过来,如同一颗颗子弹,打在脸上阵阵生疼。

山路很陡,而且越来越陡,越来越湿滑。光线很暗,而且越来越暗,几乎伸手不见五指。沈沫打开了手电筒,但层层雨幕阻挡了光柱，可视范围超不过五米。

你问我路上是否有凶险，我希望没有。这不是郊游，而是探险，是拼命。任何一个不小心，都有可能遇到麻烦。险恶的环境只是一方面，更大的威胁来自看不见的对手。

对手迟迟没有出现，但我能感觉到他们的存在。我想象他们就在不远处，居高临下，在黑暗中等待，散发着冷酷的眼神、满脸的杀气，就像猎人在等待他的猎物。

我不知道上山的决定是否正确，我只知道我们仍然活着纯属侥幸。对手并没有刻意设置陷阱，他们只是利用了大自然恶劣的环境。想象一下，风声鹤唳，草木皆兵，惊心动魄。上山后不久，沈沫忽然一把拉住我，示意我千万不要动，然后我看见一条蛇向我滑过来，它的眼睛在黑暗中发着绿光。它从我的两腿之间穿过，在那个瞬间我感到心脏停止了跳动。我后来才知道，那是一条蕲蛇，如果它缠上了你，你会很麻烦；如果它咬你一口，传说中你走不出五步。在半山腰，我又一次与死神擦肩而过，我先是听见巨大的雷声在头顶炸响，然后看见一道闪电劈中了距离我最近的一棵树，粗壮的树干被拦腰劈断，砸向我的天灵盖，在应该逃避的时刻我却两腿发软，如果不是沈沫猛推了我一把，你可能听不到这个故事；当然，最接近死亡的是周叶，当时我们已经快到山顶了，她忽然脚下打滑，滚下山去，闻达抓住她的时候，她的半个身子已经滑出了山崖，悬在半空中，脚下是深不可测的沟谷……正如闻达所说，她确实很麻烦。我承认，我和她一样麻烦。

不管怎么说，我们活了下来，并且到达了山顶，看见了传说中的龙王庙。

龙王庙很小，很破，里面漆黑一片，除了风声和雨声，听不到任何动静。气氛很诡异。我想象暗处埋伏着几个黑影，他们屏住呼吸，注视着我们的一举一动，蓄势待发。

决一死战的时刻到了!

我和周叶躲在一棵树背后,提心吊胆地看着沈沫和闻达向前移动。沈沫掏出了手枪,闻达拔出了刀。他们悄无声息地接近龙王庙,在庙门两侧停顿片刻,沈沫做了个手势,闻达一脚踢开庙门,两人一起冲了进去……周叶抓紧了我的胳膊,我甚至能听到她的心跳。

没有枪声,也没有打斗声。

两分钟后,沈沫和闻达走出了龙王庙。沈沫用手电筒检查四周,一面是上山的路,三面是陡峭的悬崖。除了我们四个,手电筒照不出别的人影。

我们一起走进庙里。沈沫的手电筒继续照射每一个角落,最后停在龙王爷面前的香炉上。

香炉里插着几炷残香,残香上挂着一张字条。闻达摘下字条,沈沫用手电筒照亮。

"写的什么?"闻达问。

"你不识字吗?"沈沫反问。

闻达点头承认。

周叶凑上去,接过字条,读了出来。

"辛苦,保重,再会。"

周叶目瞪口呆。沈沫脸色铁青。闻达无处发泄,狠狠地踢了一脚香炉。

变态的快感?

我仿佛又听见有人在某个地方大笑。

11

那天晚上,我们没有下山,留宿在龙王庙。庙里有些干柴,我们点起篝火,在龙王爷的注视下,围坐在一起取暖。

雨一直下。我们安静地坐着,听着外面的雨声,想着各自的心事。我不知道他们在想什么,但我猜他们和我一样,都在想念自己的师父,除了周叶。

周叶忽然哭了。她忍住了哭声,但没忍住眼泪。当我发现她在哭的时候,她已经泪流满面。

"你怎么了?"沈沫问她,声音很轻。

她不说话。

"害怕了,是吗?"

她摇摇头。

"想家了?"

她点点头。

我们看着她,就像看着一个受了委屈的孩子。我猜她从来没有在外面过夜的经历。在这样一个风雨交加的夜晚,这样一座布满蜘蛛网的破庙里,大概很容易让她想念舒适的家,想念干净的床。

她擦了擦眼泪,有点难为情地冲我们微笑,然后告诉我们她为什么哭。她说她的确是在想家,但不是现在的家,而是以前的家,母亲还在时的那个家。母亲已经离开快两年了,但她仍然怀念母亲在世时的一切,她知道那样的日子一去不返,这让她感到痛苦和遗憾,时常忍不住流泪。

"袁琳对你不好,是吗?"沈沫问她。

"不,她对我很好,是我对她不好。"

"你为什么对她不好?"闻达忽然插话,很感兴趣似的。

"我一直以为,她是为了钱才嫁给我爸的。现在我才知道,自己错怪了她。"

"为什么?"

"她一定很爱我爸,不然她不会去永安寺找我爸,也不会为了救我而受伤。"

闻达点点头。

"别说我了,"周叶擦干了眼泪,"说说你们吧。"

"说什么?"沈沫问。

"说什么都行。"她问沈沫,"你父母呢,你为什么从来不提他们?"

"你想知道什么?"

"他们在哪儿?"

"他们死了。"沈沫说,表情很平静。

周叶吃惊地瞪着眼睛,看来她并不了解沈沫。

沈沫讲述了他的故事:他的父母都是渔民,他在船上出生,在船上长大,十二岁上岸开始自谋生路,在戏院给人摇过扇子,在街头给人擦过皮鞋,还在私塾和武馆做过工,因此偷学了文化,也偷学了武功。有一天黄昏,他偶遇雷万钧追捕犯人,眼看犯人即将逃脱,他及时出手,从而获得赏识。当上警察以后,他曾经想过把父母接到岸上一起生活,当他这样做的时候,父母忽然失踪了。他找了很长时间,最后在海河下游发现了那只沉没的小船,但一直没能找到父母的尸首。

这个故事让周叶沉默了许久。然后,她扭头看看闻达,但闻达低着头不看她,她只好把目光转向我。

"你呢?萧原,"她问,"你父母是做什么的?"

我告诉她,我父母都是文化人,他们更看重的是事业而不是我,当上海有一所大学邀请他们去教书的时候,他们毫不犹豫地扔下我走了,现在我属于自生自灭的状态。

我知道她对我的故事其实没多大兴趣,因此我尽可能简短。我说完了,她停顿了一下,终于把话题转移到了闻达身上。

"闻达,说说你吧。"她说。

"我没什么可说的。"闻达说。

"你父母呢?他们……"

"拾荒的。"

"拾荒?"她看上去很吃惊,"他们靠拾荒把你养大?"

"对。"

"你在哪儿学的功夫?"

"镖局。"闻达说,"跟我师父学的。"

"你师父为什么教你?"

"因为我力气大。"

"就因为这个?"

"对。"

傻子都能听出来,闻达急于结束谈话。他不想谈论师父,这会让他感到难过。周叶当然不傻,她停止了追问。

"你们睡吧。"闻达站了起来,"我去门口放哨。"

周叶的目光追随着闻达,直到他的背影消失在门口。沈沫显然注意到了这一点,但他没有任何表示,他拿起刚刚烤干的外衣,默默地披在她的肩上。

也许是太累,我很快睡着了,没有梦。或者有梦,但我忘记了。

12

天亮的时候,雨停了。

我睁开眼睛,发现沈沫和闻达都不在,身边只剩下周叶。她仍然在酣睡,蜷成一团,披着沈沫的外衣。她在睡梦中嘬着手指,像个刚刚满月的婴儿。

我有点不忍心,但我还是把她叫醒了。她冲我撒嘴,似乎在抱怨我惊扰了她的美梦。我问她梦见了什么,她忽然又有些羞涩。这是我第一次看见她脸红,很有趣。

"我不告诉你。"她微笑着说。

我想我能猜到她梦见的是谁，不过我没有说出来。

她看看四周，问我："闻达呢？"

"不知道。"我说，"你为什么不问沈沫呢？"

她不理我，敏捷地站起来，走出了龙王庙。

我们在山崖边找到了闻达和沈沫。他们并肩站在一起，背对我们，纹丝不动，以同一个姿势眺望天边。我抬起头，呆住了。

太美了！

有一刻我几乎忘记了呼吸。没有任何理由，我忽然有流泪的冲动。

太阳刚刚升起，天空碧蓝如洗。天边悬挂着巨大的彩虹，如同一道七彩的拱形天门。翻腾的云海在我们脚下，温暖的阳光在我们脸上，绚丽的彩虹在我们眼前……我发誓，这是我这辈子见过的最美的景色。

周叶脸上的表情如梦如幻，她举起双手，极力向前伸展，仿佛她伸手就可以触摸那一道彩虹，仿佛她迈步就可以穿过那一道天门。她冲着我们喊叫，声音遥远而宁静。

"快许愿！快闭上眼睛，朝它许愿！"

无论过去多少年，我都不会忘记那个时刻。那是一个永恒的时刻。在我的记忆深处，那是油画一般的景象：

四个年轻人站在峻峭的悬崖边，一字排开，面朝天边巨大的彩虹，双目紧闭，双手合十，面目虔诚，默默许下各自的心愿……

第六章　大赏

1

我们离开龙王庙，踏上了归途。

阳光普照，层林尽染，一切都与我们来时不同。我看见了草丛里的露珠，它们在太阳下闪着光，如同一颗颗透明的珍珠。一群蚂蚁正在搬家，它们似乎很渺小，又似乎很强大。一只野兔从树洞里跳出来，钻进了另一个树洞。我还看见一只松鼠，它站在树枝上好奇地望着我们，周叶挥手冲它打招呼，它却嗖地消失了，仿佛生怕我们将它手中的松果夺走。在半山腰，我们还遇到了一头黄牛，它对我们视而不见，只顾埋头吃草，直到周叶哞哞学了几声牛叫，它才抬起头来看看我们，然后听话地让出了下山的路……

世界变得美好，我们的心境却没有改变。心里的阴霾仍未消散，我们都很低沉。尤其是沈沫和闻达，他们仿佛被霜打过或被雷劈过，一言不发，阴郁而萎靡。唯有周叶不同。她抓着一把从山坡上采来的野花，仿佛她刚刚踏青归来，而不是刚刚经历过暴风骤雨，甚至差一点把命丢了。她就是这样的人，没心没肺。她能记住的都是一些简单而快乐的细节，而不是那些不堪回首的往事。对她来说，这次出行让她感受到了自由，还能与自己喜欢的人在一起，也许这些才是最重要的,没有什么比这样的感觉更好了。

也许是想让我们搁置心事,享受美好时光,她开始寻找话题。她回忆了山崖上的彩虹,然后向我们打听面对彩虹时许下了什么愿望。她问闻达,闻达不告诉她。她又去问沈沫,沈沫也守口如瓶。当她来问我的时候,我实在不忍心再拒绝她。不过,在我开口之前,她忽然制止了我。她说,千万别说,说出来就不灵了。我只好闭上嘴。

下到山脚,我们停留了许久。周叶回望山顶,依依不舍。她说,等到春暖花开,她还想再来一次。她希望我们和她一起来,我们都答应了。后来我们确实又来过一次挂月峰,不过,那时的心境完全不一样。当然,这是这个故事的另一部分。

在周叶的提议下,我给他们每个人画了一幅肖像。我走到哪儿都带着纸和笔,这是当记者必须养成的习惯。纸有些潮了,我也累了,手有些抖,不过这些并不影响我发挥,也不会有损他们的形象。在我的笔下,周叶明朗,沈沫深沉,闻达憨厚……他们都很可爱。

我还画了那道彩虹以及四个年轻人的背影。这幅画至今保存在我的书柜里,每当我看见它,都百感交集。

2

回城以后,我们又累又饿。周叶兴致勃勃地说,我们去吃船菜吧。

我告诉你什么是船菜。那时候海河很宽,水很深,河面上很热闹,许多小渔船来来往往。你站在岸边冲船家招手,他们会把船划过来。你告诉他们你想吃船菜,他们就会上岸,架起铁锅生火做饭。食材很新鲜,都是刚刚从河里打捞上来的河鲜,包括各种鱼和虾。如果你运气好的话,还会有螃蟹甚至甲鱼。做好了以后,他们会在小船上支起小桌,请你们上船。这样你们就可以一边吃喝,一边聊天儿,一边吹着风,一边看着海河两岸的风景。船菜不贵,不过船家手艺不错。最重要的是,这样能让人感到惬意。

我们从金刚桥上了船,顺流向东。船家是一对中年夫妇,看起来饱经风霜。他们用温暖的目光看着我们,就像看着自己的孩子。周叶想知道他们的故事,他们满足了她。

他们说,这条小船就是他们的家,平时吃住都在船上,很少上岸。到了冬天,海河会冰冻,他们会去南边待着,待到来年春天再回来,就像候鸟一样。这样的生活持续了二十多年,在此期间他们生了四个孩子,因为在船上无法养活,都送给了岸上的人家。那四个孩子现在都长大成人,和我们几个年纪差不多大,恰好也是三男一女。孩子们没有忘记自己的父母,时常在万国桥上等候,只为看看他们,和他们说说话。老大曾经想过把他们接到岸上去生活,但他们无法适应,待了一段时间之后还是回到了船上。也许,他们将在这条小船上终老一生。

"为什么呢?"周叶问,"为什么上了岸就不能生活?"

"因为不习惯。"沈沫告诉她,"如果你在船上待了二十多年,不摇晃的话,你也睡不着觉。"

我能理解。每个人都有自己的习惯。多数人习惯安定,也有人习惯动荡。我的习惯是枕着怀表,听着指针转动的声音入睡。有一天它忽然不转了,我整晚没睡好,感觉很糟糕。

"你怎么知道的?"周叶问沈沫。

"因为我的父母就是这样的人。"

我们听说了沈沫的故事,沉默了一会儿。然后,周叶举起了酒杯。

"来,我敬你们。救命之恩,没齿难忘!"

周叶举起酒杯的样子让她看起来很豪爽。我们喜欢这样,不喜欢装腔作势,于是我们都把酒杯举了起来。

酒入愁肠，我们更加低沉。周叶继续努力，试图谈论一些能让我们忘掉忧愁的话题，比如童年的往事、成长的烦恼、将来的梦想……但我们无力响应。然后她试图谈论爱情。她问我们什么是爱情，我们都没有回答。她很快意识到这个话题不合时宜，于是她也闭上嘴，两手托腮，像我们一样沉默地看着两岸风景，陷入了遐想。

　　两岸的风景很好，离城市越远风景越好。我们看到一望无际的盐碱滩和芦苇荡，那是一种奇特的美，宽广、辽阔、苍凉……我无法形容。残阳如血，挂在地平线上，慢慢下沉，终于落下去了。世界变得昏暗，变得寂静，在我们耳边回响的，只有哗哗的流水声和吱吱的摇桨声。

　　在这个单调的时刻，沈沫忽然打破了沉默。

　　"叶子，给我们唱首歌吧？"

　　"好。"周叶说。

　　她开始唱了，我们安静地听着。

　　她的嗓音很悦耳，那首歌也很好听。后来人们说起民国时期的歌曲，想到的都是《夜上海》《月圆花好》《夜来香》《何日君再来》……其实那时候还有许多好听的歌，比如这首《教我如何不想她》。这是一首很美的诗，刘半农先生在诗中创造了一个字：她。我想，这个字也许代表了一切美好的事物。

> 天上飘着些微云
> 地上吹着些微风
> 微风吹动了我的头发
> 教我如何不想她
> 月光恋爱着海洋
> 海洋恋爱着月光
> 这般蜜也似的银夜

> 教我如何不想她
> ……

我后来在留声机上无数次重温过这首歌,但再也没能重温当时的感觉。那是一支很舒缓很深情的歌曲,周叶的吟唱让它多了几分悲凉,那种悲凉通过耳朵进入了我们的身体,在血液里慢慢地流淌……最后渗透到心底,让我们情不自禁地回忆起了那些难以忘怀的人和刻骨铭心的事。

周叶唱完了,我们泪流满面。

3

上岸的时候,周叶有些醉了。

我见过许多酒醉的人,有男人,也有女人。有些人有发不完的牢骚、说不完的脏话;有些人会大声唱歌,要多难听有多难听;还有些人一言不发,只是哇哇大哭,根本停不下来。周叶的醉态很特别,她什么都不做,只是一直在笑,不是大笑,而是微笑,眼神迷离,憨态可掬。我不知道她为什么笑,总之她一直在微笑。

她跳上岸,摇摇晃晃地走着。沈沫上去扶她,被她甩开了。她继续朝前走,忽然停了下来,回过头看着我们。

"咱们结拜吧。"她说。

"什么?"沈沫没听清。

"我说,咱们结拜吧。"

"兄弟才能结拜,"沈沫笑着对她说,"男女只能结婚。"

"那咱们结婚。"她说。

"结婚?"沈沫问她,"你要跟谁结婚?"

"跟你们三个。"

"你一个姑娘,要嫁三个男人?"我忍不住笑了。

"不行啊?"她眨了眨眼睛,"那就结拜。"

"我告诉你了,兄弟才能结拜……"沈沫说。

"咱们就是兄弟。"

"等你清醒了再说吧。"沈沫上去拉她。

"我现在就很清醒。"她再次甩开他,"咱们现在就结拜。"

"好,咱们结拜。"沈沫笑着敷衍她,"结拜总得有个名义,咱们叫什么呢?"

"永安社。"

这三个字让我们都震了一下。我忽然发现,周叶已经清醒了。她收起了笑容,表情认真。

沈沫也认真起来,回头看看我和闻达,表情严肃。我们只是看着他,都没吭声。

沈沫从附近的香纸店里买来了长香。长香点燃了,我们并肩站在一起。

就这样,又一幅画面刻进了我的脑海:夜色中,四个年轻人头顶明月,面朝河水,双膝跪地,高举长香,一拜天,二拜地,三拜列祖列宗……

在这个故事里,这是最让我激动的时刻。我看着我的伙伴们,感到无比温暖,我相信他们也感受到了同样的温暖。他们的面孔在月光下庄重而沉默,头发在微风中轻轻抖动。当我们把手搭在一起的时候,我触摸到了他们的体温和脉搏,我感到体内有一股热流涌动,心脏几乎要跳出胸口。在那个时刻,我想起了乔先生,想起了罗盛昌、雷万钧和周自恒。我想象着,十几年前在某个地方一定也有过相似的一幕,当他们结盟的时候,一定也像我一样热血沸腾,心潮澎湃,难以自持。现在,三位长者已经倒下,剩下的一位也已经老了,但我们站了出来,继承了他们的使命,踏上了他们的战场。我想,如果我以前还会感到孤独和恐惧,以后应该不会了。现在我们只有四个人，将来也许会有更多人与我们站在一起。给乔先生当助手时，我学会了打比方。我把自己比作蚂蚁，一只单独行动的蚂蚁甚至扛不动一粒米，但千万只蚂蚁聚集在一起，能干掉一只骆驼……

当我这样想的时候，我感到一股豪气冲出天灵盖，直冲天际。

4

天色已晚，但周叶仍然不想回家，她说她喝酒了，不能再开车，否则大家都得掉河里。

"我来开车，我送你回家。"沈沫说，"你爸一定快疯了，说不定正派人满世界找你呢。"

"我身上都是酒味，怎么回家呀？"周叶嗅了嗅自己的衣袖，"我爸见了我一定会发脾气，甚至……"她忽然瞪大眼睛，闭上了嘴。

"甚至什么？"沈沫追问。

"揍我。"周叶可怜巴巴地说。

"别担心。"我笑着对她说，"我们可以替你求情……"

"没用的。"她摇了摇头，"说不定我爸还会怪罪你们，不让我和你们来往，都不能来往了，那叫什么结拜兄弟呀！"

"你讨厌那个家，是吗？"闻达问她。

"不是讨厌，"她说，"就是有点压抑，不舒服。"

"为什么？"

"不自由。"

我明白了。她不想回家，其实就是想保留这种自由自在的感觉，哪怕只是一个晚上。

我们还在犹豫，周叶已经自顾自地走开了。

"你们不用管我，我可以自己去找旅馆。"她说。

我们当然不能不管她。沈沫追上去把她拉了回来，然后我们一起开车去了警察局,给周自恒打了电话。

周自恒确实很着急,听到周叶的声音,他才放松下来。周叶告诉他,这两天她一直跟着我们在蓟县查案,路上没遇到什么凶险,她会注意安全,明天一定回家。

挂了电话,沈沫不放心把周叶扔在旅馆,决定把她带回自己家。我和闻达正打算离开,周叶把我们叫住了。

"你们和我待在一起,好吗?"她说。

我和闻达相互看看,然后一起看着沈沫。我不确定她是在担心沈沫毛手毛脚,还是想和闻达多待一个晚上,也许两者都有。

"上车,走吧。"沈沫冲我们招了招手。

沈沫住在小白楼。那是一栋公寓,他租下了其中一个套间,面积不大,包括一间卧室和一间客厅。

周叶被安顿在卧室里。她躺下了,但她似乎并不打算睡觉。

"再聊会儿吧!"她说。

"聊什么?"沈沫问。

"今天是咱们的结拜纪念日。"她说,"以后每个月的这一天,咱们都去吃船菜,行吗?"

我们都点头说行。

她很开心,伸出手指非要拉钩。我们忍住笑,尽可能配合她。

这个幼稚的仪式结束之后,她终于消停了,闭上了眼睛。

"还聊吗?"沈沫问她。

她没回应。然后我们发现她睡着了,呼吸声很轻,脸上带着谜一样的微笑。

沈沫在客厅的地板上铺开草席,闻达在椅子上坐下。我躺在沙发上,看着窗户上摇动的树影,听着窗外的风声,总有些提心吊胆。后来我闭上眼睛,迷迷糊糊地睡着了。

不知道过了多久,我忽然听到一阵细微的动静,睁眼一看,一个黑影正在客厅摸索。我吓了一跳,沈沫和闻达同时惊起。闻达刷地拔出了刀,沈沫啪地打开了灯。

电灯亮了,照出了周叶。她显然吓坏了,手捂胸口,瞪着眼睛,脸色煞白。

"你们干什么呀?"她说。

"你干什么?"沈沫反问。

"我口渴,出来找水喝。"

沈沫给她倒了水。

周叶喝完了水,看着我们说:"你们也睡不着啊?"

"为什么要说也?"沈沫说,"你刚才没睡着吗?"

"既然醒了,咱们聊会儿吧!"她说。

没有人理她。我重新躺下,闻达坐着闭上了眼睛,沈沫啪地关了电灯。周叶在黑暗中发了一会儿呆,快快地回了卧室,关上了房门。

世界安静了。我很快又睡着了,这次睡得很踏实,一觉到天亮。

5

我们把周叶送回了周公馆。周自恒挽留了我们,并且设宴款待。宴席很隆重,如同招待贵宾,让人受宠若惊。

周自恒向我们打听了在蓟县查案的情况,沈沫告诉了他。不过,他仍然有所保留。他提到了头套,也提到了丰合银号,还提到了集贸市场,但他只字不提我们在挂月峰的遭遇。在沈沫的讲述中,线索在集贸市场断了,没有人知道汪道坤和石敬山的去向。他之所以这样做,仍然是周叶的授意,她说她不希望父亲受到惊吓,否则她很可能再次失去自由。

周自恒沉默了一会儿,然后问沈沫:"接下来呢,你们有什么打算?"

"暂时没有打算,"沈沫说,"正要向您请教。"

"请教不敢当,想法倒是有,未必妥当。"

"请指教。"

"既然已经知道凶手的样貌,为什么不发动民众?"

"发动民众?"沈沫愣了一下。

"重赏之下,必有勇夫。"周自恒提醒他。

沈沫没有回应,他看上去很为难。

"你是在考虑钱的问题?"周自恒问他。

"是。"沈沫点点头,"我可以写报告,但马向东未必……"

"钱不是问题。"周自恒打断他,"只要能抓住凶手,赏钱可以由我来出。不过,我有一个条件……"

"您说。"

"我可以出钱,但不便张扬。"周自恒把目光移向我,"关于四大法器的消息,我也不希望看到你们对外声张。"

"为什么?"我问。

"如果贸然宣扬,只怕追不回法器,反倒让更多盗贼蠢蠢欲动。"

我懂了,于是我郑重地说了声:"好。"

"爸,"周叶忽然开口,"您打算出多少钱悬赏?"

周自恒没有回答,把目光转向袁琳,似乎在征求她的意见。

"五千大洋,够吗?"袁琳问。

我发现沈沫目光一闪,闻达也瞪大了眼睛。

你可能对大洋没有概念。那是一个银本位的货币时代,一块大洋能做许多事情,可以换十几斤大米,或者五六斤猪肉,又或者一百多个鸡蛋……许多底层体力劳动者拼死拼活,一年也挣不到一百块大洋。我相信,五千大洋足以让所有人心动。

通缉令很快登在了报纸上,在报童的叫卖声中传遍了全城。与此同时,汪道坤、石敬山和娄阿法的画像也贴满了大街小巷。可以说,这是一张天罗地网,而我们接下来要做的,就是等待猎物触网。

我们回归了正常生活，不再每天聚在一起。沈沫说，一旦有了线索，他自然会向我们发出召唤。

6

我继续去泡茶馆，就像乔先生活着的时候一样。我希望听到与凶手有关的消息，但我失望了。人们确实都在谈论那五千大洋，不过他们仅限于谈论，却没有任何线索。

沈沫也没有向我们发出召唤。那是一段风平浪静的日子，很乏味，很煎熬。值得一提的，只有闻达和周叶的故事。

有一天上午，闻达忽然出现在茶馆。他给我看了一份契约。他说他不识字，想让我告诉他契约的内容，帮他出出主意。

我看完就笑了，然后问闻达发生了什么。闻达告诉了我。

闻达的母亲最近一直咳嗽，于是他带她去了医院。大夫诊断为肺炎，给她开了一些特效药。肺炎在后来不算什么大毛病，但在当时能要人命。闻达因此很焦虑。那些药品很贵，他承受不起，于是去了镖局。然而，罗盛昌出事以后，镖局旗倒人散，名存实亡，没有人替他想办法。闻达丢了工作，也没有多少积蓄，因此他需要找点活儿干，这样才能有收入给母亲抓药治病。就在这个时候，周自恒忽然派人来找他，把他请到了周公馆。

到了周公馆以后，周自恒并没有出现，闻达独自在客厅等待。两个保镖忽然闯了进来，不由分说开始动手。闻达莫名其妙，本能地出手反击。直到他把那两个保镖都打趴下了，周自恒才出现。周自恒诚恳地向闻达表示了歉意，并且告诉他，这只是一次小小的试探，目的是看看他到底有多大本事。闻达认为这种试探很无聊，但他克制住了不快，正要告辞，周自恒把他叫住，请他落座喝茶，然后向他说明了这样做的真实意图。

事情的起因当然与周叶有关。周叶不愿意成天待在家里，于是她告诉父亲，她想回学校去继续完成学业，另外，学校的戏剧社最近要公演，她也需要抓紧时间参加排练。周自恒很高兴她有这样的打算，但他认为凶手尚未落网，凶险尚未解除，希望女儿能带上保镖，以防不测。周叶同意了，唯一的要求就是保镖必须由她亲自指定。周自恒也同意了。但他没想到的是，周公馆高手如云，周叶居然全都看不上。她唯一相中的人选，就是闻达。

闻达证明了自己的能力，周自恒也相信了女儿的眼光，不再有顾虑。他开出的条件很诱人，足够闻达一家衣食无忧。但他没想到闻达居然会拒绝。我很好奇闻达为什么要拒绝，闻达只说他不敢高攀。我猜，闻达仍然是想保持他的自尊。他不是傻子。傻子都能看出周叶对他有意思，这件事情如果继续发展下去，结果也许会很麻烦。穷人家最害怕麻烦，因此他拒绝了周自恒的好意。周自恒是个体面人，并没有勉强。

接下来，闻达继续去找工作。凭他的本事当然能找到活儿干，只不过没有人愿意预付工钱，让他先给母亲治病。他越来越焦虑，但无可奈何，恨不能拿刀逼着人家给钱。两天前，他从外面回家，发现许多邻居围在家门口，他还以为母亲出事了，进门才发现家里来了一位洋大夫，正在给他母亲看病，还给母亲开了他一直想要的特效药。然后他看见了周叶，她正在把洋大夫说的话翻译给他母亲听。

闻达想知道她花了多少钱，周叶没告诉他。我猜她是怕吓着他。闻达也知道他还不起，但他不愿意欠她这份人情，于是他终于改口说愿意给她当保镖。没想到周叶拒绝了。她告诉闻达，她这样做，其实是在报答他的救命之恩，他没必要还什么人情，也没必要勉强自己。闻达说，如果她不同意，他不会让母亲吃那些药，也不会让洋大夫再进他的家门。周叶终于同意了，并且提出要签一份契约，作为对双方的约束。

现在我手里拿着的就是这份契约。我告诉你我为什么笑,因为我从周叶的字迹里看穿了一个姑娘的心思,很有趣。

这是一份不平等条约。从字面上看,闻达的权利只有一条,就是获得相应的报酬。他的义务很多,密密麻麻。而周叶的义务只有一条,就是付出相应的报酬。她的权利很多,和闻达的义务一样多。总之,闻达要做的就是绝对服从。但我不认为闻达会损失什么,不但不会有任何损失,也许还能获得更多。

"是卖身契吗?"闻达问我。

"不是。"我说。

"可以签吗?"

"随你。"

他签了。

7

接下来的故事,我可以通过契约上的条款想象出来。事实上,后来发生的故事和我的想象差不多。

作为贴身保镖,闻达必须时刻跟随周叶左右。她想去哪儿,他就得去哪儿。她让他干什么,他就得干什么……总之,这份契约给周叶提供了无数借口,取之不尽,用之不竭。

她喜欢逛街。她去了劝业场,于是他拥有了一套定制的高级西装,被打扮成了一个绅士。但他穿上以后就像一个傻瓜,路都不会走了。她自己也试了几件衣服,问他好不好看。如果他摇头,她会立即扔掉;如果他点头,她就打算每天穿给他看。但他不点头也不摇头,总是很木讷的样子。于是她不知道是应该穿上,还是应该扔掉。

她喜欢美食。她穿越了九国租界,于是他也品尝了许多洋人的手艺。不过,相比于那些高级餐厅,他似乎更喜欢路边小摊。于是她和他一样蹲在路边,完全不顾吃相。

她还有许多文化人的雅兴,于是他也听了音乐会,观了画展,看了电影。她发现他对这些似乎不感兴趣,问他平时有什么消遣。他说他没有。她问他小时候都喜欢玩什么,他告诉她了,然后她非要去体验。于是他们就像两个长不大的孩子一样,上树掏鸟窝、下河摸鱼、逮蝈蝈、粘知了、滚铁环……这些都是野孩子的玩法,不适合像她这样的体面人,但她玩得很投入,很愉快。她开心地笑,得意地笑,放肆地笑,恶作剧地笑,一点也不介意别人惊疑的眼光。

她还把他带进了校园。向别人介绍他的时候,她不说是保镖,而说是朋友。他感觉到所有人看他的目光都有些异样,但她一点也不在乎。他完全听不懂老师在课堂上讲什么,于是她教他识字,甚至教他用洋文跟洋人打招呼。她要求他教她一点功夫,作为防身之用。他是个很好的老师,不厌其烦。很快她就能一招一式地比画,像模像样。

这就是周叶的爱情,契约上的爱情,一厢情愿的爱情,强加于人的爱情。我之所以知道这些事情,是因为我有权威的消息来源。不是闻达,而是周叶。

8

周叶来茶馆找我是个下午,外面刮着风。她说她很烦恼,想找个人谈谈。

"为什么找我?"我问她。

"因为你是我三哥。"自从我们结拜以来,她一直叫我三哥。

"好吧。那你说说,为什么烦恼?"

"你猜。"

"因为……"我假装想了一下,"闻达?"

"你都知道啦?"她看上去很吃惊。

"当然知道啊。"

"你是怎么看出来的?"

"傻子才看不出来。"

"那闻达也能看出来,对吗?"

"他不是傻子。"

"他就是傻子!"

然后,周叶开始讲述她的烦恼。她告诉我,和闻达在一起她很开心,她也想让他开心,但他看上去并不开心,她想知道为什么,但他什么也不说,于是她也变得不开心了。

"为什么是闻达?"我问她。

"他救过我的命。"

"沈沫当时也在场,救你也有他的功劳。"也许是因为我更早认识沈沫,我更希望那个人是沈沫。

"我知道,所以我也很感谢沈沫。"她说,"但是,在我最绝望的时候,最先听到的是闻达的声音。当我得救以后,最先看到的也是闻达的脸。再过八十年,我也忘不了那一刻,忘不了他当时看我的眼神。你不知道,那样的眼神有多么温暖,我一辈子也忘不了。"

我点点头,表示理解。尽管英雄救美的故事听起来有些俗套,但我想,这种事情无论发生在谁身上,都会让人一辈子无法忘怀。

周叶的苦恼之处在于,从此她再没见过那个温暖的眼神。闻达开始变得冷漠,总是回避她的目光,故意不看她。他只是根据契约上的要求,机械地服从她的命令,并不情愿。有时候她恨不能再让人绑架一次,也许只有这样才能重温旧梦。

"我不好看,是吗?"她问我。

"不是,你很漂亮。"

"那么,我很讨厌,是吗?"

"也不是，你很可爱。"

"那他为什么呀？"她困惑地眨着眼睛。

我也不知道为什么。爱情是一种很奇怪的东西，也许是这个世界上最奇怪的东西。可能闻达喜欢温婉的，而不是像周叶这样活泼的姑娘。或者说，闻达其实也很喜欢周叶，但他的理智告诉他这是不对的，于是他只能装作冷漠，装作不解风情。

爱情是冲动的，但婚姻是理智的。闻达是穷人家的孩子，穷人家的孩子当然也需要爱情，但他们更愿意相信的是婚姻。一个贫民窟的穷小子和一个住别墅的富家小姐喜结良缘？听起来确实罗曼蒂克，但这是现实生活，不是童话世界，像闻达这样的人，距离童话世界太遥远了。

"你父亲知道这些事吗？"我问她。

"我没告诉他。不过袁琳知道，她猜的，我承认了。她答应先不告诉我爸。"

"袁琳是什么态度？"我追问。

"她告诉我，当初她喜欢上我爸的时候，也有许多风言风语，她开始也受不了，但她后来想明白了，还是嫁给了我爸。"

"所以她支持你？"我有点意外。

"对。她说，只要你喜欢，就不要去管别人怎么想，因为你要过的是自己的日子，而不是别人的。"

我同意袁琳的观点，但我不认为周自恒是"别人"。我想，像周自恒这样的人，也不会去相信什么童话故事。

不管怎么说，周叶很乐观。她告诉我，为了自由和爱情，她一定会坚持到底。

她是一个新潮的女性，我对她表示敬意，也祝愿她有情人终成眷属，但我不认为她的努力能改变什么。

9

三天之后的黄昏，周叶又来找我了。她看上去开朗多了，至少不像之前那么烦恼。她告诉我，她的努力终于获得了回报，闻达对她的态度开始有了变化。

闻达的变化是因为戏剧。有一天，周叶参加了戏剧社排练。她在台上演，闻达在台下看。她发现他似乎很感兴趣，目不转睛地观看，后来还主动向她追问剧情。于是她给他讲解剧情，还介绍了莎士比亚，告诉他什么是四大悲剧，哈姆雷特、奥赛罗、李尔王和麦克白分别是谁以及做过什么，并且给他朗读了许多经典片段。正是在朗读的时候，她发现了他的变化。他听得很认真，像个孩子一样，表情随着她的语气变化，不再那么冷漠，也不再回避她的目光。她终于找回了那个温暖的眼神。

我相信这一点。我相信周叶的魅力。我听过她唱歌，后来也看过她在舞台上表演，和她平时的形象很不一样。她不再是那个刁蛮任性的公主，也不再是那个大大咧咧的姑娘。我不是说那样不可爱，我的意思是，她还有另一种可爱。在舞台上，她会变得更温柔、更内敛、更知性，充满了感染力。当一个人做自己最擅长的事情时，总是充满了魅力。

闻达因此有了变化。他也许会装作不动声色，企图掩饰内心的波动，但他的眼神会出卖他，泄露他内心的秘密。周叶发现了这一点，她当然不会放过这个机会，于是乘胜追击。她开始朗读那些爱情段落，闻达的变化更明显了。他的眼神变得迷离，越来越迷离。当她用洋文问他是否爱她，他情不自禁用刚学的洋文回答"是"。然后她拥抱了他，他接受了拥抱。她感受到了巨大的幸福，这让她控制不住地全身颤抖。可惜时间太短暂。他很快把她推开了，又变得冷漠，不再看她。她问他为什么，他说师父的仇还没报，不敢风花雪月。

我觉得，这仍然是个借口。闻达也许是在最后一刻恢复了理智，但我没这样说。我不想扫周叶的兴，这样太残忍。

周叶仍然沉浸在她的爱情里,不能自拔。她告诉我,现在只有一件事情在妨碍她的爱情,那就是凶手还没有落网。这也是她来找我的原因。

"我们去找大哥,一起查案吧。"她说。

大哥就是沈沫。尽管闻达比沈沫大一岁,但他认为沈沫更应当这个大哥,沈沫没有推辞。

沈沫坐在办公室里,把玩着他的手枪,桌上的纸屑又堆成了小山。他告诉我们,案子没有任何进展。五千大洋悬赏确实让许多人动心,但涌进他耳朵里的都是一些假消息。他根据那些线索找到的只是一些长得像通缉犯的人。有一个甚至长得都不像,只是额头上有一道疤而已。还有一个病入膏肓的男人,他愿意承认自己是通缉犯中的一个,愿意被枪毙。他问沈沫,能不能把赏钱发给他的老婆和孩子,就当是他们举报的好了。

情况就是这样。沈沫的压力很大。规定的时间已经过半,马向东发了几次脾气也拍了几次桌子,最后还把军令状拿出来威胁了沈沫。他说,如果到时候还抓不到凶手破不了案,就不是撤职这么简单,他会一枪把沈沫毙了,拿沈沫的死来平息民愤,给大家一个交代。

"怎么办?只剩下十几天时间了。"周叶说。

"没关系,我们还有十几天时间。"沈沫说。

我欣赏他的乐观,欣赏他的从容。他身上有一种很特别的东西,这种东西能让人感到安定。我相信他会有办法,而我们只需要等待他的召唤。

10

第二天下午,沈沫忽然出现在茶馆,他说他有一些想法。不过,在告诉我那些想法之前,他先向我打听了一些别的事情。

他关心的仍然是周叶。他大概能看出周叶和闻达的眼神有点不一样,他问我是否知道什么。我告诉他了,毫无保留。我知道他仍然喜欢周叶,这样会让他感到痛苦。但我认为这种痛苦是必然的,他迟早要经历,迟不如早。

沈沫果然很痛苦。他咬着嘴唇,沉默了许久。我有点后悔告诉他这些,于是我提醒他保持冷静,查案要紧。他拍拍我的肩膀说,没事。然后他告诉了我他的想法。

他认为,凶手夺取四大法器,目的应该不是收藏,而是交易。既然是交易,当然有卖家也有买主。既然找不到卖家,为什么我们不去试试买主呢?作为古玩交易最集中的地方,估衣街上也许会有线索。只要能找到与法器交易有关的任何线索,就有可能找到凶手,追回法器。当然,这种交易一定会很隐秘,没有人会在大街上大声吆喝"四大法器的卖……"但是,无用功也是查案的一部分,不尝试一下怎么知道是无用功呢?

我同意。出发之前,我问他是否叫上闻达和周叶一起行动。沈沫摇了摇头说,不必了。

我理解他。想象一下,如果你的梦中情人在你面前和别的男人眉来眼去,你还能不能像个正常人一样思考和行动?

我们去了估衣街,走进每一间古玩店,问过每一位掌柜。所有人都听说过四大法器,但谁也没见过。没有人拿着法器让他们掌眼,更不用说交易。

从最后一间古玩店出来以后,沈沫还想去别的地方再看看,但我认为我们只能改日再去。我提醒他时间不早了,周叶的演出即将开始。

演出在大学礼堂进行。沈沫答应过周叶一定来看,他没有食言,尽管他并不情愿。闻达也来了,沈沫不愿意和他挨着坐,于是我坐在了他们中间。

演出开始了,剧目是《哈姆雷特》。舞台上的所有演员都戴着假发套,浓妆艳抹,扮成洋人的样子,拿腔拿调地说着台词。我们看了半天,终于看明白这是一个王子复仇的故事。当老哈姆雷特的灵魂出现,人们一阵惊呼;当小哈姆雷特终于杀死了仇人,人们一阵欢呼;当哈姆雷特中毒死去,人们流下了泪水……我们分辨不出舞台上的哪一个角色是周叶,直到闻达告诉我们,她扮演的是奥菲利亚,哈姆雷特的恋人。不过他说得太晚,那个时候,奥菲利亚已经自杀了。我们都很遗憾。

演出结束后,我们去了后台。周叶刚刚卸完妆,这样我们就能再次看见她的庐山真面目。她很开心,一直问我们她演得怎么样,我们都赞不绝口。

不知道为什么,沈沫一直盯着她的假发套,若有所思。

11

时间继续流逝。我继续泡茶馆,听说了许多乏味的故事和真实的谎言。这一天早晨,我忽然听到了一声惊雷。

"号外号外!富家女遭遇绑票,命悬一线……"

我知道报童贩卖的是周叶的故事,但这不是新闻,接下来的才是。

"周自恒交出赝品戏耍绑匪!号外号外……"

所有人都很震惊。我第一时间冲出茶馆,从报童手中抢来一份报纸,看到了那个故事。

报纸上的故事很简单:作为一名富商兼收藏家,周自恒预料到自己很可能会成为江洋大盗的下一个目标,于是他事先做了一些准备,包括仿制赝品。绑架事件发生之后,他交出了一件赝品,骗过了绑匪,救回了自己的女儿……

我有理由怀疑这个故事是编造的。那是一份小报。我了解他们,他们的办报宗旨不是真实性,而是想象力。更重要的是,在这个故事里,他们并没有提供消息来源。

由于事关重大,我还是去了那间报馆,找到了在报纸上讲述这个故事的同行。他姓夏,我们认识,只是点头之交,不算熟悉。他告诉我,这是一个朋友在酒桌上给他讲的故事。然后我找到了他说的那个朋友。那个朋友又推荐了另一个朋友,然后是下一个朋友……最后我放弃了努力,我知道继续追查下去不会有什么结果,也不会有什么意义。

当记者的时候,我听过许多谣言,但这个谣言很真实,除了那间报馆可以卖出更多的报纸,我想不出还有谁会从中获利。

沈沫也很困惑,于是我们一起去了周公馆,找到了周自恒。

周自恒失去了风度,他当着我们的面,愤怒地将报纸撕成了碎片。

"一派胡言!我怎么可能……怎么可能拿一件赝品,去交换我女儿的性命?"

我理解他的愤怒。如果你了解他,你就知道他不会那样做。对他来说,法器确实很重要,但不会比周叶的性命更重要。

除了愤怒,还有困惑。周自恒的困惑和我们一样,他也不明白为什么会有人制造谣言,不明白这种谣言会给谁带来什么样的好处。

离开周公馆的时候,我们遇到了周叶和闻达。他们刚刚从外面回来。据说他们去了学校,但我猜他们其实是在某个地方闲逛。从他们的表情来看,似乎没有听到"号外"。我告诉他们发生了什么,他们和我想象中一样吃惊。

沈沫冷冷地看着他们,点点头打过招呼,然后走开了。我有点难过,由插香结义而引发的激情在那个时刻降到了冰点。

沈沫走了两步,忽然停下来,回头望着周公馆。

"不管是不是谣言,消息已经传开了。"他问我,"如果传到娄阿法他们的耳朵里,你猜他们会有什么反应?"

"他们不一定认为是谣言,也许会以为金伞就是赝品。"我说。

"所以呢?"

"他们喜欢戏耍别人,但这次被戏耍的是他们自己。我想,他们一定很生气。"

"然后呢?"

"然后……"我答不上来。

沈沫抬起右手,抹了一下脖子。

我吓了一跳。我觉得我们应该回去警告周自恒,提醒他注意防范。但沈沫认为,周自恒从来没有放松过戒备,只要他待在自己的城堡里,我们就不必为他担心。

"我们怎么办?"我问沈沫,"我们是不是也应该做点什么?"

沈沫没有回应。他仍然望着周公馆,仿佛在思索着什么。

12

监视又开始了。我趴在一座平房顶上,远远地望着周公馆。

夜深了。周公馆的人都睡了,灯火俱灭,鸡犬无声。我移动视线,看看附近的几条巷子。巷子里很安静,黑漆漆的,看不到人影。

我很孤独。我不知道沈沫埋伏在哪儿,也许就在不远处我看不见的地方。他仍然没有通知闻达和周叶参加行动。他说让他们恋爱去吧,这次行动有我们两个足够了。我理解他的意思,也服从他的安排,尽管我认为他有点意气用事。我想,等沈沫冷静下来,他和闻达需要一次面对面心平气和的交谈。

月亮钻到云层里去了。有风吹过来,我感到一阵阵凉意,于是我拉紧了衣领,把双手缩进袖子里。

忽然,我听到一阵轻微的脚步声,接着看到一个黑影出现在一条巷子里。我紧张起来,瞪大眼睛。从脸形来看,似乎是石敬山。他穿过巷子,慢慢向周公馆靠近。我屏住呼吸,目不转睛地盯着他。这时,不远处又传来了一阵动静,另一个黑影出现在另一条巷子里。从脸形来看,似乎是周自恒。他独自一人,没带保镖。我没有呼喊,而是保持着沉默,继续观察。他们继续移动,越走越近。在两条巷子的连接处,他们狭路相逢,双方都愣住了。周自恒掉头就跑,石敬山拔腿便追。他们在巷子里拐弯抹角,最后朝着我的方向跑过来。这是一条死胡同。周自恒终于无路可逃,停了下来。石敬山也停下脚步,正好停在我的眼皮底下。周自恒慢慢转身,与石敬山正面相对。石敬山似乎想说什么,但他还来不及开口,周自恒忽然伸手往脸上一抹,就像变戏法似的,他撕掉了面具,露出了真面目。

他是沈沫!

石敬山呆住了。

终于轮到我出手了。我扯了一下牢牢抓在手中的绳头,一张绳网从天而降,不偏不倚地罩住了石敬山。他在绳网里徒劳地挣扎。沈沫掏出手枪,大声命令他别动。我跳下房顶,壮着胆子给他戴上了手铐。

这就是沈沫的计划。他从戏剧社的化妆术中受到了启发,然后找到了一个擅长制作人皮面具的手艺人,接下来他所做的就是等待对手出现,然后把对手带到陷阱里来。

现在,这个计划成功了。沈沫掩饰不住地得意,他露出了微笑,打开手电筒照向石敬山的脸庞。忽然,他的笑容僵住了。

石敬山的脸上也戴着人皮面具。昏暗环境中不易察觉,但强光照射下,那些痕迹无法隐藏。

沈沫一把撕掉了他的面具……我们都呆住了。

他是闻达!

第七章　大苦

1

　　你可能听说过易容术。这是一门古老的技术，听起来很神秘，其实很普通。远古时期，人们在狩猎或参加祭祀活动时，往往会运用这门技术装神扮鬼，让自己看起来更威猛。后来它主要被用于戏剧表演，比如京剧里的各种脸谱，它不光可以让人变成另一个样子，还可以男人变女人，女人变男人。再后来它被运用到日常生活中，也就是化妆。所以说，女人大都精通易容术。她们这样做，只是想让自己看起来更美，取悦自己，也取悦世人。她们的用意，与那些江湖中人不同。

　　江湖中人之所以喜欢易容术，是因为他们有时候需要蒙蔽世人，或者欺骗对手。江湖险恶，你死我活，因此他们的易容术比一般的化妆术更高级，当然也更可怕。在武侠小说里，有时会出现这样的人，他们转身之间就变成了另一个人。这太夸张了，我认为这不可能。在川剧的变脸中可能，但川剧中使用的是普通面具，一看就是假脸。如果想让变脸更逼真，需要的是人皮面具。

　　人皮面具是一门绝活儿。那时候有许多手艺人，他们都有自己的绝活儿。剪纸、刺绣、泥塑、面人、微雕……我小的时候遇到过一个捏泥人的，他只用三分钟就捏出了我的样子，活灵活现。这个泥人现在还保存在我的陈列柜里，每当我看见它，就会回想起自己的童年。我还亲眼看见过一位老师傅在一根半米长的头发上鼓捣，等他鼓捣完了，我用放大镜一看，头发丝上竟然刻了一篇完整的《兰亭序》。许多手艺人都会当众表演，但擅长人皮面具的手艺人不会这样做。他们很神秘，因为他们的生意见不得光。他们的主顾都是一些奇怪的人，怀揣着一些奇怪的秘密。我以前只是听说过人皮面具，从来没见过，还以为这只是一个江湖传说，直到沈沫当着我的面把他自己变成了周自恒。

当然，沈沫扮演的周自恒算不上逼真。我后来才知道，制作一张人皮面具需要至少三道工序。首先要根据照片做出石膏模型，然后用吹塑工艺做出胶质面具，最后是抛光上色，再粘上头发、眉毛和胡须……每一道工序都很复杂。一般来说，完成所有工序至少需要十天。但沈沫没有那么多时间，他必须在刺客行动之前做好准备，因此他的面具很粗糙。不过他并不担心，他认为刺客只会在夜间行动，即使他的扮相失真，在昏暗环境中也不会被轻易识破，这就足够了。

正如沈沫所说，他确实没有露馅，刺客也确实上当了。不过他万万没想到，自己精心布置的这个陷阱，捕获的不是别人，竟然是闻达。

闻达大概也没想到他会落入陷阱，更没想到布下陷阱的竟然是他的两个结拜兄弟。他和我们一样震惊，眼睛瞪得很大。

我以为闻达会很惊慌，会央求我们放过他，流着眼泪，甚至跪在地上……如果闻达这样做的话，沈沫和我也许会心软，也许会为难，也许会不知所措。当然，也许会看不起他。但闻达什么都没做，他只是惊讶，并不慌张。他一声不吭，一副认栽的表情。

沈沫也不吭声，只是盯着闻达。四周很安静，气氛很诡异。不久前我们刚刚插香结义称兄道弟，宣誓要同生共死，现在却分成了黑白分明、誓不两立的敌我阵营。有一阵我感到恍惚，不知道自己应该站在哪一边。直到我想起了乔先生，我才恢复理智，站到了沈沫这边。

我们沉默了许久，直到沈沫轻轻地叹了口气："走吧，回警察局再说。"

2

我们回到了警察局。沈沫对闻达还算客气，让他坐在椅子上，而不是双手抱头蹲在地上，还给他倒了杯水，但没给他解开手铐。

沈沫已经撕掉了闻达的面具，但在我眼里，闻达的面孔仍然变幻莫测，忽然是目露凶光的石敬山，忽然又是一脸木讷的闻达。憨厚和凶狠的表情在他脸上交替出现，忽明忽暗，我分不清哪一个才是真正的闻达。

审讯开始了。沈沫负责提问，闻达负责回答，我负责笔录。

沈沫似乎不知道从哪里开始。他想了一下，拿起闻达的面具，用这个作为开场白："面具做得不错。"

闻达没回应。他的面具确实不错，比沈沫的更细腻、更逼真。

"为什么假扮石敬山？"沈沫问。

"掩人耳目。"闻达说。

"你和石敬山是什么关系？"

"没关系。"

"那你最早是怎么知道石敬山的？"

"听我师父罗盛昌说的。"

"他怎么跟你说的？"

"他说了灰衣社、四大法器，还有永安社……"

"所以你知道四大法器都在谁手里？"

"是。"

"你师父为什么要告诉你这些?"

"他喝醉了。而且,他信任我。"

"他信任你,所以你把他杀了?"

闻达低下头,不吭声。

沈沫仍然盯着他:"就为了四大法器?"

闻达没回应,算是默认。

"法器呢,法器在哪儿?"

"卖了。"

"卖给谁了?"

"不认识。"

"不认识?"沈沫明显不信,"不认识,你为什么卖给他?"

"马路上遇见的,他看上去像个有钱人。"

"他长什么样?"

闻达抬头看了我一眼。我以为我又要画画,但他摇了摇头:"我忘了。"

"再想想。"沈沫说。

"想不起来了。"

沈沫失望地瞪着眼睛:"卖了多少钱?"

"五千大洋。"

"钱呢?"

"花了。"

"花哪儿了?"

"说不清,反正都花了。"

沈沫停顿一下,继续追问:"你的同伙呢?"

"什么同伙?"

"别装傻!说吧,你的同伙在哪儿?"

"没有同伙,人都是我杀的。"

"你一个人?"沈沫很意外。

"是。"

"你一个人扮演了娄阿法、石敬山和汪道坤?"

"是。"

"你师父、我师父,还有乔先生,都是你杀的?"

"是。"

沈沫沉默了一会儿,然后继续:"那两张面具在哪儿?"

"什么?"闻达没听清,或者没听懂。

"我问你娄阿法和汪道坤的面具在哪儿?"

"扔了。"

"扔哪儿了?"

"海河。"

"谁给你做的面具?"

"我自己做的。"

"你还有这个手艺?"沈沫扬起眉毛。

"是。"

"那你给我做一个,现在就做。"

闻达不理他。

"你需要什么材料,我可以给你准备。"

闻达继续沉默。

"或者,你只要告诉我怎么做,我就信你。"

闻达仍然一言不发。

沈沫累了,他喝了口水,继续提问:"为什么要跟着我们一起查案?"

"是你们来找我帮忙的。"闻达说,"我也想知道你们打算怎么查。"

沈沫看了我一眼。确实是这样，找闻达帮忙是我出的主意。

审讯告一段落。沈沫把闻达留在办公室，把我叫到了走廊。

"你信他吗？"他问我。

我不信。就算每天三顿涮羊肉，五千大洋也够他吃好几年的。他可以每天大鱼大肉，为什么不去给母亲抓药？而且，他可以用面具假扮别人的样子，但他无法假扮别人的头脑。我不是说他头脑简单，我的意思是这个案子太复杂了，像闻达这样的人，他连字都不认识，怎么可能具备那样复杂的布局能力？

沈沫当然也不信。他断定，闻达只是这个局中的一枚棋子，布局的另有其人，而闻达现在所做的，只是在保护他的同谋。

沈沫后来又审问了几轮。他一遍又一遍地重复他的问题，闻达一遍又一遍地重复他的答案。无论沈沫如何变着法儿提问，他从闻达口中得到的答案都是一样的：人都是我杀的，法器卖给了一个路人，五千大洋都花了……就是这么回事，爱信不信。

闻达的语气始终很平淡，平淡得就像是在告诉我们他早餐吃了什么。我有一种感觉，闻达似乎对现在的局面早有心理准备，因此他早准备好了这一套说辞，并且烂熟于心。当他落到警察手里的时候，他所要做的，就是像一台录音机一样重复自己的台词。

最后，沈沫几乎口吐白沫，但闻达还是那样平淡。沈沫无可奈何，只好把闻达扔进了一间小黑屋。

3

天亮以后，马向东坐着小汽车来到了警察局。探长们听到消息也都赶来了，就像一群嗅到了腥气的苍蝇。

探长们很意外，都有些酸溜溜的。但马向东很高兴，他通过小黑屋的透气小窗看了闻达一眼，夸奖了沈沫几句，然后准备召开记者会宣布结案，向民众表功，向当局邀功。他还让秘书草拟了新闻通稿:"警察局局长马向东精心策划、英明指挥,代理总探长沈沫临危受命,莫长山、姜铁军等诸位探长通力合作……"

沈沫反对这样做。反对的理由是:如果草草结案并大肆宣扬,必然激怒闻达同党;如果结案之后再发一案,必然激怒当局高层,只怕不但无功反而有过,吃不了兜着走。

马向东很快冷静下来,采纳了沈沫的建议,决定趁势追击,争取更大的胜利,到时候再邀功和庆功也不迟。但是,闻达死不开口,如何才能把他的同党一网打尽呢?马向东很困惑,他重申了破案期限。在沈沫做出保证之后,马向东满意地离开了,准备去参加季成庸的婚礼。季成庸是负责督办此案的当局高官,也是乔先生的朋友,我提到过他。他酷爱结婚。自国民政府成立以来,我几乎每年都能从报纸上看到他举办婚礼的消息。当然,这不是这个故事的重点。

马向东走了,但探长们没离开,他们忽然变得积极起来,七嘴八舌地替沈沫出谋献策。我知道他们为什么一反常态,如果这个时候再不表现一下,将来论功行赏的时候,他们不但吃不着肉,也许连汤都喝不上了。

探长们大概有几十种方法解决问题。你可能听说过清朝十大酷刑,他们就想那么干。但沈沫不同意。沈沫认为闻达是条硬汉,酷刑不但撬不开他的嘴,而且有可能把事情搞砸,甚至不小心把犯人弄死。这种事情不是没有先例。如果闻达死了,唯一的线索就断了,如何乘胜追击?因此,他反对探长们插手这个案子。探长们非要插手,都想去试试他们的手段。他们乱哄哄地走到小黑屋门口,正在讨论由谁先上的时候,忽然听到砰的一声枪响,然后看到沈沫站在他们身后,枪口朝天,还在冒烟。

"谁敢碰他一下,我他妈弄死谁!"沈沫大声说。

探长们吓呆了。沈沫的表情说明他是认真的。年轻人总是容易冲动,他们没有必要为了喝口汤就把命赌上,于是他们打着哈哈说,何必呢,何苦呢……然后一哄而散。

我从来没见过沈沫这么冲动,也没听他说过脏话。我想,也许他真的担心闻达被他们弄死,担心断了线索;也许他还保留了一点兄弟情分,不想让闻达受苦;也许两者都有。

探长们散了以后,沈沫把闻达从小黑屋里押了出来,扔进了另一间看上去更严密的小黑屋,并确保唯一的钥匙只在他自己手中。

我反对刑讯逼供,那样做太野蛮,像原始社会,但我不知道还有什么更文明的方法能让闻达开口。我看看沈沫,沈沫表情淡然。

"出去走走。"

4

我们去了周公馆。这就是沈沫的方法。他认为,对付像闻达这样的人,硬碰硬是没用的,也许只有周叶能让他软化。

周叶正在等待她的保镖,她不知道发生了什么。在她熟睡的时候,也许还梦见了闻达,但她无论如何也想不到,她的梦中情人其实昨晚距离她很近,就在不远处的一条巷子里,他掉进了一个陷阱。她没能等到她的爱情,只等来了一个坏消息。

周叶当然不信。她的第一个反应是,这是个玩笑:"别逗了,行吗?"

我们都没说话,只是看着她。

她看看沈沫,又看看我。我们都绷着脸,表情很严肃。她等了一会儿,以为我们会绷不住。但是,她没能等到那个戏剧性的表情变化。

"是真的吗?"她问沈沫。

沈沫点点头。然后她把不安的目光转移到我脸上,我也点点头。

她终于明白这不是玩笑。她当然知道事情有多么严重，于是做出了第二个反应："你们一定是搞错了。"

"什么搞错了？"沈沫问。

"你们凭什么抓他？"

"他昨晚来你家……"

"他每天都会来我家。"周叶打断他，"他也许是来找我的，这有什么奇怪的。"

"奇怪的是，如果他是来找你的，为什么要戴上石敬山的面具？"

"面具？"她愣住了。

沈沫拿出了那张人皮面具。周叶很吃惊，但她仍然不信，于是又有了第三个反应："你陷害他，对吗？"

"我？陷害他？"沈沫莫名其妙。

"你找人做了个面具，就说是证据……"

"我为什么要陷害他？"

"因为你想破案，你想保住总探长的位置，但是你剩下的时间不多了……"

"所以我需要找一个替罪羊，是吗？"

"你们警察不是都喜欢这么干吗？"

"如果我要找替罪羊，我可以找任何人，绝不会是闻达。闻达也是我的兄弟，我为什么要出卖他？"

"因为……"周叶看看沈沫，忽然把嘴闭上了。

沈沫似乎明白了，他的脸涨红了，然后是通红："因为你，因为我喜欢你，是吗？"

周叶的脸也涨红了，她咬着牙，不吭声。

我理解周叶。这件事情太大了，她不敢相信，也不愿相信。如果一定要怀疑的话，那么只能怀疑沈沫。当然，她的怀疑并非毫无道理。对沈沫来说，如果不考虑道义的话，出卖闻达至少有两个好处，既能消灭情敌，又能破案立功，一举两得，一箭双雕。如果我没有参与昨晚的行动，我可能也会有同样的怀疑。

沈沫呆呆地看着周叶。他似乎已经到了爆发的边缘，但他在极力克制。他露出了苦笑，摇头叹气道："真没想到，在你眼里，我是这样的人。"

气氛僵住了。他们都不说话，都气呼呼的，我想我不能再沉默了。

"你相信我吗？"我问周叶。

"你想说什么？"她的语气中带着敌意，眼神也很陌生。

"如果你不相信我，也不相信沈沫，你总应该相信闻达，对吗？"

"闻达在哪儿，他在哪儿？"她问。

"走，我们带你去找他！"沈沫大声说，"让他亲口告诉你，我到底有没有陷害他。"

我似乎明白沈沫为什么不让探长们碰闻达了。他必须让周叶看见一个完好无损的闻达，这样她也许不会那么伤心，也没有理由怀疑和责怪他了。

5

周叶哭了。

尽管闻达身上没有一点伤痕，她也答应过不哭，然而，当她看见自己喜欢的男人被关在小黑屋里，她还是忍不住哭了。不是哇哇大哭，而是默默流泪，很快她就成了一个泪人。她的样子很委屈，很伤心，很无助，让人心疼。

我想，任何人看见她哭都会心软的。但闻达是特外，他是木头人，是石头人。他看了一眼周叶，眼神很冷漠，仿佛在看一个陌生人。

沈沫警告过周叶，闻达现在是犯人，也许他正在寻找一切机会逃走。她答应不会太靠近闻达，但她还是无法控制自己。沈沫想拦她的时候已经晚了，她扑上去抱住了闻达。沈沫吓坏了，拔出了手枪，但他很快又收了起来。闻达并没有拿周叶当人质，他一把推开她，迅速退到墙角，刻意与她保持距离。

"你来干什么？"闻达的口气干巴巴的，听不出一丝感情。

"我要你告诉我，他们说的不是真的。"周叶已经在崩溃边缘，但她仍然怀着一线希望。

闻达低头不看她，也不回应。

"你抬起头来！"她大声说，"你看着我，你为什么不看我？"

闻达无动于衷。

"你说话呀！"她哭喊着，声音有些哑了，"你说话，快告诉我这不是真的！"

"是真的。"闻达的声音如此之低，我几乎没听见。

"你说什么？"周叶追问。

"我说，是真的。"闻达大声重复。

周叶不敢相信："你真的杀人了？"

"是。"

周叶剧烈地颤抖了一下："他们……都是你杀的？"

"是。"

周叶再次颤抖，沈沫上去扶她。她甩开沈沫，死死盯着闻达："你还要杀我爸？"

"是。"

周叶崩溃了。她双眼一闭，泪流满面，身体摇晃得厉害，几乎站不住了，沈沫再次扶住她。她终于失去了控制，冲着闻达大声嘶吼:"为什么?你告诉我为什么!"

"你走吧。"闻达背过身去,口气冷得像冰。

"你说谎!"周叶疯了一样,扑上去抓住闻达,"你不是这样的人,告诉我,你为什么说谎?为什么!"

闻达再次把她推开,然后冲沈沫发出怒吼:"让她走!"

周叶再次扑上去,但沈沫抓住了她,然后把她交给我,示意我先带她出去。

我搀扶着周叶走出屋子,来到院子里。她甩开我,蹲在地上哭,完全不顾几个警察在不远处探头探脑。她不停地哭,哭声绵绵不绝,泪水无穷无尽。我感觉心都碎了。

沈沫和闻达在小黑屋里单独谈了一会儿。我听不见他们谈了什么。沈沫也许认为,周叶的出现多少给闻达带来了心理冲击,现在可能是他最脆弱的时候。在这个脆弱的时刻,沈沫希望闻达能告诉他实话,说出同党的下落,至少说出几个名字,这样对大家都有好处,沈沫可以继续调查,闻达可以戴罪立功,周叶也可以保留一点希望……

闻达显然让他失望了。沈沫很快走出了小黑屋,重新上锁,然后冲我摇了摇头。

6

周叶想出去走走,于是我们陪她去了海河边。我们陪着她慢慢地走,最后在万国桥边停了下来。河对面就是老龙头火车站。

河面上船来船往,火车站人流涌动。所有人都在为希望奔忙,只有我们停了下来。天气不好,天空灰蒙蒙的,整个世界灰蒙蒙的,我们的心里也灰蒙蒙的。

周叶坐在河畔,望着河水发呆。她不再流泪,一动不动,陷入了冥想。如果不是她脸上的表情还有一些变化,她看上去更像是一尊雕塑。

我知道,她现在的感觉一定很糟糕。这样的感觉,我有过切身体会。首先是难过,然后是痛苦,最后是崩溃……没有人知道这种糟糕的感觉会持续多久。我们能做的只是陪着她,除此之外帮不上任何忙。她必须经历这一切,然后她会接受现实,重新开始生活。总有一天她会把闻达忘掉,但不是现在,现在她无法控制自己。她和闻达认识的时间并不长,故事也不长,但足够她翻来覆去,一遍又一遍地回味。她的脸上开始出现一些奇怪的表情,这些表情说明她在回忆里体验到了欢乐、痛苦、悲伤,还有绝望。

河水流淌不息,火车站大笨钟的指针转个不停。我们在河畔坐了很长时间,周叶一直在她自己的世界里煎熬。当大笨钟第三次敲响的时候,她终于走出了那个世界。这一次,她脸上的表情不再是绝望,而是希望。

"我们谈谈,好吗?"她说。

"谈什么?"沈沫问。

"闻达不是一个贪财的人,我了解他,他不可能……"

"你只是以为你了解他。"沈沫打断她,"有些人在生活中也会戴着面具,你看不透的。"

"好吧,也许我真的不了解他。"周叶忽然话锋一转,"但我相信自己的眼睛,我相信自己亲眼看见的事实。"

"你看见了什么?"

"我问你,"她说,"罗盛昌被杀的那天晚上,闻达一直和我待在诊所里,他哪儿来的作案时间?"

沈沫被问愣了。

"我再问你,"她继续说,"如果闻达是杀人凶手,我被绑架到永安寺的时候,他为什么要救我?"

沈沫又是一愣。

"还有！"她越说越激动，"上挂月峰的时候，我差点儿摔下山崖，救我的还是闻达，他为什么要这样做？"

周叶说完了，她盯着沈沫，等待他的回应。

"我解释不了。"沈沫摇摇头。

"如果解释不了，你就应该把他放了。"

"这不可能。"

"为什么不可能？"

"我只问你一个问题，"沈沫说，"如果闻达是无辜的，他为什么要假扮石敬山来杀你爸？"

"他没杀我爸。"

"那是因为他没得逞。如果他得逞了，你还会替他求情吗？"

周叶愣住了，张口结舌。

我们都陷入了一个迷局：如果闻达是凶手，他为什么要救周叶？如果闻达不是凶手，他为什么要刺杀周自恒？

闻达知道答案，但他什么都不说。他宁可一个人扛下所有罪名，也不愿对我们打开心门。我想，其中一定另有故事，但我猜不出故事的内容。

周叶毕竟心软，在弄清楚真相之前，她希望我不要在报纸上写文章告诉人们闻达是凶手，我答应了。她还希望沈沫善待闻达，不要让闻达受苦，沈沫也答应了。

然后，我们把周叶送回了周公馆。

7

回警察局的路上，我和沈沫谈论了各自的想法。

我的想法是，杀死罗盛昌的凶手应该不是闻达，因为他确实没有作案时间。乔先生也不会是闻达杀的，因为乔先生被杀的时候，闻达去了宁河，他是去找那个建造密室的老潘，第二天上午才赶回来。至于雷万钧的死，我不敢确定凶手是不是闻达。不过，那天晚上我跟踪过娄阿法，我感觉闻达的身材似乎比我的跟踪对象更高大。

"你的意思是，闻达没杀过任何人？"沈沫问我。

"我希望是这样。"我承认，周叶的眼泪打动了我，我希望闻达手上没有沾任何人的血。

"我也希望是这样。"沈沫说，"但这并不代表他无辜，只能说明他还有同谋。"

沈沫的想法是，闻达必定在某些事情上说了谎，比如人都是他杀的，法器都卖了，钱都花光了，这是不可能的。但他说的未必全是谎话，比如他从罗盛昌口中听说了四大法器，然后动了贪念，这个很可能是真的。闻达也许并无把握单打独斗能够成功，他认为自己还需要几个帮手，于是把消息透露给了他的同谋，他们一起商量了行动计划，然后做了分工。为了掩人耳目，他们制作了人皮面具，借用了灰衣社的名义，以便把水搅浑。也许他们一共有四个人，每个人负责一个目标，闻达负责的恰好是周自恒。

我同意。但是，这仍然解释不了闻达为什么要救周叶。

沈沫推理认为，在闻达他们的计划里，周自恒深居简出，也许是最难啃的骨头，因此他们提前做了一些准备。当然，布局的未必是闻达，也许是他的同谋，一个更聪明的大脑。由玉观音造成的"误会"应该是这个计划的一部分，目的就是让闻达接近周叶，从而接近周公馆。额外的收获是，闻达还因此得到了我们的信任，成了我们的"帮手"。但是，由于周公馆戒备森严，他们一直找不到机会，只能绑架周叶，迫使周自恒就范。当然，他们并不打算杀死周叶，否则没必要蒙住她的眼睛。那时候，闻达已经埋伏在我们中间，他了解我们的想法，也了解我们的计划，于是他们合演了一出苦肉计，由闻达扮演了那个"英雄"。他们不仅得到了法器，还骗过了所有人。直到他们听说周自恒交出的法器是赝品，于是再一次动了杀心。

我几乎被说服，但我忽然想起了挂月峰的经历，这个怎么解释？

沈沫继续推理：由于我们一直在追查，闻达也一直在通风报信，他们担心事情败露，决定根除后患，闻达的任务应该是在上山途中伺机动手。由于沈沫上山之前已经有所警觉，而且手中有枪，因此闻达一直找不到机会。周叶命悬一线的时刻，闻达距离她最近，袖手旁观的话会显得很不正常。还有一种可能，闻达假戏真做，暗暗喜欢上了周叶，救人只是出于本能。至于龙王庙里的字条："辛苦，保重，再会"，沈沫认为那应该不是为了戏耍我们，而是闻达的同党在提前踩点时写给他的留言，闻达只是假装不识字。

我半信半疑。不过，我想不出更合理的解释。

8

我们回到警察局，意外地看见了周自恒和袁琳。他们显然听说了什么，但他们的消息来源并不是周叶。

作为社会名流，周自恒也收到了请柬，他带着袁琳参加了季成庸的第七次婚礼。他们在婚礼上遇到了马向东。周自恒问起了查案的进展，马向东没有隐瞒。周自恒想知道更多，于是马向东推荐他来找沈沫。

沈沫把他知道的都说了，毫无保留。周自恒显然不满意，要求见一下闻达，沈沫同意了。这当然不合规矩，不过，既然周叶能见闻达，周自恒为什么不能？

进入小黑屋之前，沈沫先问了袁琳一些问题。他提到了永安寺的绑架事件，想知道在周叶获救之前，那间地下室里到底发生了什么。

袁琳复述了一遍：她在废墟里听到一阵动静，于是走进了地下室，看见一个蒙面人抡起大刀砍向周叶，她下意识地扑了上去……

"你当时看见闻达了吗？"沈沫问她。

"没看见。"袁琳说，"那儿太黑，我也来不及细看，很快我就晕倒了。"

"那么，你看见的那个蒙面人有没有可能就是闻达？"

袁琳瞪大眼睛，吃惊地看看周自恒。

周自恒盯着沈沫，同样震惊："你是说，当时要杀叶子的就是闻达？"

我感到一阵寒意。如果沈沫猜得没错，那么绑架事件需要重写：在袁琳赶到之前，地下室里只有闻达和周叶，闻达也许是在听到沈沫的呼喊和拉枪栓的声音之后才放弃杀机，他担心自己来不及逃走，于是扯下头套，同时拿刀在自己身上划出九处伤口，扮演了那个"英雄"……太可怕了。

"你再想想。"沈沫重复着他的问题，"那个蒙面人什么样，有没有可能是闻达？"

"我不确定。"袁琳摇头，"当时光线太暗，情况太紧急。"

沈沫不再追问，他掏出钥匙打开铁锁，拉开了小黑屋的铁门。

闻达用戴手铐的双手遮挡住突然涌入的光线，然后慢慢放了下来。他大概没想到周自恒会出现，吃惊地张着嘴，随即低下了头。

周自恒总是那么慈祥，即使是面对企图刺杀自己的闻达，他仍然表现出了长者气度。他对闻达表示了惋惜，认为闻达本来可以有大好前程。虽然周叶并没有明确告诉他，但他了解自己的女儿，知道她对闻达的感情。他说他一向开明，只要周叶喜欢，只要周叶幸福，他不在乎什么门当户对。他还说他很欣赏闻达，考虑过让闻达来他的公司做事，甚至考虑过把闻达的父母接到周公馆一起生活。

"你从来都不考虑你的父母吗？"周自恒问闻达。

闻达抬头看了他一眼,似乎想说什么,但他什么也没说,又把头低下了。

"你应该替父母想想。"周自恒继续说,"我听说,你父母靠拾荒把你养大,他们一定很不容易。"

闻达一言不发。

"我还听说,其实你没杀任何人,你只是想杀我,对吗?"

闻达抬头看看沈沫,沈沫面无表情。

"你还有机会,"周自恒循循善诱地说道,"只要你说出同谋,我可以担保,你不会是死罪。你可能会坐几年牢,我可以派人照顾你父母,将来你还有机会为他们养老送终。"

闻达终于有了一个表情变化,他的嘴角抽搐了一下,似乎被说动,又似乎没有。

周自恒最终无话可说。他盯着闻达,叹了口气,和袁琳一起走出了小黑屋。

离开之前,袁琳忽然回头看了看闻达,目光里似乎有厌恶,又似乎有同情。

"给他点时间吧,让他好好想想。"她对沈沫说。

"好。"沈沫说,然后关上了铁门,挂上了铁锁。

我想,周自恒刚才说的话,闻达应该是听进去了。他现在需要的是时间。在小黑屋里,他有的是时间,可以慢慢思考。也许用不了多久,当铁门再一次打开,光线再一次涌入,他会改变主意,愿意戴罪立功。如果他确实是孝子,他应该想想自己的父母。

9

日升日落,晨昏交替,闻达仍然待在小黑屋里,仍然坚持自己那套说辞,没有任何改变。我越来越担心,沈沫越来越焦虑,周叶越来越绝望。

这一天，周叶很反常地没有出现在警察局，我猜她已经放弃了希望。沈沫异常烦闷，决定和我"出去走走"。

我们去了贫民窟，但我并不情愿。我不想把这样一个坏消息告诉两位老人，不想再看见眼泪，但沈沫坚持要这样做。他认为，两位老人也许能帮助闻达以成人的方式思考问题，这样做也许能为大家节省时间。我觉得，他可能是对的。

在闻达家，我们意外地看见了周叶，她正照顾老太太吃药。我们的出现也让她感到意外，但她很快暗示我们不要乱说话。

"你们找闻达，是吗？他不在家，出远门了。"

我们当然明白她的意思，于是出门去等。

周叶继续做她的事情。我们看不见她的样子，但听得到她的声音。她很温柔，很耐心，就像在劝说一个不听话的小孩，让老太太吞下了那些难以下咽的药。

"来，张嘴，不太苦，苦才好呢，良药苦口……"

我感到鼻子有点酸，但我忍住了眼泪。周叶是个好姑娘，可能是我见过的最好的姑娘。闻达企图杀死她的父亲，她却仍然惦记着闻达的母亲。

我看看沈沫，他板着脸，但他的眼神说明他像我一样感动。

吃完了药，两位老人出门了，我猜他们又要去河边晒太阳。周叶留了下来，她站在门口朝我们招了招手，我们走了过去。

"我正打算去找你们呢。"她说。

"找我们做什么？"沈沫问。

"我想告诉你们，闻达不是凶手，他是被人胁迫的，是替罪羊。"

我吃了一惊。沈沫马上追问："谁胁迫他？"

"真正的凶手啊，还能是谁！"

"凶手拿什么胁迫他？"

"拿他父母的命。"

我吓了一跳。不过我认为这说得通。人人都有软肋,既然他们可以拿周叶胁迫周自恒,为什么不能拿两位老人胁迫闻达?

"你有证据吗?"沈沫问她。

"有。"她把我们带到窗户旁边,伸手一指,"你们看这个。"

闻达家的窗户是纸糊的,周叶想让我们看的是窗户纸上的三道裂缝。裂缝不大,像是被锐器穿过的痕迹。

"什么意思?"沈沫莫名其妙。

"跟我来。"周叶又把我们带进了屋子。这一次她想让我们看的是正对着窗户的那面墙,墙上有三个小洞。洞口很深,像是被锐器钉过的痕迹。

"这能说明什么?"我问。

"你们再仔细看看。"她说。

我看看墙上的小洞,又看看窗户纸上的裂缝,忽然心里一动。我仿佛听到一阵锐器破风的呼啸,仿佛看到三把飞刀先后穿破窗户纸,从我眼前掠过,牢牢地钉在墙上……

周叶把手伸进口袋,变戏法似的亮出了她的证据:三把飞刀,刀很精巧,刀刃锋利,圆环手柄上系着红布。

看着它们,我感到一阵揪心。我见过三把同样的飞刀,它们分别插在罗盛昌、雷万钧和乔先生的喉咙上。

周叶告诉我们,老太太有点咳嗽,她担心病人受风,于是去关窗户。然后她发现了三道裂缝,她想找东西把裂缝补上,转身又发现对面的墙上有三个小洞。她感觉不对劲,但猜不出所以然,直到她收拾屋子的时候,从闻达的床底下发现了这三把飞刀。她很快联想起自己被绑架时父亲收到的飞刀传书,从而得出了闻达受人胁迫充当替罪羊的结论。

当然,仅凭三把飞刀说明不了问题,我们至少还需要三张字条。在我们出现之前,周叶已经搜遍了屋子,没找到任何字条。我们又搜了一遍,结果也一样。

在最苦闷的时刻,周叶忽然灵机一动,说:"对了,闻达不认识字,如果有字条,谁给他读的?"

10

距离闻达家不远有一个巷口,巷口坐着一位"代写书信"的先生。他认识闻达,与玉观音有关的寻物启事就是由他代拟的。他还帮闻达读过几封信。但信中的内容他记不清了,只记得大概。大概是问候闻达,问候闻家父母,没什么特别。唯一特别的是最后一封信,信中提到了永安寺。他之所以记得,是因为他觉得奇怪,为什么会有人约闻达在那里见面?

我们去了永安寺。在那片废墟里,我们找了许久,最后在那间地下室的角落里找到了一些碎纸片。

我们花了一点时间,把碎纸片拼成它们原来的样子,不多不少,三张字条。

第一张:挂月峰一别,甚是想念,是否无恙?

第二张:代问候令尊大人,是否需要添置新衣?再问候令堂大人,是否需要整理发丝?

第三张:有礼物相赠,可否到永安寺自取?

字迹歪歪扭扭,似曾相识。我忽然想起了在龙王庙见过的那张字条:辛苦,保重,再会!

我们用最短的时间赶回贫民窟,在河边找到了两位老人,然后假装和他们一起晒太阳闲聊,悄悄观察他们。老太太梳着发髻,如果不仔细观察的话,很难发现她少了一绺头发。老头儿的外衣上有一处缝补过的痕迹,十字交叉,很明显,就在胸口。他告诉我们,这是闻达亲手帮他缝补的。闻达显然没对他说实话。直到现在,他还以为是他自己不小心剐破的。

在我的想象中，那是一个月黑风高的夜晚，两位老人正在熟睡，一个黑影悄无声息地来了，又悄无声息地走了，他在老头儿的外衣上划了个十字，顺便带走了老太太的一绺头发。即使是闻达这样的顶尖高手，也没有半点儿察觉。

我继续想象，又一个月黑风高的夜晚，闻达匆忙赶到永安寺，在地下室见到了那个黑影。也许是娄阿法，或者石敬山，或者汪道坤，是谁其实并不重要，总之都不是真面目。闻达当然要以命相搏，但他根本不是对手。对方并不打算杀他，而是扔给他一张人皮面具，让他去周公馆跑一趟，最好能带一颗人头回来，否则……

你告诉我，闻达还有别的选择吗？

闻达当然可以向我们求助。我们是插香结义的兄弟，不会坐视不管。但闻达为什么不这样做？我想，也许闻达不认为我们有能力保护他的父母，或者说，他没有机会求助，也不敢向任何人求助，担心这样做会激怒凶手，凶手神出鬼没，来无影去无踪，每次出现都让他措手不及。他们任何时间都可能动手，隐形的铡刀才是真正恐怖的。

周叶吓得脸色煞白。她不明白，既然凶手这么厉害，他们为什么不亲自动手，非要胁迫闻达？

沈沫推理认为，周公馆戒备森严，凶手不可能无所顾忌，即使他们武功再高，也未必有十成把握。然而，赝品的事情又让他们咽不下这口气，于是胁迫闻达冒险出击。不要忘了，他们的目标不是只有周自恒，还有我们四个，其中就包括闻达。于是他们想出了这样一个计划。去周公馆行刺之前，闻达一定与他们有过口头协议：如果刺杀成功，从此两不相干；如果刺杀失败，闻达必须充当替罪羊。无论如何，他们都不会有任何损失。

沈沫说："这就叫借刀杀人！"

11

再见到闻达时,沈沫把飞刀和字条都摊开在他面前。吃惊的表情在闻达的脸上一闪而过,他很快恢复了冷漠。

"什么意思?"闻达生硬地问道。

"这正是我想问你的。"沈沫说。

"你知道的,我不认识字。"

"你不认识字,为什么不来找我们呢?我们可以读给你听。"沈沫随手抓起一张字条,开始朗读,"代问候令尊大人,是否需要……"

"别念了。"闻达忽然打断他,"都是我一个人做的,没有任何人逼我。"

沈沫叹了口气,无可奈何地看看周叶。

周叶失望极了,她扑上去抓住闻达,狠狠地抽了他一记耳光:"骗子!"

闻达似乎被打傻了,捂着脸,张着嘴,瞪着眼睛,呆在那里。

周叶似乎又感到心疼,于是她抱住闻达,哭着对他说:"你为什么不说实话呢?这么多人想让你活着,你就那么想死吗?"

闻达挣脱了,一把将她推向沈沫,吼道:"让她走,别让我再看见她!"

周叶再次扑向闻达,沈沫不得不抓住她,强行把她带出了小黑屋。

在沈沫的办公室,周叶又哭了许久。我们沉默地看着她哭,耐心地等待她恢复平静。

她终于平静下来,擦干了眼泪,然后向沈沫恳求:"放了他吧,行吗?"

"放了他?"沈沫一愣。

"他是被人胁迫的,他没杀人,也没杀我爸,你放了他吧!"

沈沫皱着眉头,似乎在思索。

"求你了!"她继续恳求,"别让他在那儿待着,那儿太黑、太冷!"

"我答应你。"沈沫说,"我会放了他,但不是现在。"

"为什么?"

"因为他现在只能待在那儿,否则,他的父母……你明白了吗?"

沈沫省略了后果,但周叶显然听明白了。她的瞳孔在那一刻突然放大,这说明她感受到了恐惧。

我想,正是由于同样的恐惧,闻达才毫不犹豫地选择了将所有罪名扛在自己身上。此时此刻,贫民窟上空也许正悬着一把看不见的铡刀,警察局门口也许正藏着一双看不见的眼睛,如果那双眼睛看见闻达走出了警察局大门,贫民窟上空的那把铡刀很快就会落下……闻达不敢赌,沈沫当然也不敢。

离开之前,周叶再次走近小黑屋。她站在那里,一动不动,长久地盯着那道黑漆漆的铁门,仿佛她的眼睛可以穿透厚厚的屏障,看见她的情人。如果不是周自恒打来了电话,如果不是沈沫劝她离开,周叶似乎打算就这样一直陪着闻达待到天亮。

"闻达,我先回家了,明天再来看你。"她说,声音很轻。

闻达一定听见了,但他没出声。

周叶依依不舍地告别了小黑屋,再次流下了心疼的泪水。

我告诉你小黑屋什么样。长宽高都是六尺左右,没有窗户,铁门上开了一个巴掌大的孔,透气和监视用的;底端还有一道小门,只在送饭的时候打开;没有电灯,也没有蜡烛;冰冷的地上有一张草席,那是床;墙角有一个带盖的木桶,那是厕所。没有别的了,这就是全部。我后来有机会参观过监狱,监狱里的条件已经很糟糕了,但小黑屋比监狱更糟糕。监狱里的犯人有放风时间,小黑屋没有,犯人只能在里边待着,吃喝拉撒,这里就是他的整个世界。一般来说,这是死刑犯待的地方,在案子未审结之前,这是他思考人生的地方,他有足够的时间回忆自己干了什么,也有足够的时间后悔自己干了那些事。如果不是被提审的话,没有人和他说话。白天还能通过透气孔看到一点点光线,听到一点点外面的动静,天黑以后能看到的只有自己的十根手指,能听到的也只有自己的呼吸和心跳。如果是我的话,也许能在里面待上几个小时或者半天,若待一整天,我想我一定会崩溃。现在,闻达已经在里面待了三天三夜,他还要继续待下去,在漫漫长夜里继续煎熬……

我们都知道,只有一种方式可以终结这个噩梦,那就是抓住真正的凶手。

12

把周叶送回周公馆之后,我和沈沫又去了贫民窟。

夜深了,贫民窟在黑暗中无声无息。我们透过窗户纸上的裂缝看了看,两位老人睡得正香。我们在附近转了一圈,没找到隐形的铡刀,也没发现可疑的人物。我想,既然他们是隐形的,当然不会轻易被我们发现。

沈沫仍然放心不下,他打算就近找个地方待着,以防不测。我觉得他没必要这样做。正如我所说,只要闻达还像个犯人一样被关在小黑屋里,对手就不会轻易对两位老人下手,否则他们早就可以那样做了。

不过,沈沫的仗义让我感动。要知道,闻达是他的情敌,他完全可以对闻达的事情充耳不闻,视而不见。因此我向他表示了敬意。沈沫不以为然,他说他这样做不是为了闻达,而是为了周叶。

"如果你喜欢一个人,"沈沫问我,"你是想看到她高兴,还是想看到她痛苦?"

"当然想看到她高兴。"我毫不犹豫。

"你说对了,我想看到她高兴。"

"但是,你不痛苦吗?"我问沈沫。

"如果你喜欢一个人,你会先解决她的痛苦,还是先解决你自己的痛苦?"

我无法回答。我想,也许这就是爱情。

那天夜里,我又做梦了。我梦见了海河,梦见了船菜。小船顺流向东,我坐北朝南,对面是周叶;周叶在歌唱,嘴巴微微张开,下巴微微扬起,眼睛瞟向闻达;闻达不看她,而是看着沈沫;沈沫双目微闭,似乎在听歌,又似乎在思索。在梦里,我能听到周叶的歌声,还有哗哗的流水声和吱吱的摇桨声。忽然间,所有声音都消失了,河面上开始起雾,越来越浓,越来越浓,我什么都看不见了。慢慢地,当浓雾散去,我才发现小船上只剩下三个人:沈沫、周叶和我。我们四面搜寻,始终找不到闻达。就这样,浓雾带走了闻达,我们失去了一个兄弟……

醒来以后,我很伤感,泪湿眼眶。

我想,每一个故事里,都会有一个最好的时刻,当然也会有一个最坏的时刻。截至目前,一起吃船菜也许是最好的时刻,闻达被捕也许是最坏的时刻。不过,故事还没有结束,我现在无法告诉你,它的结局会更好还是更坏。

第八章　大烈

1

天亮后,我又见到了闻达。闻达仍然死不改口,沈沫仍然无可奈何。

我想,即使闻达承认受人胁迫,对查案也不会有什么帮助,因为他无法提供更多有关凶手的线索,否则他不会那么被动。在这个故事里,这是最可怕的部分:因为人皮面具,即使真正的凶手此刻从我们面前走过,朝我们露出微笑,甚至停下来向我们问路,我们也不会知道他是谁。

约定的时间已经过了,周叶没有出现。她食言了,没来看望闻达。沈沫给周公馆打了电话,接电话的是周自恒。他说,周叶心情不好,身体不适,这些日子不能再出门了。沈沫想去周公馆看望她,周自恒谢绝了,他说如果沈沫能早日把案子破了,她也许能康复得更快一些。我想,周叶可能心情不好,但没有身体不适,她一定是被软禁了。这一次,周自恒一定很强硬,他不会再心软了,冲他吼或者对他哭都没用,她不能每次都用"后果自负"的办法来对付他。无论闻达是否受人胁迫,他毕竟对周自恒动过杀机,也有过尝试,周叶可以不在乎,但周自恒很难不介意。如果我是周自恒,我也不会同意自己的女儿和闻达还有任何来往。我想,这很容易理解。挂上电话,沈沫对我苦笑了一下。确实是苦笑,他看上去像个苦瓜。

马向东来找过沈沫,他像周自恒一样急于破案。沈沫告诉他,我们正在搜集线索,但没告诉他闻达是个替罪羊。我知道沈沫为什么这样做。闻达无辜,对我们来说是好消息,对马向东来说却是坏消息,因为这意味着他空欢喜一场,整件事情又退回到起点,邀功请赏仍然遥遥无期。我们掌握的证据,包括三把飞刀、三张字条、老头儿衣服上的补丁,光凭这几样东西去说服马向东,开什么玩笑?我们相信闻达是因为我们有机会与他相处,而马向东没有这个机会。当然,他也不需要这样的机会。

因此,沈沫的意思是,与其花费时间去说服马向东,不如把时间节省下来继续调查。

2

两位老人仍然在河边悠闲地晒着太阳,却不知道闻达为了让他们继续享受阳光,被禁锢在一间暗无天日的小黑屋里。我们远远地望着他们,暗暗感慨,没有过去打扰。

贫民窟里乱哄哄的。我们转来转去,找了许多人打听。沈沫的判断是,凶手一定在这里出现过,距离闻达家不会超过五十米,否则,飞刀扔不了那么远,也不可能那么准。我同意。这是一个封闭的世界,一个陌生人的出现,一定会引起人们的注意。但是,没有人看见过可疑人物,也没有人听到过风吹草动。唯一的目击者可能是一条狗,很不幸,它已经死了。它的主人说,几天前的一个深夜它忽然狂吠不止,他起床去安抚它的时候,它已经口吐白沫。他怀疑有人投毒,却没有任何证据。

离开之前,沈沫安排了两个巡警盯住两位老人,并告诫他们只许暗中保护,不许惊扰,更不许泄露闻达被捕的消息。他们很高兴可以帮上忙,如果在这个关键时期能有所作为,将来也许能论功行赏。不过,高兴之余,他们还有点恐惧,因此有点犹豫,直到沈沫发给他们一把手枪。这让他们感到刺激,胆子也变大了。毕竟,飞刀再快,也快不过子弹。

接下来,沈沫用自行车载着我跑遍了全城的茶馆,找到了十几个包打听。我想我说过,茶馆是个消息集散地,不光乔先生和我喜欢,包打听也喜欢。我介绍过包打听这个行当,他们最擅长的就是打探消息。当然,他们擅长的领域似乎与本案无关。谁家的男人金屋藏娇,谁家的女人红杏出墙,这个才是他们的长项。至于我们要找的凶手,他们帮不上忙,否则,看在五千大洋的分上,他们早就扑了上来。沈沫请他们喝茶的目的,当然不是让他们去找出凶手,而是让他们去搜集与法器交易有关的消息。

我认为沈沫的这个决定是正确的。在此之前,我和沈沫在估衣街尝试过这样做,但我们只有两张嘴和四只耳朵,凶手也不一定非要在估衣街上交易,因此我们需要更多耳目,把搜索范围扩大到全城。包打听原以为五千大洋遥不可及,现在才发现他们居然也有用武之地,于是一个个情绪高涨,信誓旦旦,摩拳擦掌,蠢蠢欲动。我希望他们不是浪得虚名,但愿他们的本事并不局限于那些桃色丑闻。

和最后一个包打听谈完之后,天色已黄昏。我们回到警察局,简单地吃过晚饭,准备和闻达再谈谈。这时,那两个巡警出现了,他们哭丧着脸,带回了一个坏消息。

闻达的父母失踪了。

3

我告诉过你监视有多么无聊。无聊会带来一种生理反应,就是困乏。这正是那两个巡警的切身感受。为了解决这个问题,他们采用了轮值的方式,即当一双眼睛睁着的时候,另一双眼睛闭着,一小时交换一次。这样可以保证他们有足够的精力应付接下来的漫漫长夜。这是一种合理的分工,当他们感到饥饿的时候也是这样做的:一个人留下来继续监视,另一个去找食物。当那个人吃饱了以后正要去和同伴换岗,忽然发现有人在马路边摆了个棋局悬赏,他是一个象棋爱好者,于是他停了下来,把主要精力用来思考如何破解棋局,却忘了时间在流逝。那个同伴在监视中感到越来越饥饿,直到他无法忍受。这一天的平淡使他产生了一种错觉,他认为离开片刻应该不会有事,于是他离开了。他找到了同伴,然后他也被棋局吸引住了……我不知道他们是否破解了那个棋局,这不是重点。重点是,当他们回来的时候,闻达的父母失踪了。

沈沫顾不上对他们发火,一头冲进了贫民窟。我们几乎把整个贫民窟掀了起来,检查每一个角落,问过每一个人,但我们没能找到两位老人,也没有人知道他们去了哪里。接下来我们扩大了搜索范围,结果还是一样。最后,我们抱着一线希望,在那所破房子里等到很晚,直到万籁俱寂,也没能等到他们回家。这就让我们联想到了最坏的结果。当然,我并不认为他们会被杀死,至少现在不会,因为对某些人来说他们还有用处。其用处就是让闻达咬紧牙关继续充当替罪羊,也让我们的选择变得无比艰难。

回到警察局以后,我们在沈沫的办公室枯坐着,心乱如麻,一直在犹豫是否要把这个不幸的消息告诉闻达。当沈沫终于下定决心要这样做的时候,电话突然响了。

电话是周叶打来的。她很着急,声音很大。她说刚刚过去的这几个小时她一直在找我们,一直在给沈沫的办公室打电话,但电话一直无人接听……

"你是不是听说了什么?"沈沫很敏感。

"什么?"周叶同样敏感,"出什么事了?闻达是不是出事了?"

"没有,闻达没事。不过,他的父母……"

"我找你们就是想说这个。"周叶打断他,"闻达的父母在我家,他们现在很安全。"

"你说什么?"其实沈沫听清了,他只是想确定一下。

周叶重复了一遍。沈沫长长地呼出一口气,整个人虚脱了似的。

这就是周叶,我见过的最好的姑娘。她一直惦记着闻达,一直惦记着两位老人。当周自恒将她软禁的时候,她不再任性哭闹,而是把时间都用来思考问题。在太阳落山之前,她想出了一个主意,那就是把闻达的父母接到周公馆避难。这确实是个好主意。周公馆戒备森严,易守难攻,不仅可以保证两位老人的安全,也可以解决闻达和我们的后顾之忧。我唯一的困惑是,她是如何说服周自恒的?周自恒确实表示过愿意接纳闻达的父母,但我认为那不过是他在劝闻达说出同谋时的说辞,未必发自内心。那么,他为什么同意这样做?我想,只有两种解释:周叶拿这个作为她服从软禁的唯一条件,否则她又要让周自恒"后果自负",于是周自恒不得不做出让步;或者,周自恒也认为这样做有利于破案。

无论如何,两位老人安全了。我们把这个消息告诉了闻达。我以为闻达会像我们一样感动和轻松,但他并不感动,也不轻松。相反,我从他的眼神里看到了不安和惶恐。不过,他仍然什么都不说,也不愿意改口。也许他仍然忌惮凶手,仍然担心父母。他在担心什么呢?也许是担心父母被转移到周公馆有可能激怒凶手,而周公馆也未必真正安全。要知道,周自恒本身就是凶手的目标,再接纳两位老人,可以说,所有凶险都集中在周公馆,那里就是个火药桶,很难保证万无一失。而且,两位老人在周公馆能躲得过一时,躲不过一辈子,总有一天,他们会离开周公馆,如果那个时候我们还是没能抓住凶手……

我觉得,我们不能再胡思乱想了,必须尽快行动。

4

沈沫认为，胁迫闻达的人很可能是灰衣社余党。他说，作为永安社干将，雷万钧曾经与灰衣社交战多年，一定积累了许多线索，也许我们应该去翻一翻那些陈年案卷。

在警察局的档案室里，我们花了一点时间才找到那些尘封已久的案卷。案卷分为三部分，包括娄阿法案、汪道坤案和石敬山案。它们连成了一个故事：首先是娄阿法被捕，承认杀死庄亦铭并夺取四大法器，同时供出了幕后主谋汪道坤；然后是汪道坤被捕，汪公馆中搜出四大法器，汪道坤承认灰衣社匪首身份，畏罪自杀；最后是石敬山夺走四大法器，暴力拒捕时身中四枪，落水后不知所踪……

这是我们已经知道的故事。除了娄阿法、汪道坤和石敬山，案卷中并没有提及其他灰衣社成员。因此，我们只是重温了一遍十二年前的往事，没有任何收获。

我们正打算放弃，沈沫忽然有了一个发现：案卷里有几份审讯笔录，所有笔录上都有同一个签名——温兆祥。

温兆祥是谁？

马向东告诉我们，十二年前，温兆祥也是个警察，是雷万钧的助手。审讯娄阿法和汪道坤时，一直由他负责笔录，结案之前，他忽然辞职不干了。

"他为什么不干了？"沈沫问。

"人各有志，谁知道呢？"马向东说。

"辞职以后，他去哪儿了？"

"你问这个干什么？"

"因为他很重要。"沈沫说，"他很可能是我们要找的人。"

我想我知道沈沫在说什么：温兆祥很可能是灰衣社成员，在警察局充当内鬼，汪道坤案发后，他担心雷万钧追查到自己，不然他不会突然辞职；潜伏十二年之后，他贼心不死，重出江湖……

马向东听说有利于扩大战果，立刻召集了所有探长。探长们都记得温兆祥，但十二年来，没有人再见过他。他也许隐姓埋名，也许远走他乡，也许已经死了，都有可能。

根据他们的描述，我画出了温兆祥的肖像：圆脸、微胖、眼睛不大、嘴唇很厚……难辨忠奸。

5

天空下起了小雨，然后是滂沱大雨。我们穿过漫无边际的雨幕，继续四处奔波。

我们找到了几个手艺人。这仍然是沈沫的主意。他认为，如果温兆祥是幕后真凶，一定有人见过他的真面目，其中包括替他制作人皮面具的手艺人。

我们最先找到的是个中年人，他姓焦。老焦以前犯过事，栽在沈沫手上，但后果不算严重，沈沫因此对他网开一面，从此，他对沈沫有求必应。周自恒的面具就是老焦的作品。沈沫出示了石敬山的面具，老焦看得很仔细，啧啧称奇。他很谦虚，说自己的手艺没那么精湛，即使再给他一年时间，也做不出这么逼真的面具。沈沫想知道它出自哪位高人之手，老焦提供了几个同行的名字。不过，他并不认为他们的技术比他高明。确实是这样，我们接下来找到的都不是我们要找的人。沈沫检查了他们的作品，甚至比老焦的手艺还要粗糙。看到石敬山的面具时，他们的反应和老焦一样，赞不绝口，都认为这是鬼斧神工，值得他们学习和借鉴。除此之外，他们无法提供任何线索。总之，没有人知道那位高人是何方神圣，当然也没有人认识或见过温兆祥。

就这样，又一天过去了。我们又做了一次无用功，在天黑之后回到了警察局。当我感到自己的信心和耐心即将耗尽的时候，一个包打听出现了。

这个人姓曹，是一个粗俗的男人。他闯进了沈沫的办公室，浑身湿透，气喘如牛，进门就叫渴。沈沫给他倒了杯水，他喝完了，然后从口袋里掏出一张纸，在我们面前铺开。

我们呆住了。

这是一张图纸，上面是四大法器的草图，空白处写了几行日文，完全看不懂。

"哪儿来的？"沈沫问他。

"偷来的。"老曹露出得意的笑容，眼神很狡猾。

"日本人？"沈沫追问。

"对，日本人。"

"人呢，在哪儿能找到他？"

老曹并不急于宣布答案。他说，为了搞到这张图纸，他走了不少路，问了不少人，花了不少时间，费了不少功夫……很明显，他想要打赏。沈沫把口袋里的所有钱都掏了出来，我也这样做了。但老曹仍然嫌少。沈沫不得不承诺，如果这张图纸能带领我们抓住凶手，到时候绝对不会亏待他。

老曹满意地笑了，开始讲述他的故事：大经路一带是他的势力范围，那里有一间旅馆，旅馆的门童是他的眼线，外号叫老六。老六告诉他，前几天有个日本人住进了旅馆，名字叫苍本。老六帮苍本把行李拎进了房间，然后离开了，但没有走远。作为一名眼线，老六有一个奇怪的嗜好，他喜欢偷听别人说话。自然而然，这个日本人引起了他的兴趣。他听到苍本在房间里打电话，说的不是日本话，而是很生硬的中国话。尽管隔着房门听不大清楚，但是他确定自己听到了"法器"两个字。为了确认苍本就是我们要找的人，老曹找来了一个朋友，这个人姓梁，身怀绝技。简单地说，他是个小偷。他们在旅馆门口等了许久，终于等到了苍本出门。他们原本想要苍本的手提箱，但苍本一直将它抱在怀里，抱得很紧，他们找不到机会。毕竟是日本人,总不能明抢。老曹打算另找时机下手,老梁却不甘心就这么算了,于是他上去和苍本撞了一下肩膀,得到了苍本的钱包。没想到,这个稍显冲动的行为却带来了意外的惊喜,钱包里不光有老梁想要的钞票,还有老曹想要的东西。

我对这个故事的真实性表示怀疑。老曹知道我们想要什么,他也许会找人画一张四大法器的草图,然后编造一个故事来找我们讨赏。这种事情不是没有发生过,聪明如乔先生,也曾经上过包打听的当。

我直言不讳,冒犯了老曹。不过,冒犯他就是我的目的。如我所料,老曹很生气,为了证明他没有说谎,为了显示包打听的专业精神和职业操守,他愿意带我们去找苍本。

6

在大经路的那间旅馆里,我们找到了那个外号叫老六的门童,他把我们带到了二楼的一个房间门口。门缝里透出了灯光。老六说,苍本刚刚回来不久。

苍本是日本人,日本人不好惹,他们习惯了张牙舞爪,而且他只是随身携带了一张四大法器的草图,这不足以证明他做错了什么。因此我提醒沈沫要冷静,不要蛮干。

沈沫答应了。但我能看出来,如果苍本不配合的话,他也许会来硬的。他太想破案了,管不了那么多。

不过在敲门的时候,沈沫保持了冷静,他的声音听起来很有礼貌:"苍本先生。"

"什么人?"房间里传来一个男人警惕的声音。生硬的中国话,应该是苍本了。

"服务生,给您送夜宵。"沈沫说。

"我没有叫夜宵,你也不是服务生,你到底是什么人?"

"好吧,"沈沫很无奈,"我是警察。"

"警察？什么事？"

"我们抓到了一个小偷，从他身上搜出了您的钱包……"

"很好。不过，如果你是警察，为什么要冒充服务生？"

沈沫显然准备不足，他愣了半天，才冒出一句："请把门打开，我们谈谈。"

"请你马上离开，不然我打电话叫警察。"

"我就是警察。"沈沫说，"抱歉，事情很急，请把门打开。"

苍本不再回应。

我们安静地等了一会儿，侧耳听到房间里传来一阵细微的动静。开始是收拾东西的声音，然后是匆忙的脚步声，最后是打开窗户的声音……

砰的一声，沈沫一脚踢开房门，冲了进去。

房间里没有人，窗户还在摇晃。我们扑向窗口。

苍本已经跳到楼底下，怀里抱着一个手提箱。他抬头看了我们一眼，然后像只疯狂的老鼠一样穿过马路，跌跌撞撞地朝一个漆黑的巷口跑去。沈沫掏出手枪，瞄准了苍本的背影。在他扣动扳机之前，我制止了他。我提醒他，枪声一响，这就是一桩震惊中外的国际事件，后果不堪设想。沈沫悻悻地收起手枪，眼睁睁地看着苍本的背影在夜色和雨幕中消失不见。

我松了口气，同时感到沮丧。这时，我忽然感觉脚下踩到了什么东西，低头一看，那是个笔记本。

沈沫搜查了房间。他很仔细，不放过每一个角落。除了行李箱里的几件衣服，没有任何发现。因此，苍本仓促逃走时落下的这个笔记本，就是我们最大的收获。

你问我笔记本里写了什么，现在我无法回答。我不认识日文，那些奇怪的符号让我一头雾水。在我眼中，它们和英文、法文、德文或者俄文并没有本质区别，反正都是看不懂。沈沫也看不懂。不过，沈沫比我更耐心，他一页一页地往后翻。他的表情慢慢有了变化，就像他能看懂似的。

沈沫确实看懂了，我也能看懂。那是一些汉字，夹杂在那些日文中间，很容易辨认：比如崔相石、范寿田、魏丙江，还有……

周自恒？

我们又呆住了。

"周自恒"这个名字，为什么会出现在一个日本人的笔记本里？

我的推理是，苍本想要四大法器，于是雇用了杀手，分别是崔相石、范寿田和魏丙江，而周自恒是他们的刺杀对象……

沈沫显然不这么想。他告诉我，崔相石、范寿田和魏丙江确实是江洋大盗，确实盗卖过文物，但他们不可能是我们要找的凶手，因为他们早已经落网，半年前都被枪毙了。作为雷万钧的助手，沈沫参与过办案，因此他记住了这几个名字。

我看着沈沫，他的眼神又一次让我感觉不祥。

7

在沈沫的办公室里，我花了一点时间，把笔记本上的内容抄写到另一个本子上。谨慎起见，我隐去了"周自恒"这个名字，以"王甲"代替。

接下来，我们连夜敲开了一位大学老师的家门。他姓韩，在学校里教授日文。

韩老师告诉我们，这是一本手账。手账就是记事本的意思，许多日本人都有随手记事的习惯。这本手账也可以看作苍本的"营商日记"。从内容上看，苍本应该是个古董商人，他和许多中国人做过交易，其中包括崔相田、范寿石和魏丙江，也包括王甲。

"王甲和苍本做的什么交易？"沈沫问。

"四大法器。"

沈沫目瞪口呆，我眼前一黑。

韩老师进一步解释，从手账内容看，苍本和王甲先后谈过三次。第一次，王甲告诉苍本，他需要花点时间把四大法器搞到手；第二次，王甲告诉苍本，他已经搞到了四大法器；第三次，王甲告诉苍本，搞到四大法器很不容易，因此在交易价格、付款方式和交货方式等问题上，他有一些新的想法。

沈沫保持了理智，他希望韩老师保守秘密。韩老师答应了，他说他不知道王甲是谁，但他知道事态很严重。

事态不只是严重，简直是可怕。这本手账的出现，说明与四大法器有关的交易确实正在进行，买家是苍本，而卖家是周自恒。这意味着周自恒才是那个躲在幕后布局的大脑，他才是我们真正的对手……对我来说，这个简直比鬼故事还要可怕。

我忽然想起了永安社的故事。这个故事曾经让我热血沸腾，现在却让我浑身冰冷。在我的脑海里，周自恒的面目渐渐变得模糊不清。慢慢地，他变成了两个人。一个慈眉善目，另一个面目狰狞，我分不清哪一个才是真正的周自恒。

8

雨还在下，沈沫的办公室里灯火惨淡。我们沉默地坐着，对着一本手账继续胡思乱想。

我想，手账内容可能是真的，也可能是假的：如果是真的，那说明在日本人的利诱之下，周自恒成了变节者。但是，他手中只有一把金伞，他想说服三位结拜兄弟与他同谋，又担心说服不成反而被诛杀，于是雇佣杀手逐一铲除，从而集齐四大法器，暗中与日本人谈判交易；如果是假的，那说明周自恒捍卫法器，成为日本人的心头大患，苍本处心积虑，伪造"营商日记"，然后故意让它落到我们手上，从而嫁祸给周自恒，借刀杀人。

我很快发现这些想法都经不起推敲：如果周自恒是变节者，他为什么绑架周叶，为什么悬赏五千大洋捉拿凶手？如果这是日本人的阴谋，苍本怎么知道老六会偷听他打电话，怎么知道老六是老曹的眼线，怎么知道我们会找老曹帮忙打听与法器交易有关的消息？

我唯一能确定的是，要了解真相，必须判定这本手账的真伪。谁能判定它的真伪呢？苍本已经逃走，也许他逃进了海光寺，那里是日本人的大本营，再想找到他并不容易。当然，我们可以去找周自恒当面求证，但是如果他已经变节，他一定不会承认。也许我们可以去问问周叶，但我敢打赌，周叶肯定什么都不知道。

还有谁会知道真相？

沈沫沉默半天，忽然说出了一个名字："闻达。"

闻达？我承认，我有点傻了。

"闻达被捕以后，周自恒来看过他，你记得吗？"沈沫问我。

我当然记得。

"他当时对闻达说了什么？"

周自恒当时对闻达说了许多话，我印象最深的一句是："你从来都不考虑你的父母吗？"

"闻达当时的反应呢？"

我回忆了一下：闻达抬头看了周自恒一眼，似乎想说什么，但他什么也没说，又低下了头。

我看着沈沫。我想我明白他在说什么，只是不敢相信。

周自恒表面上是在劝说闻达交出同谋，实际上是在拿两位老人的性命威胁闻达？谁是幕后主谋，闻达其实比任何人都清楚？

我不敢相信，除非闻达亲口承认。

也许是在小黑屋里待得太久，闻达变得很敏感。不仅对光线和声音敏感，对我们的表情也很敏感，他仍然保持着警惕的状态。当沈沫宣布幕后主谋已经落网时，闻达无动于衷，他认为沈沫只是在使诈。沈沫确实是在使诈。但是,当沈沫说出"周自恒"这个名字的时候,闻达呆住了,一脸败象。

9

这是闻达和周自恒的故事。我真希望,这个故事从来没有发生过。

三个月前的某一天,闻达跟随师父罗盛昌去拜访周公馆。周自恒和罗盛昌在书房关着门谈事情,闻达待在院子里。他忽然听到一阵笑声,然后看到一个姑娘在不远处荡秋千。她并没有注意到闻达,闻达却再也无法忘记那个时刻。那是一个永恒的时刻,她的脸庞,还有她的笑声,仿佛刻在了他的脑海里。从此,任何事情都失去了意义,他只想再见到她。他知道自己身份卑微,也知道这简直是痴心妄想,但他无法控制自己,时常偷偷去周公馆外面待着,哪怕看不见她的脸,至少听听她的笑声,多少能获得一点点安慰。直到有一天,周自恒发现了闻达,并且猜透了他的心事。不过,周自恒并没有责怪他。后来,周自恒主动约闻达在茶馆里见了几次面。周自恒似乎很欣赏他,愿意把他当成忘年之交。慢慢地,他们熟悉起来。有一次,周自恒给他讲述了永安社的故事,他很感动。但周自恒告诉他,永安社其实早已经被瓦解,因为日本人收买了他的师父罗盛昌,也收买了雷万钧和乔振邦,他们正打算对他下手,把法器出卖给日本人。周自恒还向闻达出示了一些文字证据,闻达不识字,但他认为周自恒没必要骗他。他相信周自恒的为人,同时为自己的师父感到羞耻。他通过暗中观察,发现罗盛昌确实与日本人有来往,表现似乎很不正常。为民族大义,周自恒认为自己应该先下手为强,铲除内奸,捍卫法器,因此他需要闻达帮忙。闻达很为难,他问周自恒为什么不报官。周自恒告诉他,有当局高层给那些汉奸充当保护伞,如果报官可以解决,他早就那样做了。他给了闻达一把刀,同时给了闻达两种选择:要么把他杀了,要么帮他除奸。闻达仍然为难，仍然犹豫。他当然不会杀周自恒，但也不想杀任何人，他不想当汉奸，也不想当什么英雄。周自恒承诺，事成之后可以安排闻达到他的公司就职，甚至把周叶许配给他。闻达当然心动，但他也不会为了这个去杀人。周自恒继续劝说，动之以情，晓之以理……闻达终于被说动。然后，他开始执行周自恒精心准备的刺杀计划。在这个计划里，最重要的道具就是三张人皮面具。周自恒把它们交给闻达，让他夜出行刺时戴上。他告诉闻达，借用这几张"死人脸"，可以掩人耳目，保护自己。

"你的意思是，"沈沫不敢相信，"你师父、我师父，还有乔先生，确实是你杀的？"

"是。"闻达点点头。

"不可能！"我和沈沫几乎同时发声。

"为什么不可能？"闻达说，"既然你们已经抓住了周自恒，我为什么还要说谎？"

"你是怎么做到的？"沈沫问。

闻达继续讲他的故事：刺杀罗盛昌之前，周自恒认为，闻达一定会成为雷万钧的怀疑对象，他需要一个不在场证人，于是周叶被牵扯进来。闻达也不知道周自恒是怎么想的，也许是因为他足够了解自己的女儿，只有了解一个人，才能预料到她会想什么和做什么。正如他们预料的那样，周叶买下了玉佩，并且把它戴在胸口，然后与闻达发生了误会，用石头砸了他的脑袋，最后把他拖进了诊所。闻达其实很清醒，只是假装晕倒，他知道周叶有轻微洁癖，永远只用自己的杯子喝水，于是他趁她不备，在她的杯子里下了催眠药。周叶很快睡着了，她以为自己只睡了一刻钟，事实上她睡了一个多小时，闻达利用这段时间完成了第一项刺杀任务。回到诊所以后，他悄悄将墙上挂钟的时针拨到他设计好的位置，然后躺回病床上，把挣开的绳索重新绑好，继续睡他的觉。

尽管周叶在集市上见过"娄阿法",我也画出了娄阿法的肖像,但周自恒仍然担心没有人相信这些鬼话,于是他让闻达装扮成娄阿法,跟踪我到估衣街,故意在我的面前晃了晃。这样做是想通过我把娄阿法死而复生的消息写在报纸上,扰乱人心,彻底把水搅浑。后来闻达在夜市上与我们的相遇则纯属巧合。当我们在迷宫一样的巷子里晕头转向时,闻达已经完成了他的第二项刺杀任务。

雷万钧遇刺后,沈沫当上了代理总探长。周自恒没想到沈沫会找闻达帮忙。这样有一个好处,他可以通过闻达了解我们如何查案;也有一个坏处,闻达抽不出身来刺杀乔先生。于是周自恒又做了一些安排。如他所料,沈沫把密室作为查案线索,闻达顺势把老潘的事情说了出来。然后他假装去宁河寻找老潘,实际上他哪儿也没去。在我们找到乔先生之前,闻达已经冒充人力车夫,完成了他的第三项刺杀任务。

所有刺杀任务完成以后,闻达本来可以全身而退。但他无法中途退场,不得不继续跟着我们查案,否则他很有可能露馅儿。于是他假装从宁河归来,本来打算随便说一个地方让我们扑空,没想到沈沫猜中了第四间密室在周公馆,直接说了出来。闻达无法再说谎,只好跟着我们去监视周公馆。沈沫让他单独监视后院,这就给了他机会向周自恒通风报信。周自恒听说沈沫怀疑他是幕后主谋,他早有准备,又使出一招苦肉计。他故意支开一个保镖,给了周叶逃走的机会。抓住周叶的不是闻达,而是另一个人。闻达这时候才知道,除了他,周自恒还有一个帮手。闻达不知道那个人到底是谁,只知道那人戴着面具,擅长用飞刀。然后,周自恒按计划带着赝品出门,假装与绑匪交易,同时给我们留下线索,让沈沫根据字号判断出永安寺才是终点,从而给了闻达机会提前行动。接下来闻达所做的,就是假装解救周叶。他制造出了兵刃交响的动静,并忍痛刺伤自己。周叶被蒙住眼睛,当然信以为真。袁琳的出现纯属意外,不过闻达提前听到动静,知道袁琳即将出现,为了把事情做得更逼真,他扮作蒙面人,假装要杀周叶,让袁琳扑救成功。他正要打晕袁琳,却发现她已经昏倒在地,然后他听到洞口传来了沈沫的声音。沈沫来迟一步,什么都没看见,他只是根据闻达指示的方向追出去,盲目地朝废墟里的一尊石像开了三枪。这个时候,"飞刀客"已经通过下水道把赝品带走。那确实是赝品,既然这是一场戏,周自恒没必要带着真品出门。小报也不全是在说假话。

一切都在周自恒的掌握之中,不过他没想到沈沫这么执着,更没想到周叶非要和我们一起查案,谁劝也不听。于是他决定除掉我们,彻底了结这件事情。他利用一个头套作为诱饵,一步一步把我们引到了挂月峰。按计划,闻达应该在上山途中完成刺杀任务,但他没想到周叶非要跟他一起冒险。他不能当着周叶的面杀人,而且沈沫已经猜到途中会有凶险,枪不离手,足够警觉,因此他一直找不到机会动手。至于龙王庙里的那张字条,沈沫猜对了,那确实是"飞刀客"在挂月峰提前踩点时给闻达的留言。

回城之后,周自恒给我们出了个主意,愿意出五千大洋悬赏。他这样做,只是想让我们停止追查。他知道这笔钱花不出去,因为通缉令上的那三个人根本不存在。但是,他没想到"飞刀客"居然会将赝品拿到黑市上去交易。消息泄露出去,通过小报的大肆传播,很快扩散开来。沈沫继续追查,周自恒感觉到了威胁,于是再次向闻达发出了刺杀令。闻达拒绝了。

船菜之后,闻达开始自我反省。他不想再杀人了。他怀疑周自恒说了谎,于是他跟踪了周自恒,发现周自恒居然与日本人暗中接触,他这才知道自己上当了。他手上已经沾了血,内心备受折磨,因此他不敢亲近周叶。即使周叶主动亲近,他也不敢越雷池半步。如果不是因为没钱给母亲抓药治病,他这辈子都不想再见到周自恒,也不想再见到周叶。周自恒觉察到了闻达的变化,当然很紧张,当然不会轻易放过他。闻达毕竟是知情者,如果他不受掌控,始终是个隐患。至于周自恒为什么不利用"飞刀客"来执行刺杀任务,或者让"飞刀客"杀了闻达以绝后患,闻达无法解释。他说周自恒只是利用他,对他有所隐瞒,并没有把全盘计划告诉他。他甚至怀疑,周自恒从一开始就打算让他充当替罪羊,否则不会让他用自己并不擅长的飞刀来完成刺杀。

正如我想象的那样,在永安寺的那间地下室,闻达确实与"飞刀客"有过殊死一搏,但他不是"飞刀客"的对手。为了保全父母的性命,闻达终于妥协。他戴上了石敬山的面具,准备执行刺杀沈沫和我的计划。但是他无法说服自己,于是他半途而废,打算去周公馆找周自恒谈谈。他不知道能不能说服周自恒放过他的父母,只是想好好谈谈,希望能有转机。他去了周公馆,却忘了摘掉面具。他在巷子里遇到了"周自恒","周自恒"掉头就跑,他不知道发生了什么,下意识地追了上去……就这样,他掉进了沈沫设下的陷阱。

被捕以后,闻达很清楚自己该说什么、不该说什么。人确实都是他杀的,他认为自己应该偿命,于是他索性一个人把罪名扛了下来。他不打算出卖周自恒,不仅是为了保护父母,也是为了保护周叶。他无法报答周叶对他的好,如果周叶知道真相……他不敢想象。现在,既然周自恒已经落网,他再隐瞒下去,也没有任何意义。

闻达说完了。沈沫呆若木鸡。

这是我听过的最离奇的故事。但不得不承认,闻达几乎解开了我心里的所有疑团。

10

闻达讲完了他的故事,被带回了小黑屋。他看起来如释重负。

我想,无论是谁,心里藏着这样一个天大的秘密,大概都无法轻松。换作是我，可能早已经疯了。现在，闻达把这个秘密转交给了沈沫和我，同时转交给我们的还有一道难题、一个无比艰难的选择：继续还是放弃？

又是一个漫长的夜晚。沈沫始终不说话，一直在思索。我知道他在想什么，因为我也在思考同样的问题。我不得不承认，我确实考虑过放弃。在此之前，我从来没有想过放弃，即使是在我感到恐惧的时候。但是，现在我动摇了，因为周叶。我不止一次说过，周叶是我见过的最好的姑娘。这么好的姑娘，我怎么忍心看她难过？她已经流了许多眼泪，我不想再看见她哭了。沈沫当然也不想。沈沫告诉过我，他喜欢她，因此他只想看到她高兴，不想看到她痛苦。如果知道真相，她也许再也高兴不起来，只会永远痛苦。不要忘了，她只有十八岁，大学还没毕业，人生还很漫长。

也许我们可以撕掉刚才的笔录，让闻达收回他所说的一切，继续守口如瓶。如果他做不到，也许我们可以杀人灭口。闻达杀了人，他本来就该死……原谅我有这样的想法，我自己也感到羞愧。闻达正是因为不忍心杀死我和沈沫，才会掉进我们的陷阱。我现在的感觉是，这个陷阱不仅困住了闻达，也困住了我们。无论继续还是放弃，都没那么容易。我知道这件事情有多么严重，三条人命，四大法器！理智告诉我，如果我们现在放弃追查或者知情不报，都是一种罪恶，也许可以理解，但不可原谅。不过，我又不能不去想，如果继续追查下去，周叶怎么办？

整个晚上，我一直在翻来覆去地思索这些问题，很煎熬。我从来不后悔认识周叶，我也从来不后悔跟随沈沫查案，但是……一言难尽。

11

天蒙蒙亮的时候，沈沫终于做出了他的决定。他打了一个电话，要求马向东立刻来警察局面谈。马向东很不高兴，因为他刚刚打了一宿麻将，实在是太累了，正打算上床睡觉。不过，当他听说沈沫撬开了闻达的口，他立刻就不困了。

沈沫把所有的事情都告诉了马向东，毫无保留。这是正确的做法，尽管我知道这样做有多艰难。如我所料，当马向东听到"周自恒"这个名字的时候，他的反应首先是震惊，然后是为难。我想我不需要解释为什么震惊，任何人都会震惊。需要解释的是，他为什么会感到为难。

马向东当然不必考虑周叶的感受，真正让他为难的是周自恒。周自恒不同于常人，他是个体面人，也许是这座城市里最体面的人，他能量很大，背景很深，一般人得罪不起。马向东当然不敢轻举妄动。慎重起见，他反复查看了翻译成中文的苍本的手账，又仔细阅读了闻达的口供，然后向沈沫提了三个问题。

第一个问题：苍本的手账是否可信？

未必。沈沫说，除非发通缉令全城搜捕苍本，或者通过外交手段向日本领事馆要人，当面问个清楚。他问马向东敢不敢这样做，马向东当然不敢。

第二个问题，闻达的口供是否可信？

未必。沈沫说，闻达和周自恒之间也许有什么不为人知的过节，闻达反正是将死之人，乱咬一气也不是不可能。

第三个问题，四大法器是否在周自恒手中？

未必。沈沫说，这个问题的答案，取决于闻达说没说实话。即使闻达说的是实话，四大法器也未必还在周自恒手中，也许他已经和日本人完成了交易。

沈沫的态度很消极，马向东只能自己动脑筋。他考虑了许久，终于得出了自己的结论，把沈沫的三个"未必"换成了"肯定"，理由如下：

首先，日本人做事一贯嚣张，如果他们看周自恒不顺眼，直接找人把他干掉就可以了，没必要伪造一本手账来陷害他。

其次，闻达只是一个镖师，凭他的身份和地位，轮不到他和周自恒有什么过节。而且，从闻达的口供来看，可以说是天衣无缝，如果不是亲身经历，很难自圆其说。

最后，既然苍本的手账和闻达的口供真实无误，那么四大法器一定还在周自恒手中，因为根据苍本的手账所述，他们在交易条件上还没有完全达成一致。

捉贼拿赃，最重要的证据当然是四大法器。根据闻达的口供，夺取赤龙、宝剑和琵琶之后，他把它们都交给了周自恒，但他不知道周自恒后来把它们安置在哪里。马向东认为，周自恒一定会把它们藏在周公馆，那是私人住宅，易守难攻，没有什么地方会比周公馆更安全。

"什么意思？"沈沫问他，"你打算搜查周公馆？"

马向东没有回答。他显然拿不定主意，在我们面前遛来遛去，抽掉了半盒哈德门，把屋子搞得乌烟瘴气。然后他打了个电话，但电话没打通。接着他又抽掉了剩下的半盒香烟，继续遛来遛去，不停地看表，直到他认为时间到了，才认真地整理好仪容，抖擞精神，走出门去。

我想，他一定是去找季成庸了，对付像周自恒这样的人，他需要一座靠山。

12

你可能已经发现，我告诉你的事情，有些是我看到的，有些是我听到的，有些是我猜到的，还有一些是我梦到的。

我经常做梦，而且我经常能回忆起自己的梦境。如果弗洛伊德是正确的，我想我的潜意识一定很活跃，但我不确定那些梦境意味着什么。许多梦境都无法用欲望和恐惧来解释。在这个故事里，我同样有许多梦。事实上，对我来说，整个故事就像是一场奇怪的梦。

马向东离开后，我终于敌不过困乏，在沈沫的办公室里睡了一会儿。这一次我梦见了大海。在梦里，我可以飞行，我飞过蓝色的大海，降落在须弥山。传说中它是世界的中心。我在须弥山上四处转悠，看见了遍地黄金、白银、琉璃和水晶。我还遇见了四大天王。最先遇见的是东方持国天王，他住在白银埵，白色甲胄；然后是南方增长天王，他住在琉璃埵，青色甲胄；接着是西方广目天王，他住在水晶埵，红色甲胄；最后是北方多闻天王，他住在黄金埵，绿色甲胄……他们太高大了，我的头顶甚至够不到他们的膝盖。我仰视着他们，热泪盈眶。他们忽然开口了，声音浑厚，像遥远的钟声。他们交给我一个任务，希望我能找回四大法器。我这才发现，他们的手中什么都没拿。接下来我开始在梦里寻找四大法器。在一个幽暗的洞穴里，我找到了它们，一把宝剑，一把琵琶，一把雨伞，一条赤龙。我正要向它们靠近，闻达出现在我面前，虎视眈眈地挡住了我的去路。忽然，闻达一把撕掉面具，变成了面目狰狞的周自恒……

醒来的时候，我看见了沈沫。他低着头，一声不响，不停地撕纸。

马向东回来了。他看上去很古怪，古怪之处就在于他面无表情。他应该有表情的，要么兴奋，要么沮丧。但是我从他脸上什么也看不出来，他似乎在压抑着某种冲动。

我猜他没找到季成庸，或者他找到了，但季成庸没给他拿主意。其实，季成庸应该给马向东撑腰。除了结婚，季成庸还是一个法律爱好者，任何事情都喜欢上法庭解决。乔先生写文章把他比作老鼠的时候，他就是这样做的。他经常在报纸上说话，宣扬自己的理念，其中有一句让人印象深刻："天大地大，法律最大！"听口气仿佛他就是法律，法律就是他。我听说他为了谋求更高的位置，正打算参加竞选,因此他需要更多的民意支持。我想,周自恒的案子给了他一个机会,也许可以露一手,但他为什么不这样做?

我不喜欢季成庸,一点也不喜欢,尽管他是乔先生的朋友。我也不知道为什么,也许是因为他的长相,也许是因为他的笑容。他的笑容不会让人感到温暖,只会让人感到寒冷。我第一次看见他笑的时候,起了一身的鸡皮疙瘩。直觉告诉我,这是个伪君子。事实证明,我的直觉是对的。两年以后,日本人发动了战争,他当了汉奸,娶了个日本女人当老婆。日本人失败以后,当局用他最喜欢的法律判处了他死刑,他终于不能再结婚了。不过,这是另一个故事,与这个故事无关。

马向东坐下了,开始发牢骚。在他看来,周自恒对他不够尊重,如果不是周自恒装腔作势地代表民众当面向他施压,如果不是周自恒给那些刁民撑腰,煽动他们来找他的麻烦,就不会有后来的风波,乔先生不会在报纸上写文章把他比作缩头乌龟,季成庸也不会把他叫去臭骂一顿,不会一再追问查案进展,搞得他下不来台,破不了案就没法儿向上头交差……总之,如果不是周自恒,就不会有后来的所有麻烦,想不到周自恒道貌岸然,贼喊捉贼……

"你到底什么意思?"沈沫不耐烦地打断了他,"案子到底办是不办?"

我不确定沈沫现在是什么想法,他希望追查到底还是到此为止?

马向东站了起来,扔掉烟头,在脚底下踩灭,然后挺直了腰杆,露出了一个几乎淫邪的微笑。这说明他刚才一直在卖关子。紧接着,从他嘴里跳出来两个字:

"办他!"

第九章　大爱

1

在这个故事里，搜查周公馆是最关键的环节。这将决定许多人的命运，包括但不仅限于周自恒。

我想象中的搜查是这样的：马向东亲自上阵，拿着搜查令，带着一帮警察，大张旗鼓地将周公馆围个水泄不通，气势汹汹地翻了个底儿朝天……但这不是事实。

周自恒是什么人，周公馆是什么地方，想搜就可以搜的吗？万一搜不出四大法器呢，怎么收场？面对周自恒这样的对手，没有人会掉以轻心，即使是季成庸，也不能为所欲为。他们当然知道，光凭苍本的手账和闻达的口供，很难在法庭上说服所有人，最有可能出现的结果是：周自恒无罪释放。那么，接下来的麻烦，恐怕季成庸也解决不了。

因此，马向东和季成庸密谋许久，想出了一个计划：派人混进周公馆，以拜访为名，暗中搜查。如果搜出了四大法器，那很好；如果搜不到，那也不坏，至少不会惊动周自恒。在他们眼里，这个计划堪称完美，而执行这个计划的最佳人选，非沈沫莫属，没有人比他更合适了。马向东当然知道他和周叶的关系，整个警察局没有人不知道沈沫喜欢周叶。如果一定要怪的话，只能怪沈沫过去说话做事太张扬。

沈沫当然不同意。他把案子转交给马向东，目的就是回避周叶。让他去周公馆搜查，那不是要他的命吗？因此他拒绝了。为了表示他的决心，他交出了警徽，交出了手枪，甚至交出了总探长的官印。他把这些权力的象征物全部交还给了马向东。他撂挑子不干了。

"你爱找谁就找谁去，反正我干不了。"沈沫说。

我很意外。不过，既然沈沫已经做了决定，我只能跟着他走出门去。

"大好的前程，都不要了吗？"马向东说。

沈沫头也不回。如果一定要在江山和美人之间取舍，我猜沈沫会选择后者。他是个情种。

"如果四大法器落到日本人手里，这个罪过，你担待得起吗？"

沈沫放慢了脚步。马向东说出了最严重的后果。对沈沫来说，前程可以不顾，道义不能不讲。如果拖延下去，也许不只是放过一个坏人，还可能错过追回四大法器的最后机会。当然，将这个后果全部归咎于沈沫并不公平。但不管怎么说，沈沫都对此负有责任。

"想想你师父雷万钧。如果你现在撂挑子，你师父不就白死了吗？"

沈沫停了下来。

这是一场心理战。马向东擅长赌局。这一局，他赌沈沫不敢放弃。

他赌赢了。沈沫确实不敢。

2

从警察局到周公馆不算远，这一次的感觉却很漫长。半个小时的路程，仿佛走了一个世纪。

一般情况下,沈沫走路的速度很快,健步如飞。现在他却像是一个腿脚很不方便的老人,磨磨蹭蹭,步履蹒跚。仿佛我们正要去的地方不是周公馆,而是一座恐怖的人间地狱;仿佛我们正要去见的人不是他最喜欢的姑娘,而是一个可怕的食人妖怪。

和我们一起出发的还有两个探长,一个叫莫长山,另一个叫姜铁军。他们是马向东最喜欢的人。他们最擅长的事情就是在麻将桌上给马向东点炮。警察局是个低智商机构,但这并不意味着他们在任何方面都那么愚蠢。名义上他们是来帮忙的,实际上,傻子都知道他们是来监督沈沫的。马向东既要利用沈沫,又不会完全信任沈沫。为了讨周叶欢心,沈沫当然有可能包庇周自恒,但是如果要包庇,沈沫早就可以这样做了,连"周自恒"这个名字都不会告诉马向东。马向东确实是个得了志的小人,小人都以为别人和他们一样,他们连自己都不信,凭什么相信别人呢?

周公馆终于到了。我们并不急于去敲门,而是找了个地方隐蔽,等待周自恒出门。要知道,如果周自恒在家,这个计划很难执行。周自恒一定很警觉,也许会制造许多麻烦,甚至暗中转移四大法器,那样的话,事情就搞砸了。马向东和季成庸当然考虑到了这一点,他们早有安排。

依照计划,季成庸会提前打个电话,约周自恒和袁琳到他家喝茶,周自恒没有理由拒绝。一个是政界要人,一个是商界大亨,他们有许多话题可以谈论,比如对时局的看法、关于法律,或者关于赋税,又或者关于即将到来的币制改革……喝茶当然是借口,谈论什么其实并不重要,重要的是拖住周自恒和袁琳,为秘密搜查争取时间。周自恒当然不会知道,马向东安排了几个警察埋伏在季成庸家门口。如果这边搜出了四大法器,只需要一个电话,那边就可以当场抓人,茶局立刻变成陷阱,周自恒有来无回。如果这边什么也没搜出来,那么茶局还是茶局,大家一团和气,就当什么事情都没有发生过。无论如何,马向东不用担任何风险,不会有任何麻烦。我觉得,马向东在某些方面很愚蠢,另一些方面却很有智慧,或许这就是他能当上警察局局长的原因。

一切都在按计划进行。十分钟之后,周自恒和袁琳出门了。他们带了一个司机和两个保镖,坐上了小汽车。小汽车一溜烟开走了。虽然距离不近,但我注意到了周自恒的表情。他看上去很平静,完全不知道等待自己的会是一场"鸿门宴"。

进门的时候,我们遇到了一点点麻烦。周自恒应该交代过保镖,禁止任何人进入周公馆。不过,周叶出面解决了这个问题。周先生和周太太都不在家,当然由周小姐说了算,保镖们应该见识过大小姐的脾气,他们也看不出警察和记者会带来什么麻烦,于是乖乖地退了下去。

周叶认为我们是来看望闻达的父母,因此她并不意外。她看了看我们身边那两个鬼头鬼脑的探长,有点困惑,但没有追问。她是一个有修养的人,也许她认为这样做不礼貌。

两位老人正在院子里晒太阳,欣赏花花草草。他们应该从来没住过这么豪华的别墅,很新鲜、很兴奋,看上去有点乐不思蜀。

进入周公馆以后,每一秒都是煎熬。我有一种做贼心虚的感觉,甚至不敢看周叶的眼睛。当我们在客厅里坐下,我几乎无法控制自己。我很想装作若无其事,于是接过茶杯,打算用喝茶来掩饰不安。但茶水太烫了,于是我失态了。周叶似乎看出我有心事,她开始感到不安。

"怎么了,出什么事了吗?"她问我。

"没事。"我很想冲她微笑,但我笑不出来。

周叶把目光移向沈沫。沈沫咽了咽唾沫,张了张嘴,艰难地吐出两个字:"没事。"

两个探长是带着任务来的,当沈沫无法开口的时候,需要他们来打破僵局。

"总探长主要是担心你，过来看看。"莫长山说。有些人叫他"鳡鳙"，因为他的两只眼睛距离太近。

"担心什么？"周叶问。

"担心凶手贼心不死，偷袭周公馆。"姜铁军说。他的外号叫"喇叭"，因为他和鳡鳙总是形影不离，你可能听过那段绕口令。

"偷袭？"周叶愣了一下。

"你不必紧张。"莫长山继续说，"这就是总探长让我们来的目的。在布防方面，我和姜探长有一点心得，就算是行家吧。"

周叶看着沈沫。很明显，她被感动了。沈沫承受不住她的感动，回避了她的注视。

你可能认为我们不应该撒谎，不应该欺骗周叶。那么你告诉我，我们应该怎么做？跟她说实话吗？告诉她，她的父亲是个混蛋，而我们正在寻找证据证明他是个混蛋？然后呢？她会很高兴地配合，甚至和我们一起搜查周公馆，直到搜出四大法器？最后呢？她会握住我们的手说，谢谢你们，谢谢你们让我知道我父亲是个混蛋？

也许是受了马向东的启发，沈沫在出发之前也做了两手准备。一种是搜出了法器，另一种是搜不出来。无论哪一种结果，我们都打算先不告诉周叶实话。如果搜不出法器，那这不过是一场设计精巧的骗局，她不会有任何损失，心里也不会有任何阴影。如果搜出了法器，那她迟早会知道她父亲是什么样的人，迟早会知道我们没说实话。她会知道，我们只是在拖延时间，尽可能拖延那个最坏的时刻，尽可能让暴风雨来得更晚一些。她也许能理解，也许不能。无论如何，我们能做的只有这么多。你知道，其实我们并没有说谎，我们只是没说实话。区别就在于，一种是欺骗，另一种是隐瞒。

莫长山要求检查一下周公馆的布防情况，周叶同意了。她本应该拒绝,但是,她为什么要拒绝别人的善意呢?她那么单纯,怎么会知道这是个陷阱?

在周叶的带领下,我们在周公馆转了一圈。我们这样晃来晃去,保镖当然要上来干预,周叶再次命令他们退下。不过,这样走马观花,我们也不可能找到四大法器。

莫长山悄悄掏出怀表看了看。他们只有一个上午的时间。季成庸和周自恒并不算熟悉,没有那么多共同话题。周自恒不能在那儿喝一整天的茶。再喝下去的话,他一定会起疑心。

我们去了屋顶。屋顶的视野很好,可以俯瞰前院和后院,也可以观察到院子外面的情况。

"如果凶手偷袭,你们打算怎么应付?"莫长山问。

"他们进不来。"周叶说。

她当然有理由自信。前院和后院都有许多保镖,个个虎背熊腰,没有人会采用强攻的手段,除非他们不想活了。

"万一呢?"姜铁军说,"万一他们攻进来,你们打算怎么办?"

"那就从后院逃走。"周叶说。

"如果后院也有埋伏呢?"莫长山问。

"那就躲进安全屋。"

你可能听说过安全屋。许多大富之家都会有避难场所,用来应付紧急情况。就像防空洞一样,一旦警报拉响,立刻躲进去。安全屋很坚固,除非用炸药,否则很难从外面攻破。我想,马向东一定知道这个。两个探长绕来绕去,其实是在走过场,安全屋才是他们真正的目的。

"安全屋在哪里?"莫长山问。

周叶一直很爽快,但她现在犹豫了。周自恒一定警告过她,不要把安全屋的位置告诉任何人。任何人!

"你不必担心。"姜铁军说,"我们是警察,保护你们是我们的责任。"

鳎蟆和喇叭一唱一和,配合默契。我怀疑他们当上警察之前,一起说过相声。

周叶相信了他们的鬼话,忘记了父亲的警告。她指了指后院,那里有一座假山。

"在假山底下?"莫长山问。

周叶点点头。

"走,带我们去看看。"姜铁军说。

周叶再次犹豫。安全屋是周公馆最大的机密,这个要求确实很过分。

"我们只是想确认一下,安全屋是不是真的很安全。"莫长山说。

周叶仍然犹豫。

"你可以不相信我们,总探长你也不相信吗?"姜铁军说。

周叶看看沈沫。沈沫保持沉默,没有任何表示。

我有一种冲动,几乎无法克制。我很想提醒周叶,这是个陷阱。但是我很清楚,这是在办案,天大的案子,三条人命,四大法器!在这个时刻,最正确的做法就是当个哑巴。无论我心里起了多大的风浪,无论我有多不忍,我只能自己克服这一切,闭上嘴,继续装作若无其事。

周叶同意了。她大概把沈沫的沉默当成了默认,决定相信自己的判断。

如果不是周叶带路,我们可能永远也不会知道她的卧室里有一道暗门。我相信,周自恒的卧室里也会有同样的暗门,通往同一个方向。周叶打开暗门,一道铁制的楼梯出现在我们面前。楼梯垂直下行,直达地道。穿过幽暗狭长的地道,终点是一扇厚重的铁门。

周叶在黑暗中一阵摸索，不知动了什么机关。铁门轰然打开，我们走进了安全屋。

周叶打开电灯，我们四面看看。安全屋和我想象中的差不多，面积不大，四壁坚固。屋里很空，什么都没有，只有一个柜子。莫长山打开了柜子，里面存了一些干粮和几瓶水，如果遇到紧急情况，应该足够他们撑几天的。柜子上有一部电话，用来向外界呼救。这就是全部，一目了然，但没有四大法器。

两个探长并不死心。他们在四面墙上一阵乱摸，到处敲敲打打，仍然没有任何发现。

周叶并不知道他们在想什么，她傻乎乎地问沈沫："很安全，对吗？"

沈沫点点头，把目光转向莫长山。莫长山和姜铁军交换了一下眼神，他们看上去很失望。不知道为什么，我暗暗松了口气。

"走吧。"沈沫说。

我最后一个进来，第一个出去。当我走到门口的时候，忽然听到身后扑通一声，有人摔倒了。

摔倒的是莫长山。我没看见怎么回事，也许是他自己脚下打滑，也许被谁绊了一下。姜铁军伸手去拉他，但他没有任何反应，仍然趴在地上，两只眼睛直勾勾地盯着一个角落。他爬过去，敲打着那个地方，摸索着按了一下，一块砖弹了出来。他拔出砖头，墙上出现一个拳头大小的洞。他把手伸进洞里，鼓捣了一阵，某处传来一阵齿轮咬合和转动的声音，然后是轰的一声闷响，一面墙忽然从中间裂开，滑向两侧，露出一间密室的入口。

周叶呆住了。我确信，在此之前，周自恒从来没有向她提起过这间密室。

莫长山站了起来，沈沫下意识地伸手想拉住他。莫长山甩开他，走进了密室。姜铁军跟了上去，然后是周叶和沈沫，最后是我。

密室里静得可怕。我们只是站在那里，没有人做什么，也没有人出声。

每个人的表情都不一样。莫长山的脸上是欣喜，姜铁军的脸上是贪婪，周叶的脸上是震惊，沈沫的脸上是绝望。

一把宝剑，一把琵琶，一把雨伞，一条赤龙，四大法器依次排列，金光闪闪。和它们在一起，密室里的其他古董全都黯然无光。

我曾经梦寐以求找到它们，然而，真正见到它们，却让我如坠冰窟。

3

周自恒被捕了。他没能逃出那个茶局。

马向东接管了案子，沈沫失去了控制权。因此我没有机会旁听对周自恒的审讯，只能听沈沫转述当时的情况。

尽管身陷牢笼，周自恒仍然维持着他的风度，喜怒无形，不卑不亢。他告诉马向东，他是无辜的，他从来没有指使任何人杀死任何人，也从来没有和日本人暗中交易四大法器。他不认识苍本，因此他不明白苍本的手账里为什么会提到他。他认识闻达的时间也不长，除了让闻达充当女儿的保镖，他们没有任何交往，因此他不明白闻达为什么会那样说。至于四大法器为什么会出现在周公馆的密室里，他无法解释。但他坚持认为，这是一个精心策划的阴谋，有人拿四大法器栽赃他，目的就是把他送上刑场。

谁会拿四大法器来栽赃呢？如果有人想要周自恒的性命，他可以有无数种方式，不一定非要栽赃。即使是栽赃，他也可以有无数种选择，可能是任何物件，但不会是四大法器。没有人不知道四大法器的价值，没有人舍得拿它们去栽赃。即使有人舍得四大法器，也很难实现栽赃的目的。周公馆戒备森严，外人想进去都难，更不用说栽赃。即使能进入周公馆，连周叶都不知道安全屋里还有密室，外人又如何知道？即使有人知道密室，也不可能骗过所有保镖，把四大法器放进去，然后不留痕迹地离开……马向东说了这么多，结论就是：用四大法器栽赃这件事情，本身比杀了周自恒还要难，这是一个不可能完成的任务，没有人做得到。

其实，周自恒如何辩解已经不重要了。在四大法器面前，他的任何辩解都显得苍白无力、不堪一击。马向东不相信他，也不会有人相信。如果不是我亲身经历，如果那个上午我没有走进周公馆，如果我没有穿过那条狭长的地道，如果我没有进入那间幽暗的密室，也许我会相信。

很快，马向东召开了记者会。他终于有机会大声宣布："在警察局局长马向东的周密策划和英明指挥下……"

对马向东来说，这是一次辉煌的胜利。在这个案子里，唯一的瑕疵是"飞刀客"没有落网。周自恒既然不承认雇凶杀人夺取法器，当然不会交出"飞刀客"。不过，瑕不掩瑜。主犯周自恒已经到案，四大法器也已经追回，一切尘埃落定，还有什么比这样的胜利更加辉煌？

报童们又开始四处奔跑，消息很快传遍了街市。

商界大亨、血案主谋、四大法器、日本人……这些敏感词汇集在一起，你可以想象当时的轰动。人们先是感到震惊，然后是愤怒。愤怒的情绪堆积在一起，形成了一股潮水、一股洪流。茶馆、酒楼、戏园、车站……只要是有人聚集的地方，你都能听得见人们的议论，感受得到人们的愤怒。名望真是一件让人又爱又恨的东西，周自恒从前接受过多少赞美，现在就要承受多少唾弃。有一段时间，周自恒几乎成了伪君子的代名词。如果某人做了不应该做的事情，就会有人骂他是周自恒。

由于周自恒在商界的地位显赫，这个案子还影响到商业格局。

人们总是喜欢把商场比作战场，既然是战场，当然会有敌人，也会有战友。敌人们很高兴看到周自恒垮掉，战友们正好相反。为了各自的利益，双方暗中交战。有些人高举民族大义的旗帜，要求严惩汉奸，痛打落水狗；有些人则列举出周自恒过往的慈善业绩，希望酌情宽大，大事化小。在此期间，马向东承受了很大压力。不过，他把所有压力都转交给了他的靠山。最后，季成庸当众表态：谁再替周自恒说情，谁就有可能是周自恒的同谋。他要求马向东彻查，一个也不要放过。周自恒的战友们自顾不暇，于是求情的声音慢慢弱了下去，终于被愤怒的洪流淹没。

就这样，周自恒垮掉了。他起了高楼，他宴了宾客……现在，他的楼塌了。

周自恒成了一个囚犯。他和闻达一样，被关进了小黑屋。两间小黑屋相隔不远。相比起来，周自恒的屋子似乎更高级，面积更大，有电灯，有真正的床，甚至还有干净的床单。但厕所是一样的，都是一个带盖的木桶。我想，这个并不重要。再显赫的人物，出恭的时候也与常人无异。

不管怎么说，周自恒现在只能待在这间小黑屋里，想念他的周公馆，想念他的女儿周叶。

4

我们去了周公馆，怀着深深的愧疚。

周叶仍然住在周公馆，除此之外，她没有地方可去。周公馆已经成为千夫所指的地方，马向东安排了一些警察，昼夜两班，把它看管起来，名义上是为了防止骚乱。实际上，他们把周公馆变成了一座监狱。而周叶把她自己的卧室变成了一间小黑屋，她躲在屋子里再也不肯出来。

她也许看到了报纸上的消息，也许听到了外面的议论。即使她看不到报纸，也听不到议论，但她一定能听见外面不时传来的叫骂声，那些不堪入耳的叫骂声夹带着怨怒和诅咒，冲击心灵。我可以想象她的感受。痛苦、耻辱、悲伤、无力、幻灭……太糟了！她经历过一次幻灭，现在又要经历一次。她一心只想拯救她的爱人，现在，她不但救不出她的爱人，还搭上了她的父亲。一夜之间，她失去了最爱的两个男人，世界轰然坍塌，化为碎片。对她来说，这一定是最坏的时刻。

我们没有见到周叶，只见到了袁琳。袁琳并没有被捕，没有人怀疑她是周自恒的同谋。为什么要怀疑她呢？她只是一个柔弱无知的女人，就像罗太太、雷太太和乔太太一样，男人的事情轮不到她们插手。但袁琳是个仗义的女人，周叶被绑架的时候，她已经证明过自己，现在她又证明了这一点。当周自恒大势已去，周公馆大厦将倾，所有人都逃离了，只有她留了下来，继续照顾周叶的生活，与她相依为命。其实袁琳也不想见我们，但她保持了一贯的优雅，即使她看上去有点冷漠，即使她掩饰不住眼神里的怨恨。她告诉我们，周叶不想见任何人。我们告诉她，我们不是外人，而是周叶最好的朋友。她说她知道，但周叶特意交代过，她现在最不想见到的就是沈沫和萧原。当然，我们对此有心理准备。周叶一定会恨我们，恨我们把她带进了一个陷阱，从而带走了她的父亲。即使她恨我们，我们也无话可说。我们也恨自己。

沈沫想知道周叶现在好不好，这是一句废话。袁琳没有回答，哭了起来。通过她的眼泪，我可以想象周叶的痛苦。袁琳哭着说，我会照顾好她，你们走吧，以后再来看她，现在她不能再受任何刺激。

我们走出了周公馆，但没有远离。沈沫找了个地方待着，远远地望着那个窗口。我陪着沈沫，一直到天黑。即使天黑了，那个窗口也没有亮灯。袁琳出现过一次，拉上了窗帘。但周叶始终没有出现，沈沫始终没有见到他心爱的姑娘。他就这么站着，一句话也不说。我知道他心里难受，但我没有安慰他，因为我比他好受不了多少。

夜深了。沈沫仍然一动不动，一声不吭。如果不是我强行拉着他离开，他也许会变成一尊雕塑，永远站在那个地方，永远望着那个窗口。

回家的路上，沈沫忽然问我："我们到底是做对了还是做错了？"

我无法回答。我甚至不知道对与错的定义和界限是什么。

5

接下来的日子，我们每天都会去周公馆。

袁琳似乎被我们感动了，表情不再冷漠，眼神里也不再有怨恨。但她每次都说，周叶仍然不愿意见我们，她需要更多时间，也许将来她能想通。

我有点泄气，但沈沫保持了耐心。他对我说，没关系，我们可以等，总有一天她会恢复平静，愿意和我们谈谈。

这一天，我们又去了周公馆。看守大门的警察说，袁琳和周叶一大早就出门了，不知道去了哪里。我们也不知道去哪里找她们，只能在门口等。

一直等到中午，她们回来了。这是周自恒出事以后，我们第一次见到周叶。她显然刚刚哭过，很憔悴，也很消瘦，让人心疼。她看见我们，就像看见两个陌生人，面无表情，一言不发。沈沫叫了她一声，她没有答应，头也不回地走进门去。

袁琳告诉我们，她们刚刚去了警察局，但没有见到周自恒。无论她们说什么，马向东始终不同意，强硬得像块铁。袁琳希望沈沫出面向马向东求情，帮她们完成这个心愿。她流着眼泪说，无论周自恒做过什么，他毕竟是她的先生，是周叶的父亲，为什么不能让她们见他一面呢？

沈沫很快找到了马向东，马向东解释了为什么。他说，周自恒也想见自己的太太和女儿，他没有同意，因为他还需要一份周自恒签字画押的亲笔供状。当然，人证物证俱在，不用供状也可以结案，但他是完美主义者，不想留下任何遗憾，不想给任何人留下把柄。但他没想到周自恒死不认罪。既然周自恒死硬，那他只能比周自恒更强硬，他撂下狠话：如果周自恒冥顽不化，那么他谁也别想见，只能待在小黑屋反省。沈沫好话说尽，还发了脾气，但马向东毫不退让，一点面子不给。

"你有时间跟我在这儿废话，不如去劝周自恒把供状写了。"马向东说。

"好啊。"沈沫说，"我去劝劝他。"

沈沫去见了周自恒。这一次他没让我跟着，因此我不知道他们的谈话内容。但是我知道，沈沫一定不会劝说周自恒写什么供状。

当沈沫走出小黑屋的时候，他给了我一个意想不到的判断。他认为，周自恒很可能确实无辜，是遭人陷害，被人栽赃。

我不知道周自恒是怎么说服沈沫的。我想，周自恒也许并没有说服沈沫，只是沈沫太想把周自恒还给周叶了。也许只有这样，他才有机会弥补对周叶的歉疚。

"谁会陷害他呢？"我问沈沫。

"闻达？"他显然不确定。

"无冤无仇，闻达为什么要陷害他？"

"受人胁迫？"他仍然不确定。

"受谁胁迫？"

"苍本？"他还是不确定。

"你是说，苍本才是幕后主谋？"我不相信，"他杀来杀去，机关算尽，目的就是为了陷害周自恒？"

"你认为这不可能，是吗？"

"不可能！"我很确定，"他可能伪造手账，也可能胁迫闻达，但他怎么可能把四大法器放进周公馆？"

"如果……"他说，"我是说如果，如果周公馆有内鬼，你还认为不可能吗？"

我吓了一跳。我想，如果周自恒确实无辜，这可能是唯一合理的解释。

为了证实这个判断，沈沫再次提审了闻达。这注定又是一次无用功。你知道让闻达改口有多艰难，对他使诈也没用。闻达只想知道他的父母现在在哪里以及他们是否安全。沈沫告诉他，两位老人已经离开周公馆，回到了贫民窟，他派了两个巡警暗中守护，可以确保他们的安全。闻达这才放心。

"可以。"闻达说，"我可以翻供，但你得替我编个故事，不然我不知道怎么说。"

沈沫无可奈何。

6

我们又去了周公馆。沈沫仔细检查了密室，没有任何发现。但他更加坚定了自己的判断：如果确实是栽赃，外人很难实现，只能是内鬼。

"内鬼会是谁呢？"我问沈沫。

"温兆祥？"沈沫说。

我心里一动。这是合理的推测：既然温兆祥可以在警察局充当内鬼，为什么不能潜伏在周公馆？他可以假扮成任何人，管家、保镖、用人、园丁甚至厨师，都有可能。

我们把温兆祥的画像交给袁琳辨认。她看得很仔细，最后摇了摇头。她说，她在周公馆负责内务，熟悉每一个人，但她从来没见过画像中的这个男人。

我想到了一种可能：温兆祥戴着人皮面具，假扮成了另一个人的模样。但沈沫不这样想。他认为，人皮面具只能在昏暗环境中短时间使用，白天或长时间使用必定被人识破。

根据袁琳提供的花名册，我们花了几天时间，找到了登记在册的每一个人……所有人都很正常，至少没有人露出破绽。他们未必对周自恒多忠诚，但也没有任何理由出卖他。当然，在他们中间，也没有人见过温兆祥，甚至没有人听说过这个名字。

再回到周公馆的时候，我们看见了一个极其混乱的场面。

许多人在周公馆横冲直撞，他们都很疯狂，就像在集市上哄抢低价甩卖的商品。一个男人抱着几个花瓶，当他去拿下一件瓷器的时候，怀里的花瓶掉在地上，摔成碎片；一个女人试图搬走一把红木沙发，但它太重了，她不得不歇歇脚，一屁股坐上去喘个不停；还有一男一女为了争夺一座老爷钟大打出手，又是揪头发，又是打耳光……袁琳手足无措，声嘶力竭地呼喊警察帮忙，但警察们只是眼睁睁地看着，无动于衷。

我想我说过，案发初期，许多盗贼冒用娄阿法的名号四处作乱，让很多人吃了苦头。现在，他们把账都算到了周自恒的头上。不知是谁在煽动，大家一哄而上。他们可能认为，周公馆应该有不少值钱物件，随便拿几件也许可以抵偿他们当初蒙受的损失。我相信其中有一些人确实蒙受了损失，我也相信还有一些人只是在浑水摸鱼，趁火打劫。不管怎么说，马向东安排的那些警察都是废物，他们根本挡不住这股愤怒的洪流，直到沈沫出现。沈沫朝天连开了三枪，才算把事态控制住。

把人群驱散以后，沈沫担心周叶受到惊吓，于是上楼去找她。她不在卧室。我们几乎找遍了每一个角落，包括安全屋和密室，结果也没能找到她。

袁琳告诉我们，那些人冲进来的时候，她嘱咐过周叶躲在屋里，锁好房门，千万不要出去。然后她自己出去了一趟，打算跟那些人讲理。等她回来的时候，周叶就不见了。

一个警察告诉我们，在最混乱的时候，他看见周叶从后院跑了，但他并没有追赶，因为没有人要求他这样做。沈沫很愤怒，狠狠打了他一记耳光。在那个时刻，沈沫失控了。

我们等到天黑，周叶没有回家。她失踪了。

7

接下来，我们把所有时间和精力都用来寻找周叶。

我们在报纸上刊登了寻人启事，我还画出了无数张周叶的肖像，花钱请那些报童散发给他们见到的每一个路人。无论长相还是气质，周叶都是一个出众的姑娘。我相信，如果有人见过她，不可能没有任何印象。

确实有人见过她。根据那些人的描述，她忽然出现在东局子，忽然又出现在下瓦房，忽然出现在大悲院，忽然又出现在八里台，行踪飘忽不定。我们四处奔波，但一无所获。我相信那些人见过她。但他们的记忆都是过去时。过去的已经过去了，现在没有人知道她在哪儿，也不会有人知道将来她会去哪儿。

袁琳告诉我们，周叶出走时没带衣服，身上也没带多少钱，这让我们更加担心。我想象她此刻正躲在一个我们看不见的角落里，又冷又饿，又伤心又绝望……真让人心疼。

我们没有把这个坏消息告诉周自恒。为什么要告诉他呢？小黑屋已经很难熬了，告诉他只会让日子更难熬。我们也没让袁琳跟着我们一起四处奔波，而是让她留守在周公馆，如果周叶回心转意，我们希望家里有个人在等她。

一天，两天，三天……我们走了很长很长的路，问了许多许多的人，但始终没有找到周叶。茫茫人海，她就像一滴水珠，蒸发了。

时间继续流逝。我们没有停止寻找,但感觉越来越不好。沈沫变得消沉,也变得瘦削。他仍然不知疲倦,但他变得更沉默了,一直在想他的心事。大多数时候,他就像个哑巴。有时候他会坐在马路边歇脚,望着从身边经过的姑娘发呆,仿佛每一个姑娘都是周叶。他还变得很敏感,每当听到有人提到周叶或者读音相近的名字,他都会神经质地跳起来。

我们继续寻找。我希望有人见过她,但我又害怕有人提到她,我害怕听到坏消息……我希望她不要干傻事。

临近中秋,天气越来越冷了。

8

那天黄昏,我们去了金刚桥。你可能还记得,那里是我们插香结义的地方。

我们安静地坐着,默默地看着流水侵蚀岸边的石头。尽管那些回忆撕咬内心,但我无法自控。直到夕阳西下,一条渔船从我们眼前经过,沈沫才站了起来,朝船家招了招手。

两个人的船菜,很压抑、很沉闷。沈沫一声不响,一直闷头喝酒。我知道他想买醉,于是我陪着他喝。

沈沫忽然不喝了,他开始唱歌。那是周叶唱过的歌,《教我如何不想她》。

……
水面落花慢慢流
水底鱼儿慢慢游
燕子你说些什么话
教我如何不想她
……

他荒腔走板地唱着，终于唱不下去，哭了起来。这是我第一次看见他哭，开始是默默流泪，然后是低声呜咽，最后是号啕大哭。他哭得像个孩子。

我也忍不住哭了。压抑许久的自责、悲伤与忧愁都涌了上来，化成了眼泪，源源不断，绵绵不绝。

船家不知道发生了什么，也不敢问，只是奇怪地看看我们，继续划他的船。

忽然，我感觉到船停了下来，于是抬起头，疑惑地看着船家。船家不再摇桨，眼睛望着前方。

前方是万国桥，桥上有许多行人，所有人都望着桥头。桥头站着一个姑娘，摇摇欲坠……

周叶！

第一眼我以为自己看错了，第二眼才敢确认。虽然距离不近，但我不可能认错，确实是她。

桥上有人在劝说，但她看上去万念俱灰。忽然，她张开双臂，纵身一跃……

扑通！沈沫跳进了水里，快速向前游去。我下意识地跟着跳下船，但是我忘了自己水性不好。

当我被船家救上岸的时候，沈沫已经救出了周叶，正在河岸上给她做胸外按压，然后是人工呼吸。

周叶醒了。她睁开眼睛，看见了沈沫。沈沫抱住她。她用力挣扎，他不肯松开。然后，她哭了，他也哭了。

我也哭了。我想，这就是命运。这是她的命运，也是他的命运。

9

那天晚上，我们把周叶带回了沈沫的公寓。

袁琳听到消息后赶来了。她打算把周叶接回周公馆，但沈沫反对这样做。沈沫认为，周公馆不再适合周叶居住，那些回忆只会让她感到孤独，那些骚扰只会给她带来伤害。在这个非常时期，为了防止意外，她需要远离周公馆，需要二十四小时陪护。袁琳同意了，她说想留下来照顾周叶，但她知道这样不方便。离开之前，她希望我们善待周叶，沈沫答应了，我也答应了。

从此，沈沫的公寓变成了一个"三口之家"。周叶被安顿在卧室，沈沫和我睡在客厅。不知道为什么，每次入睡前我都会想起闻达，想起我们四个人在一起的时光，然后开始做梦：龙王庙里的篝火，挂月峰上的彩虹，吃船菜时的歌声，插香结义时的豪迈……那些美好而温暖的回忆，让我很伤感。

袁琳后来又来过几次，她拿了些钱过来，还带来了一些周叶平时穿的衣服以及周叶平时爱吃的各种零食。当然，她没忘了把周叶专用的水杯带上……她是一个好女人，一个细致体贴的女人。当她唠唠叨叨地给我们讲周叶平时爱吃什么、不爱吃什么，以及照顾病人需要注意什么的时候，她看上去很像一个母亲，尽管她比周叶大不了几岁，尽管周叶从来没有改口叫过她一声妈。

沈沫也很会照顾人。他会做饭，会洗衣服，会收拾屋子，甚至会缝缝补补。他什么家务活儿都能干。他对周叶可以说百依百顺。周叶脸上的每一个表情都会牵动他的神经。为了防止她想不开，沈沫把所有她可能会利用的东西都藏了起来，包括菜刀、剪刀、绳子、杀虫药甚至牙签。

周叶确实受了很大的刺激，有时候甚至近乎癫狂。她深夜里时常惊醒，惶恐不安，痛哭不止。有时候还会说梦话，隔着一扇门，我们能清楚地听见她在梦里喊"爸爸别走"。每当她痛哭或说梦话的时候，我都会感到揪心，感觉自己快要疯了。

她对我们的态度时好时坏，有时感激涕零，有时横眉冷目。但她很少冲我发作，主要针对沈沫。最严重的一次，当沈沫喂她喝汤时，她把汤碗扔在了地上。无论她如何发脾气，无论她发多大的脾气，沈沫始终默默承受，从来没有半句怨言。他告诉我，如果这样能让周叶心里好受一点，他愿意一直承受。

10

有一天黄昏，沈沫出去买菜了，周叶在卧室睡觉，我在客厅看书。

窗外开始下雨。也许是累了，也许是那本书的内容实在无聊，也许是窗外的雨声让人昏昏欲睡……总之，我睡着了，直到沈沫回来。然后我们发现卧室里没人，周叶不见了。

我们跑出公寓，分头寻找。天越来越黑，雨越下越大，仿佛天塌了。我担心周叶，憎恨我自己。如果事情像我担心的一样，那接下来的每一个白天我都会在悔恨中度过，每一个夜晚都会带着头痛睡觉。我像只无头苍蝇，东奔西跑。我跑了很远的路，最后在月牙河边发现了她的身影。她浑身湿透，失魂落魄，深一脚浅一脚在雨中跌跌撞撞地走着。我正要跑过去，忽然看到了沈沫。

我停了下来，远远地观望。沈沫跟在周叶的身后，几次上去拉她，都被她甩开。他只好默默地跟着，就像是她的影子，不离不弃。终于，她走不动了，蹲了下来，双手抱着肩膀，在暴雨中瑟瑟发抖。他走过去，把她揽入怀中。周叶用手打他，用脚踢他，他始终不肯放手。最后，她也抱紧了他，在他的怀里放声大哭。她的哭声穿透雨幕，传入我的耳中。我默默地看着他们，百感交集。我的视线越来越模糊，在我脸上流淌的，分不清是雨是泪。

周叶发烧了，沈沫继续照顾她。烧退了以后，她变得平静，情绪渐渐稳定，理智也渐渐恢复。她对沈沫更加信任、更加依赖，从此再没有对沈沫发过脾气。

那是最让人煎熬的一段日子,我们终于熬过来了。我为此感到庆幸。我想,周叶是不幸的,但她也是幸运的。

11

有一天深夜,我和沈沫都睡着了,忽然被周叶的喊声惊醒。这一次,她喊的是"闻达"。

我们还以为她又在说梦话,然而紧接着她拉开房门跑出卧室,朝门口跑去。我们问她去哪儿,她告诉我们,闻达出现了,就在楼下。我们都很吃惊,跟着她跑下楼去。

楼下有条巷子。我们四处看看,没发现闻达,也没看见任何人。不过,周叶坚信她看见了闻达。她说自己睡不着觉,于是打开窗户想透透气,无意中看见了闻达。虽然楼下很黑,但她认为自己不会看错。她还说,闻达当时就站在巷口,抬头望着窗口,他们甚至对视了一眼,然后他仓促转身走进了巷子,消失不见。

周叶说得很肯定,由不得我不相信。于是,我的第一反应是:闻达从小黑屋逃了出来,他一定也想念和担心周叶……

沈沫连夜去了警察局。回到公寓的时候,他告诉我们,闻达仍然待在小黑屋里。由于案子尚未了结,作为证物的四大法器被安置在警察局,为了防止盗抢,马向东加派了人手,荷枪实弹,昼夜两班,严密看管。因此,无论闻达还是周自恒,都插翅难飞。

"难道是幻觉?"周叶说。她开始怀疑自己的眼睛。

周叶似乎仍然对闻达难以忘怀。沈沫什么也没说,但这不代表他什么也不想。不过,沈沫并没有表现出不快,而是平静地把周叶送回卧室,安顿她睡下了。我却睡不着了,于是我和沈沫聊了一会儿。我安慰他说,周叶也许还需要更多时间。他让我不用担心,他不会因此对周叶不好。我问起了案子的进展,他告诉我,马向东又折磨了周自恒几回,周自恒仍然声称无辜,拒绝在马向东代写的供状上签字、摁手印。因此，他仍然怀疑周自恒遭人陷害。他打算先照顾好周叶，等她的情况更稳定之后，再抓紧时间去做一些调查，争取赶在法庭审理之前调查出结果。我问他打算怎么调查，他没有回应。看得出来，其实他也没什么主意。

12

中秋节到了。

白天，沈沫出去了一趟，回来后他悄悄告诉我，他去找了马向东，希望马向东能开恩，让周叶见一下周自恒，但没能如愿。我能想象马向东拒绝时的表情，冷酷得像块墓碑。

晚上，袁琳赶来和我们一起吃了晚饭。吃月饼的时候，周叶掉了眼泪。我们没有安慰她，也不知如何安慰。

晚饭后，周叶说，她想出去走走，看看月亮。

我们去了海河边。那天的月亮很大、很圆。许多人在码头上放孔明灯，我们也这样做了。

周叶双手合十，对着月亮许了一个愿。她没有告诉我们这个愿望是什么，但我想我能猜到。

我们放飞了孔明灯，它越飞越高，慢慢地融入星空。周叶的表情很虔诚，像个孩子。

"它能飞到月亮上去吗？"她问。

"能。"沈沫回答。

周叶仰起的脸上露出了微笑。她恢复了生气。

这是一个美好的时刻，我暗暗感动。我真希望，她的心愿可以实现，这个故事会有新的转机，从此变得美好和温暖。

现实总是很残酷。第二天清晨，我们被一阵猛烈的敲门声惊醒。那是一个警察，他带来了一个坏消息：

四大法器失踪了。

第十章 大变

1

事情很奇怪。

四大法器被安置在证物室，和小黑屋一样，证物室也是警察局里的绝对禁地。看管它的有八个警察、八条枪，可以说已经足够严密。马向东的要求是，不能让任何人靠近，哪怕是一只苍蝇。因此他们不能请假，不能溜号，不能睡觉，轮流打盹儿也不行。但马向东没说不能吃夜宵，于是他们一边吃着热乎乎的馄饨，一边说着老掉牙的笑话。笑话说完了，夜宵也吃完了，然后他们都感觉到了困意，那是一种宿醉将至的信号，没有人想躺下，但也没有人能坚持……当他们睡醒时，四大法器不见了，取而代之的是一副该死的馄饨挑子。于是，他们把马向东叫了起来。马向东不是在麻将桌旁，而是在他的办公室里，为了交出一份完美的查案报告，他一直在努力。其实他完全可以找人代劳，但他对秘书的工作不满意，认为报告里没有突出他在办案过程中如何运筹帷幄、指挥若定，因此他改了一稿又一稿。当然，他也吃了夜宵，因此他也躺下了，直到那些惊慌失措的警察把他从睡梦中叫醒。

警察局里闹翻了天。

马向东气急败坏。那些挨了打的警察都很委屈,他们当然有理由感到委屈。谁能想到有人会在夜宵里下药呢?而且,即使他们被撂倒,盗贼也只能接近证物室,不能打开铁门盗走法器,因为证物室只有一把钥匙,由马向东掌握。所以说,如果要追究的话,不能光追究他们的责任,马向东同样难辞其咎,他应该先抽自己的嘴巴。

马向东暴跳如雷。你可以想象他有多狂躁。他是个完美主义者。在他看来,周自恒扛不了几天,迟早要在供状上签字画押,只要再交出一份漂亮的查案报告,就算是大功告成。现在四大法器丢了,而且是在他的眼皮底下丢的,如果这件事情宣扬出去,报纸上一定会写:"盗贼突袭警察局,如入无人之境……"这可不是简单的面子问题,弄不好要出人命。民众的唾沫星子能把他淹死,即使他侥幸不死,季成庸也一定不会放过他。邀功请赏就不要想了,升官发财也不可能了,削官为民可能是最好的结果,最坏的结果也许是牢狱之灾。监狱里已经塞满了犯人,其中大多数都对马向东恨之入骨。如果马向东进了监狱,我敢打赌,他活不过一个礼拜,就会被人发现大头朝下淹死在粪坑里。

马向东束手无策。探长们又被召集起来。马向东本来不打算叫沈沫的,但沈沫毕竟是代理总探长,这么大的事情一定瞒不过他,而且他也许会有办法解决问题。沈沫告诉我,探长们很焦虑,他们都知道,如果马向东丢了官帽,他们就会失去靠山。对他们来说,这个简直比失去父母还要可悲。于是,他们纷纷开动脑筋出谋划策。莫长山提议封锁消息,马向东采纳了这个建议。他咬牙切齿地宣布,如果有人胆敢向外界透露半个字,他绝不轻饶,即使是死,也要拉一个人垫背。问题是,消息能封锁多久?破案的消息已经被宣扬出去,人尽皆知,要怪也只能怪马向东自己太张扬。现在的麻烦是,法院即将开庭审理此案,到时候拿什么交差?姜铁军提议找人做几个赝品,蒙混过关。马向东居然认为这是个好主意,但沈沫不赞成。沈沫提醒他,人人都知道季成庸附庸风雅,喜欢收藏,即使他不是行家,也一定认识几个行家,赝品不可能逃得过他们的法眼。

"那你说怎么办?"马向东问沈沫。

"没有别的办法,"沈沫说,"只能继续追查,把四大法器追回来。"

"很好。"马向东说,"这个任务就交给你,一个礼拜,办好了,你就是总探长;办不好,提头来见。"

你看,马向东就是这样的人。其实他早该给沈沫升职,把"代理"两个字去掉,但是他只记得给自己写报告邀功,把沈沫忘得干干净净。现在他又想起来了。

马向东的计划是,他负责掩盖,沈沫负责查案,探长们负责帮忙,如果一个礼拜追不回四大法器,大家一起完蛋。

2

沈沫重新接管了案子,开始追查四大法器的去向。他并不是屈从于马向东的淫威,而是把查案当成了自己的责任。当然,他还有一点私心。

在沈沫看来,四大法器被盗,这说明幕后还有人捣鬼,如果能抓住盗贼,也许可以还周自恒一个清白,还周叶一个父亲。我对此并不乐观。不过,当沈沫需要我帮忙的时候,我义不容辞。而且,周叶已经逐渐恢复平静,不再需要我们二十四小时监护。

沈沫盘问了所有值班警察,排除了他们监守自盗的可能。他们只是平庸之辈,而不是什么奸恶之徒。沈沫了解他们,他们都很懦弱,不敢冒险。他们大多数来自底层,警察是他们能找到的最好的工作。他们为此对老天爷充满感激,尽管他们在警察局也是受压榨的对象。要知道,当一个底层人,首先要学会的就是珍惜和忍耐,否则无法养活自己,无法养活家人。当然,任何人看见四大法器都可能动心,但我相信,即使他们有过贪婪的想法,也不敢付诸实践。光是这个想法就有可能把他们吓下死。人人都知道这是天大的案子,人人都知道这个案子人命关天,他们都上有老下有小,谁敢拿自己的生命冒险?

最可疑的当然是那个卖馄饨的小贩。有一个外号叫傻柱的警察,那天晚上他打赌输了,惩罚方式就是由他负责给所有同伴买夜宵,因此他可能是唯一见过盗贼的人。他说,那个小贩当时挑着担子从警察局门口路过,他只是觉得很凑巧,现在才知道这是个陷阱。

沈沫的判断是,这个小贩就是盗贼,他一定暗中观察过警察局,知道有多少警察值班,也知道他们每天晚上都会吃夜宵,甚至精心计算过需要多少碗馄饨。但傻柱绝对想不到,他们吞进肚子里的每一个馄饨都夹带着阴谋,那个晚上的夜宵实在是太昂贵了。

根据傻柱的描述,我画出了那个小贩的肖像:方脸庞、宽额头、高鼻子、络腮胡……一个陌生男人,我从来没见过他。

但马向东和探长们都认识他,并且异口同声地说出了他的名字。

"庄亦铭?"

你可能还记得庄亦铭,那个把四大法器带回国内的商人,周自恒就是在他的劝说之下加入了永安社。十二年前,他已经死了,死于娄阿法的刀下,现在他又出现了。

毫无疑问,又是人皮面具。

傻柱三十多岁了,他当然听说过庄亦铭的案子,这个案子在当年太轰动了。但他十二年前还没当上警察,因此他只是听说过,却不知道庄亦铭长什么样,也没有人告诉他。他还以为那个破衣烂衫的小贩只是一个走街串巷卖馄饨的乡巴佬。如果他知道那是庄亦铭,当他看见那张脸的时候,我猜他一定吓傻了,怎么可能买他的馄饨?

沈沫想知道庄亦铭的口音,傻柱告诉了他。不出所料,和娄阿法一样,又是个哑巴。

3

沈沫把我带进了他的办公室。马向东和探长们都想帮忙,但沈沫毫不客气地将他们拒之门外。他说自己思考问题时不能被打扰。

沈沫坐下了,开始思考。我安静地等待,直到他停止撕纸。

沈沫先假定周自恒无辜,然后开始推理。他认为,我们的对手很可能制订了一个完整而周密的计划:第一步,杀人越货,夺取四大法器;第二步,胁迫闻达,让他充当替罪羊;第三步,将四大法器悄悄放进周公馆,从而栽赃嫁祸给周自恒;第四步,从警察局盗取四大法器,与苍本进行交易。对他们来说,这样做的好处是,一石二鸟,既根除了永安社,又完成了法器交易。

我希望事实就像沈沫推理的那样,但不得不说,这简直太离奇了。我不认为他们有必要把事情搞得这么复杂。

"如果他们认为周自恒是绊脚石,直接杀了他不是更容易吗?"我说。

"杀了他很容易,但是要让他身败名裂并不容易。"沈沫说。

"为什么要让他身败名裂呢?"

"我想,他们的目的是不光要让周自恒的肉体消失,还要从精神上把永安社彻底毁灭。"

我似懂非懂。两年后,我才真正明白这句话的意思。那时候日本人已经发动了战争,他们就是这样干的,不光想占领我们的国土,还想毁灭我们的精神。

"要完成这个计划,至少需要三个人。"沈沫继续说,"一个是苍本,一个是戴面具的杀手,一个是潜伏在周公馆的内鬼。"

我见过苍本,也见过杀手,但我没见过杀手的真实面目,他到底是谁?

"温兆祥。"沈沫似乎很确定,"一定是他,他一定是灰衣社余党,娄阿法、汪道坤、石敬山和庄亦铭都是他假扮的,目的就是杀了人之后把水搅浑。"

沈沫并无真凭实据,但我不排除这种可能。那么,内鬼呢?如果确实是栽赃,潜伏在周公馆的内鬼又是谁?我们已经调查过花名册上的每一个人,只剩下袁琳和周叶。

"叶子不可能是内鬼,总不会是袁琳吧?"我说。

"为什么不能是袁琳呢?"沈沫说。

我愣住了。

"你不觉得袁琳去永安寺救叶子,那段故事太巧了吗?"沈沫问我。

我回忆了一下:袁琳在废墟里听到动静,走进地下室,恰巧看见蒙面人抡起大刀砍向周叶,她下意识地扑了上去……

我想,如果沈沫猜得没错,这段故事可能又要重写:袁琳与温兆祥在地下室合演了一出戏,骗过了周叶,也骗过了闻达。

无论如何,我希望他们的计划还没有完成,交易还没有实现,四大法器还没有落到苍本手里。如果是这样,我们也许还有机会。但前提是我们必须找到苍本,或者找到温兆祥,或者证明袁琳是内鬼,否则我们也许永远无法揭开真相,永远无法追回四大法器。

4

马向东重新把探长们召集起来。沈沫宣布了他的计划。

沈沫先问马向东,为了找到苍本,可否发通缉令或通过外交手段向日本领事馆要人？马向东告诉他这不可能。他已经拒绝过一次，不在乎多拒绝一次。当然，这一次情况不同，能否追回四大法器关系到马向东的命运。但是，即使他同意了，如何向季成庸解释这样做的原因？告诉他这是为了追回被盗的四大法器？对马向东来说，这同样是要他命的事情。即使他豁得出去，季成庸也同意了，愿意给他一个立功赎罪的机会，但日本人一贯嚣张，怎么可能乖乖地交出苍本？

沈沫不再和马向东废话，接下来给探长们安排了任务。他摊开地图，让探长们各自划定区域，并确保他们人手一张温兆祥的画像，要求他们亲自带队，把所有的警察都撤出去，争取在最短的时间内将整座城市搜索一遍。为了替他们省时省力，沈沫提醒他们，可以找包打听代劳，尽可能让所有人都知道我们要找的人是谁。

探长们明确了各自的区域，检查了武器，各自带上几个警察，乱哄哄地出了门。

"我呢？我能干点什么？"马向东问沈沫。他似乎也想卖卖力气。

"你留在办公室，等消息。"沈沫说。

"你呢？"

"我和萧原出去走走。"

"去哪儿？"马向东追问。

"周公馆。"

"去周公馆干什么？"

"看看还能不能找到什么线索。"沈沫说。无凭无据，他似乎不打算告诉马向东他怀疑袁琳是内鬼。我觉得，这是正确的做法。

出门的时候，我们遇到了一个不速之客，他把沈沫缠住了。

是那个姓曹的包打听。他是来领赏的。报纸上说案子已经破了，他为此感到高兴。他认为自己功不可没，理应得到奖赏。

确实是这样。如果没有老曹帮忙，我们查不到苍本，拿不到手账，怀疑不到周自恒，找不到四大法器……但是，沈沫没有钱可以给他，于是把他带到了马向东面前。

马向东正烦得要命，怎么可能给老曹发奖金呢？不要说没钱，有钱也不会给他。

"谁出钱悬赏，你找谁要去。"马向东说。

"那我应该找谁呢？"老曹不明白。

"周自恒。"

"谁？"老曹以为自己听错了。

"你听见了！"马向东很不耐烦，"要么滚蛋，要么找周自恒去。"

"我上哪儿找他去？"老曹傻乎乎地问。

"把你跟他关一块儿。"马向东阴阴地笑，"等你拿到钱了再放你出来，这样你看行吗？"

"你……你们……你们这是干吗呢？！拿我开涮吗这是……"老曹急了，结结巴巴，额头上青筋暴起。

"老曹，"沈沫打了个圆场，"我给你出个主意吧。"

"什么主意？"老曹看着他，眼睛里重新燃起希望。

"如果你还能找到苍本，我保证你能拿到赏钱。"沈沫说。

"找苍本？"老曹又以为自己听错了。

"对。"

"你说话算不算数？"

"我说了不算，"沈沫指指马向东，"马局长说了才算。"

马向东收到了沈沫的眼神，他把这个眼神理解为有利于破案，于是他下意识地点了点头。

"我说话算数。"马向东看着老曹，"你负责找苍本，我负责给钱。"

"行,你们等着。"老曹说。他说完就走了。

这听起来像是一句狠话。街头斗殴中,落败的一方都会这么说,一般不会有什么下文。包打听确实很有本事,但我不认为他可以再一次找到苍本。苍本是他想找就能找到的吗?除非苍本此刻就藏在他家的衣柜里。我认为沈沫只是说说而已,老曹也只是说说而已。

5

周公馆门口仍然有警察看管。他们说,袁琳在家,没出门。

进门之前,沈沫提醒我见了袁琳不要乱说话。我理解并答应了。在掌握证据之前,沈沫不打算惊动她,如果他猜错了,惊动她只会给她造成无法估量的伤害。

袁琳仍然很优雅,当然也很伤感。她说她很难适应这样的生活,很难适应这么大的宅子只剩下她自己,这让她感到孤独,但是如果她也离开的话,这个家就真的散了。她盼望着有一天周自恒无罪释放,一切还像从前一样。也许是心理作用,我隐约感觉她的伤感并不自然,眼神似乎也有点阴险。于是我尽可能不看她的眼睛,尽可能装作若无其事。

沈沫的借口是过来帮周叶拿几本书。袁琳带我们去了周叶的卧室,沈沫随便找了几本书,然后和袁琳谈了谈。袁琳当然要问起周自恒的情况,沈沫告诉她,案子还在调查,目前尚无定论,或许还有转机。沈沫把四大法器被盗的消息也告诉她了,你可能觉得这样做不明智,但不这样做就无法观察她的反应。袁琳很震惊,至少表面上是这样,她目瞪口呆,似乎完全不知道警察局发生了什么。沈沫也看不出异常,于是要求她保守秘密,以免事情变得更糟糕。袁琳答应了。她仍然关心周叶,沈沫告诉她,周叶的情况已经基本稳定,再观察一段时间就可以让她回家。

我们告别了袁琳，但没走远，找了个地方继续监视周公馆。沈沫的想法是，如果袁琳是内鬼，也许她很快会露出破绽，也许她会出去找人，那个人可能是苍本，也可能是温兆祥。无论是谁，她都有可能带领我们找出真相。

监视仍然很无聊，我继续胡思乱想。如果她是内鬼，栽赃的任务已经完成，她可以一走了之，从此消失得无影无踪，但她为什么不离开？沈沫认为，也许是周自恒还没有定罪，也许是交易还没有完成，她暂时还不能离开周公馆，否则她很可能会被怀疑，从而给他们带来无法预料的麻烦。

最重要的问题是，她为什么要出卖周自恒？我不认为是利益驱使，因为周自恒可以给她想要的一切。如果不是利益，那是什么呢？只能是仇恨，她和周自恒之间会有什么仇恨，值得她这样做？这个问题，沈沫也无法回答。

袁琳出门了，我们悄悄跟了上去。她确实是去找人了，但不是苍本或温兆祥。她去了小白楼，找到的是周叶。她们在沈沫的公寓里坐下来说了一会儿话。我们没有抛头露面，而是找了个地方待着，通过敞开的窗户监视袁琳的一举一动。这是最紧张的时刻，我一直担心袁琳会对周叶做什么。沈沫显然更担心，他拔出手枪，子弹上膛，悄悄瞄准了袁琳。如果袁琳有什么异常，比如出现悄悄掏出刀子之类的举动，我猜沈沫一定会毫不犹豫地扣动扳机。但什么也没发生，袁琳只是和周叶说了说话，然后就离开了公寓，回到了周公馆。

沈沫把苍本和温兆祥的画像交给了两个负责看管周公馆的警察，命令他们继续监视袁琳。如果袁琳去见了两张画像中的任何一个男人，他们的任务并不是抓捕，而是继续跟踪，同时想办法打电话通知沈沫。因此，我们接下来要做的，就是回警察局等电话。

马向东仍然待在警察局，遛来遛去，像只热锅上的蚂蚁，烟头扔得满地都是。他满怀希望地问我们有什么发现，沈沫告诉他没有。他失望地瞪着眼睛，又是叹气，又是骂娘。

探长们也陆续回来了，嘴里骂骂咧咧。他们说，他们花了整个上午的时间，把各自负责的地盘掀了个底儿朝天，连猪圈都没放过，如果温兆祥存在的话，不可能一无所获。因此，最大的可能是他已经跑了，或者已经死了，或者沈沫搞错了。沈沫坚信自己的判断，要求他们保持耐心。他认为，只要坚持，就会有希望。

探长们又骂骂咧咧地散了。他们打算先吃午饭，下午接着干，把搜过和没搜过的地方统统再搜一遍。

沈沫关上房门，继续思考。办公室里安静下来，越来越安静，我几乎能听见自己的心跳。

在最安静的时刻，电话忽然响了，很刺耳。沈沫接起来，我凑过去听。

"沈探长吗？"电话里传来一个男人沙哑的声音。

"我是沈沫。"

"听说你派人到处找我？"那个声音阴森森的，让我头皮发麻，浑身发冷。

"你是谁？"沈沫其实已经猜到了，他只是想确定一下。

"我姓温，温兆祥。"

6

在城市的最北边，有一片荒凉的菜地。菜地的边缘有一间孤零零的破瓦房，四面透风，摇摇欲坠，甚至比闻达家的房子还要破旧。

这里就是温兆祥约见沈沫的地方。也许是因为联想到了灰衣社，在靠近它之前，我感觉到了一股杀气。我认为这是个陷阱，温兆祥也许躲在某个阴暗的角落里，手里拿着飞刀，随时准备偷袭。

但沈沫自认为他的枪法更快更准,决定去会会他。安全起见,沈沫让我待在远处,等他招呼。我照办了。

在我的想象中,温兆祥表情凶恶,和娄阿法差不多,一个眼神就能把我撕成两半。不过,后来我才发现没必要那么紧张,不会有任何凶险。即使他使用暴力,不需要沈沫出手,光凭我自己也可以把他制伏,尽管我手无缚鸡之力。也许温兆祥年轻的时候曾经很凶恶,但他现在只是个病人,病入膏肓,苟延残喘。即使给他一把刀,他颤抖的手也抓不住它。实际上,他快要死了,肝脏上的病毒正疯狂地吞噬他的生命。尽管他的实际年龄只比我大二十岁,但病痛的折磨让他看上去更像是我爷爷那一辈的人。他没有亲人,家徒四壁,只能自己照顾自己,在孤独中等待死神来临。他不可能是我们要找的那个杀手。

我们花了一点时间才相信他是温兆祥。他年轻时脸形微胖,现在却像个骷髅。如果不仔细看,我们看不出他原来的模样。但他的眼睛一直没变,他还保留了当警察时的证件。不过,现在他不叫温兆祥,十二年来,他一直以"杨德广"这个名字苟活于世。就在几个小时前,一个探长带着几个警察从他面前走过,他们没能认出他是谁。即使他们给他看了画像,他也没承认自己是温兆祥。他们离开之后,他想了很久,决定和沈沫谈谈,于是打了那个电话。

"我应该怎么称呼你呢?"沈沫问他,"老温还是……"

"叫我老杨吧,习惯了。"他说。

"你找我来,是想和我谈什么?"沈沫说。

"是你在找我,"老杨反问,"你找我是想做什么?"

"我想问你,当年为什么辞职不干了?"

"干不下去了。"

"为什么?"

老杨没有回答,也许是不想回答,也许是不知从何说起。

"娄阿法的案子,"沈沫换了个问题,"你还记得吗?"

"记得,"老杨说,"我忘不了。"

"审他的时候你在场?"

"我在。"

"除了汪道坤,娄阿法当年有没有供出其他同党?"

"什么同党?"老杨看上去有点糊涂。

"灰衣社同党。"

"他不是灰衣社的。"老杨说。

"谁不是灰衣社的?"沈沫愣了一下。

"娄阿法。"老杨说,"他是个替罪羊。"

替罪羊?我看看沈沫,他和我一样意外。

7

这是老杨的故事。尽管他有气无力,时断时续,但他的头脑还算清醒,口齿还算清晰,故事还算完整。

老杨说,娄阿法确实是个江洋大盗,也确实负案累累,不过当年抓捕他的原因与四大法器案无关,而是因为另一桩杀人案。娄阿法归案后,一直由雷万钧主审,老杨负责做笔录。第一次审讯中,娄阿法承认杀人,重压之下还交代了另外几宗命案,但没有涉及灰衣社的话题;第二次审讯中,雷万钧忽然提到了庄亦铭遇刺和四大法器失踪案,娄阿法否认作案;第三次审讯中,雷万钧拿出了证据,包括从庄亦铭遇刺现场采集到的鞋印和一枚从娄阿法衣领上掉落的纽扣,娄阿法当场崩溃,随即交代了刺杀庄亦铭和盗取四大法器的过程,他承认自己是灰衣社成员,并且供出了灰衣社首领汪道坤。但是,在娄阿法的供状中,老杨发现了一个疑点:娄阿法把"汪道坤"误写成了"汪道昆"。娄阿法自称是汪道坤的亲信,怎么可能把大佬的名字写错呢?老杨起了疑心。但是,雷万钧认为这不过是笔误,不值得大惊小怪。老杨仍然存疑,但不便深究。直到他们从汪公馆搜出四大法器,老杨才相信了娄阿法的供词,认为是自己多疑。

汪道坤归案之后,仍然由雷万钧主审,老杨仍然负责做笔录。审讯同样进行了三次。汪道坤始终不承认与娄阿法认识,当然也不会承认雇凶杀人,更不会承认自己是灰衣社首领。汪道坤声称,他与庄亦铭是相识多年的朋友,四大法器是庄亦铭亲手交给他的,委托他代为看管。为了防止意外,他们没有向外界公开,交接四大法器的时候,见证人也只有石敬山。但石敬山是汪公馆的管家,也是汪道坤的亲信,他当然有说谎的动机,因此他的证词很可疑。雷万钧没有相信他。老杨也没有相信。

汪道坤在押期间,有一天忽然求见雷万钧。雷万钧当时不在警察局,于是老杨问他什么事情。他希望老杨帮他给家人带封信,老杨没有答应,因为这不合规矩。雷万钧交代过,汪道坤在供状上签字画押之前,禁止与任何人见面,通信当然也不可以。当天夜里,汪道坤自杀了。老杨很后悔,他认为自己应该帮汪道坤转交那封家信,但他并不认为汪道坤无辜。直到汪公馆的一个忠仆前来收尸,老杨出于内疚上去帮忙,他发现汪道坤的两个手腕都有勒痕,指甲里也有衣物纤维。他产生了可怕的联想,然后把这个想法告诉了雷万钧,雷万钧不以为然。那些证据不足以证明汪道坤死于他杀,但雷万钧的解释很牵强。勒痕当然有可能来自手铐,难道汪道坤平时没事就喜欢拿指甲抠自己的衣服?老杨并没有被说服。不过,他只是心里这样想,并没有说。他对雷万钧暗暗起了疑心。

为求自保,老杨本来打算什么都不说,什么也不做,但是他斗不过自己的好奇心。那些疑虑堆积起来,促使他暗中展开了调查。他在调查中意外发现,庄亦铭遇刺的当天夜里,娄阿法一直在家给父亲过寿,他喝多了,一觉睡到天亮。也就是说,娄阿法根本没有作案时间。

那么，娄阿法为什么要充当替罪羊指认汪道坤，雷万钧又是怎么说服他的呢？老杨想了许久，终于想起一个细节。娄阿法是个江洋大盗，同时是个孝子，他身上背着几宗命案，既然落到警察手里，他很清楚自己难逃一死，对此早有心理准备。他在审讯中尽可能配合雷万钧，但他有一个要求，就是不要把他的事情告诉他的父母。雷万钧冷酷地拒绝了他，娄阿法当场泪流满面。老杨对此印象深刻。他认为，雷万钧很可能把两位老人当成谈判筹码，也许是拿他们的性命威胁娄阿法，也许答应给他们一笔钱用来安度晚年，也许两者都有。为父母考虑，娄阿法索性顶包上路，并且按照雷万钧的意思诬陷了汪道坤。至于那些所谓的证据，比如鞋印和纽扣，不过是雷万钧变戏法时的道具。

雷万钧为什么这样做？他的动机似乎很明显：庄亦铭和四大法器的案子当时很轰动，巨大的破案压力之下，雷万钧找不出凶手，索性找人顶包……但老杨认为事情没那么简单。雷万钧怎么知道四大法器在汪道坤手里？老杨无论如何想不通，于是悄悄地跟踪了雷万钧。一个深夜，雷万钧忽然外出。他去了周公馆，一直待到后半夜，周自恒把他送出门，和他一起出来的还有罗盛昌和乔振邦。老杨不知道他们为什么在一起，更不知道他们商量了什么，但他预感很不好。

怀揣着这么大的秘密，老杨感觉自己要疯了。他本来打算向当局举报雷万钧，但后来并没有这样做。雷万钧是个狠角色，背后还有乔振邦、罗盛昌和周自恒，每一个都得罪不起。老杨认为自己只是个小警察，人微言轻，而且证据不足，不会有人相信他，弄不好还会惹来杀身之祸。他虽然斗不过他们，但也不想违背自己的良心，于是他干脆找了个借口辞职，一走了之，就当什么都不知道，什么也没发生。后来的事情，他是从报纸上听说的：石敬山暴力拒捕，身中四枪，落水失踪，一起失踪的还有四大法器。

老杨从警察局辞职后的某一天，雷万钧忽然找到他，旁敲侧击，这让他感觉到了威胁。他认为雷万钧对自己起了疑心，迟早会对他下手，也许以灰衣社余党的名义。为了保命，他改名换姓，背井离乡，去过河北、山东、河南……最远到过上海，做过许多行当，都是些体力活儿，薪水很微薄，生活很艰苦。大概在一年前，折磨他多年的肝病终于把他拖垮了。他知道自己快死了，于是决定叶落归根，回到了天津。将死之人都会回顾自己的一生，他认为自己这辈子唯一做过的亏心事，就是隐瞒了这件事情。他当然听说了最近发生的事情，知道雷万钧、乔振邦和罗盛昌都已经被人杀死，也知道周自恒被捕了，因此他不再有任何顾虑，愿意向我们说出这段埋藏多年的心事。

"报应！"

这两个字似乎耗尽了老杨的气力，他闭上了眼睛。

我忽然感觉到心里有一块地方塌了，空落落的。我也不知道那里原来有什么，也许是理想，也许是信仰，说不清。从头到尾，沈沫一直没告诉老杨，他和雷万钧是什么关系，我和乔振邦又是什么关系以及我们为什么要来找他。如果老杨知道这些，也许不会给我们讲这个故事。我真希望自己从来没有听过这个故事。

8

回警察局的路上，沈沫一直沉默。我能看出来，他在挣扎。

"你相信他吗？"他问我。

我不愿相信。但我看不出来，一个将死之人为什么要对我们说谎，说谎对他会有什么好处？

沈沫继续挣扎。我知道他的想法。为了得出想要的那个结论，他提出了一种匪夷所思的假设。

"如果这是他们计划的一部分，如果老杨以前确实加入过灰衣社，如果老杨确实是警察局的内鬼，如果苍本他们算计到我们会来找老杨，如果他们比我们更早一步找到老杨，如果他们答应给老杨一笔钱治病，如果……"沈沫的语速越来越快，我几乎跟不上他的想法。

沈沫一直在说"如果"，我感觉他快疯了，我真替他担心。我也想到了一些"如果"：如果他证实不了那些"如果"，他也许会崩溃；如果他崩溃了，我也不知道他会干什么傻事；如果他拿着枪冲进警察局，不顾一切地把周自恒带出小黑屋，亲手交还给周叶……我想我也不会感到意外。

沈沫真的疯了。他冲进了小黑屋，找到了周自恒。但他忽然恢复了理智，没干任何傻事。他只是把老杨的故事说给周自恒听，然后想听周自恒对他说句实话。

"我说的都是实话。"周自恒苦笑着说，"如果你愿意相信他，那你就相信他吧。"

"但是他快死了，他为什么……"

"我也不知道为什么。"周自恒打断他，"明枪暗箭，这些年我经历过无数次算计，有生意场上的对手，有灰衣社，还有日本人，我能活到今天实属侥幸。"

"那你再仔细想想，这次又是谁在算计你？"

周自恒摇了摇头，很茫然。

"你太太，我是说叶子的母亲，她是怎么死的？"沈沫的问题很唐突，我不知道他为什么要问这个。

"对，"周自恒似乎想起了什么，"叶子的母亲就是被他们害死的。"

"他们是谁？"沈沫追问。

"两个男人。我们的车掉进河里，他们救了我，但没救出我太太。"周自恒叹了口气,继续说,"如果不是你师父觉得蹊跷,我不会知道这是一个阴谋。"

"什么阴谋?"

"他们偷偷在我的车上做了手脚,弄坏了刹车,等我们掉进河里,再把我救上来。我知道他们想接近我,但我不知道他们究竟是谁,也不知道他们究竟想干什么。"

"我师父没抓到他们,是吗?"

"你师父去晚了一步,他们已经被人杀了。"

"谁干的?"

"不知道。你师父查了,没结果。"

"那么,你和袁琳是怎么认识的?"沈沫继续唐突,但我似乎明白他在想什么了。

"在医院里认识的。我受了伤,袁琳是护士,她一直照顾我……"周自恒忽然停下来,似乎意识到了什么。

这就是沈沫想要的结论。我想,这个曾经被乔先生传为佳话的爱情故事很可能需要重写:袁琳处心积虑地设下圈套杀死周太太,从而接近周自恒取而代之……

"她究竟是谁?为什么要害我?"周自恒似乎在问沈沫,又似乎在问自己。

9

这是一家洋人办的教会医院,距离西开教堂不远。袁琳在这里当过护士。沈沫认为,医院里也许有人了解她的底细,也许能有所收获。

院长是中国人,一个慈祥的老太太。她告诉我们,袁琳在这里工作的时间并不长,不到一年。自从她嫁入周公馆之后,她们就很少再见到她。袁琳最近一次出现大概是在半年前,当时周自恒给医院捐了一笔善款，作为周太太的袁琳和周自恒一起出席了捐资仪式，和大家照了张相就离开了，后来再没见过她。

沈沫想知道袁琳的来历。院长说，袁琳原籍山东，随父母到天津做买卖，路遇山贼，父母不幸被打死，她侥幸逃生，从此孤身一人。她是主动来医院应聘的。她显然不是新手，有护理经验，而且性格温良，很有修养，医院里正好缺人手，因此把她留了下来。当然，院长无法确认她自述的身世是真是假，也没有派人调查过。她问沈沫，为什么要调查呢？

经院长介绍，我们找到了当年负责给周自恒疗伤的大夫。他告诉我们，周自恒开车掉进河里，伤得很重，但不致命，把他送进医院的是两个男人，他以为他们是周自恒的随从，当时并没有特别留意。后来他再没见过这两个男人，也不知道袁琳与他们是否认识。由于周自恒身份特殊，医院在各方面都很重视，挑选护理人员时也很慎重。袁琳是主动申请的。由于她工作态度认真，护理业务熟练，表现一直不错，医院同意了她的请求，安排她专门照顾周自恒，没想到无意中促成了一桩姻缘。

沈沫出示了老杨的画像，这个男大夫摇了摇头，他说他从来没见过这个人。但另一个女大夫看过画像后点了头，她告诉我们，大概在一年前，老杨来医院看过病，确实是肝病，负责照顾他的护士正是袁琳。很明显，这个发现让沈沫感到兴奋。他悄悄地告诉我，如果袁琳是内鬼，那么她当年至少有三个同党，除了把周自恒送进医院的那两个男人，还有老杨。进一步的推理是，雷万钧识破了那两个男人的阴谋，作为雷万钧的助手，老杨听到了风声，他害怕牵连自己和袁琳，于是抢在雷万钧动手抓捕之前把他们都干掉了。

为了掌握更多线索，我们还找到了曾经与袁琳一起工作过的护士。她们似乎都很羡慕袁琳，尽管她们不理解袁琳为什么要嫁给一个比自己大二十多岁的老男人。沈沫想知道袁琳当时和什么人有来往,她们都很茫然。一个年长的护士告诉我们,袁琳对谁都很有礼貌,但跟谁都不亲近,因此她们并不真正了解她。一个年轻的护士说,袁琳样貌出众,性格温柔,当时有许多人追求她。沈沫想知道追求袁琳的都是些什么人,小护士印象中都是一些花花公子,其中有一个人很特别,是个镖师。

镖师?我很吃惊,然后用最短的时间画出了闻达的肖像。小护士仔细看了看,然后点了头。

所以说,闻达早就认识袁琳,难道他们早有预谋?闻达一直在说谎,他从来没有被人胁迫过?

我不敢相信。画像中,闻达那张貌似憨厚的面孔越来越模糊。

10

再见到闻达时,我有点恍惚。闻达的脸庞很清晰,但我仍然看不清他的真实面目。

闻达似乎意识到了什么。沈沫鹰一样的目光显然让他感到忐忑,他低下了头。

"你一直在说谎,为什么?"沈沫很克制,声音很冷静。

闻达低着头不吭声。

"教你说谎的是个女人,对吗?"沈沫冷酷地盯着他。

闻达愣了一下。

"按照这个女人的计划,"沈沫继续说,"在你咬出周自恒之后,她会找人来警察局夺走四大法器,同时把你救出去,然后你们一起远走高飞,对吗?"

闻达的嘴角抽搐了一下,似乎被说中。

"你可能还不知道,"沈沫告诉他,"他们已经夺走了四大法器。"

闻达抬起头,瞪大眼睛。他显然很意外。

"但他们没把你救出去，这说明什么？"沈沫忽然加重了语气，"这说明他们已经抛弃了你，这说明你成了一枚弃子。现在，没有人能救你出去。"

闻达目光黯淡，痛苦而绝望。

"既然你已经被抛弃了，为什么还要保护他们？"

闻达咬着牙，似乎在挣扎。

"你很爱袁琳，对吗？"沈沫问他。

闻达下意识地点点头。

"即使她嫁给了周自恒，你仍然爱她，对吗？"

闻达保持沉默，继续挣扎。

"可惜她不爱你，她只是在利用你，利用完就把你扔了，就像用过的手纸。"

我不喜欢沈沫这样打比方，但这个比方似乎很有效果，闻达的表情更痛苦了。

"爱你的人是叶子。"沈沫显然动了感情，"叶子一直在照顾你的父母。你呢？你干了什么？你出卖了她的父亲，你毁了她的生活！"

闻达几乎把嘴唇咬破了。我猜他已经到了崩溃的边缘。

"我给你一个机会，你可以重新选择。"沈沫看了看表，"我们时间不多，你有十分钟。"

沈沫关上了铁门。我们走出小黑屋，但没走远。

我掏出怀表，一直盯着它。指针在转动，我可以想象闻达的煎熬……十分钟不到，小黑屋的铁门被拍响了。

铁门再次打开，闻达一脸败象。他似乎有许多话想说，但沈沫打断了他。

"我现在不想听你和袁琳的爱情故事，"沈沫说，"我只想知道，四大法器在哪儿？"

闻达摇了摇头。我觉得他确实不知道,他连四大法器被盗的消息都没听说。

"除了袁琳和你,"沈沫换了个问题,"还有谁参与这个计划?"

"我不知道。"闻达说,"除了我,她还有别的帮手,但我从来没见过。"

"那么,他们打算在哪儿交易?"这是沈沫最关心的问题。

"什么交易?"闻达一愣。

"别装傻!"沈沫大声说,"在你们的计划里,你们打算什么时间、什么地点、用什么方式和日本人交易?"

"日本人?"闻达很吃惊,"为什么要和日本人交易?"

闻达不像是在伪装。我想,也许袁琳并没有把全盘计划告诉他。

"袁琳是怎么跟你说的?"沈沫追问。

"她说,四大法器本来就属于她,她只是在夺回属于她的东西。"

"什么意思?"沈沫很困惑。

"她说,周自恒他们杀了她父亲,夺走了四大法器,所以她不光要杀了周自恒,还要让他身败名裂。"

沈沫很敏感,"谁告诉她周自恒杀了她父亲?"

"不知道。"闻达想了一下,"听说那个人以前当过警察,我没见过,只听她说过。"

沈沫似乎明白了,继续追问:"她父亲是谁?"

"庄亦铭。"

沈沫呆住了。然后,他没问题了。

11

袁琳失踪了。

马向东亲自带队，几乎把周公馆掀了个底儿朝天。他们搜查了每一个角落，包括安全屋和密室，一无所获。袁琳逃走了。

袁琳逃走并不奇怪。所有事情她都有份，她也许早就准备好了逃跑计划。奇怪的是，她是怎么逃走的？

负责看管周公馆的警察说，他们一直盯着，前院和后院都有人把守，没有人溜号，没有人打盹儿，也没有人吃馄饨。所有人都可以作证，袁琳整个下午没踏出过院子一步。

"人呢？"马向东气急败坏，"如果她没出过门，那么她去哪儿了？"

一个警察暗示袁琳可能会隐身术或者轻功，他挨了一记重重的耳光。马向东很狂躁，像条疯狗。

"去找她！快去找她！"马向东狂叫着，"找不到她，你们都别回来！不，你们回来，回来我请你们吃顿好的，我请你们吃枪子儿！"

警察们慌慌张张地四散而去，尽管他们也不知道去哪儿找袁琳。但他们知道，如果他们什么也不做，马向东可能真的会咬人。

沈沫第一个想到的就是周叶。我们都很担心，用最快的速度跑回了公寓。

谢天谢地，周叶没事。她安静地坐在窗边，忧郁地望着天边的晚霞。她告诉我们，袁琳上午来过一趟。这个我们当然知道，沈沫想知道的是袁琳当时说了些什么。周叶说，袁琳没说什么具体的事情，只是安慰了她，劝她回周公馆去住，还给她拿了点钱，带了点零食，还说有时间带她出去散散心。沈沫仔细检查了袁琳带来的零食，包括麻花、炸糕、驴打滚之类的。沈沫显然紧张，他问周叶是否吃过这些零食，她摇头说没有。沈沫这才放松下来，然后把它们扔进了垃圾桶。周叶感到莫名其妙。当她听说发生了什么，你可以想象她的反应。她呆若木鸡，话都不会说了，只反复说了四个字：

怎么可能？怎么可能？怎么可能……

沈沫找来两个巡警，命令他们守在公寓楼下保护好周叶。接下来，我和沈沫一起去找老杨。如我所料，那间破瓦房里空无一人，老杨也失踪了。我觉得他可能不会再出现了。

我们回到了警察局，意外地看见了老曹，他和马向东在一起，看上去很得意。马向东告诉我们，老曹找到了苍本。

不得不承认，我低估了包打听的本事，他们是这座城市里的千里眼、顺风耳，没有他们找不到的人。

沈沫很冲动，立刻要去抓人。他认为，这可能是最后的机会，如果这一切都是苍本在背后捣鬼，抓住苍本也许会带来转机。马向东阻止了他。

为了追回四大法器，马向东当然很想抓住苍本，但苍本毕竟是日本人，目前也没有证据证明苍本做错了什么，他不想搞出什么外交事件，因此他保持了冷静。

马向东的计划是监视苍本，见机行事，最好能跟出四大法器的下落，在不惊动苍本的前提下，想办法把它们追回来。这当然不是最好的办法，却是马向东唯一能想出的办法。为了防止沈沫太过冲动把事情搞砸，鳎蟆和喇叭又派上了用场。

12

这一次的监视地点是利顺德饭店。

这是天津最好的饭店，许多大人物都在这里出现过，孙中山、袁世凯、张学良等，赵四小姐还在这里弹过钢琴。胡佛在这里住了七年，听说他会说天津话，回美国后当上了总统。

苍本的客房在二楼，窗口亮着灯。他出现过一次，站在窗口抽烟，似乎在思索什么。虽然距离不近，尽管只有过一面之缘，但我知道他是谁。小胡子、小眼睛、招风耳……我可以确定，他就是苍本。

五分钟后,苍本关上了窗户,拉上了窗帘。十五分钟后,房间里的灯灭了。我猜他已经睡了,也许正打着呼噜,而我们却蹲在草丛里,忍受着疲劳和无聊。

我终于困了,不知不觉睡着了,直到沈沫轻轻把我叫醒。然后我看见苍本走出了饭店,怀里仍然抱着那只手提箱。

夜静人稀。苍本没有叫车,沿着海河步行向东,我们不远不近地跟着。沈沫几次按捺不住想上去抓人,都被莫长山和姜铁军拉住,提醒他不要打草惊蛇。

苍本继续向东,走进了一处货场。货场里排列着无数货仓,货仓中间的小道曲曲折折,就像迷宫。我们保持距离,瞄着苍本的背影继续跟进。

忽然,我听到身后传来轻微的动静,然后是锐器破风的声音……沈沫猛地推了我一把,我身体一歪,一把飞刀嗖地从我眼前划过,当的一声,钉在前方的货仓上。

飞刀客!

周围很黑,但我能看清他的轮廓。他是汪道坤,或者说,他是用人皮面具假扮的汪道坤。

苍本被惊动了。他回头看见了我们,撒腿就跑。飞刀客同时也跑了。

沈沫似乎还在犹豫,莫长山和姜铁军已经做出了选择,他们拔出手枪,朝着飞刀客的方向追去,把苍本留给了沈沫。这是个智慧的选择,日本人确实很麻烦。

飞刀带给我的惊吓还没有消失,因此我没能追上沈沫。我追了一会儿,很快就不知道应该朝哪个方向追了。我停下来,通过声音判断他们的方位。我听到了一阵凌乱的脚步声,然后是一阵激烈的打斗声,接着是有人落水的声音和一声枪响,随后就没动静了。

五分钟以后，我找到了莫长山和姜铁军。他们刚刚从地上爬起来，鼻青脸肿，很狼狈。枪是莫长山开的，没打中飞刀客。飞刀客消失了。

又过了五分钟，沈沫出现了。他也没追上苍本。苍本跳进海河逃走了。不过，沈沫不算一无所获，他带回了苍本的手提箱。

手提箱很坚固，带密码锁。沈沫鼓捣了一阵，打不开。他并不急于打开，还有更重要的事情。他认为，苍本和飞刀客深夜来货场见面，他们的目的必定与四大法器的交易有关。莫长山和姜铁军都说，飞刀客逃走时身上没有包裹。尽管他们的身手和枪法很糟糕，但我相信他们不会看错。而且，四大法器都是纯金打造，不是四根油条，背在身上不利于逃跑。因此，沈沫的结论是，事发突然，他们来不及带走，四大法器应该还在货场里某个隐秘的地方。

我们在货场里仔细搜了一遍，不放过每一个角落。结果没能搜出四大法器，却搜出了一个人，一个来不及逃走的人。当沈沫将手电筒照向那个阴暗的角落，同时拔枪发出警告，那个人不得不从暗影里走出来，暴露在手电光圈之下。

那是一个柔弱的女人。看见她的时候，我停止了呼吸。

她是袁琳！

第十一章 大谎

1

袁琳被捕了。

马向东亲自主持审讯。审讯时我在场，没有人让我回避。我为什么要回避呢？过去的这些日子里，我一直跟随沈沫查案，就像他的影子一样。大家都习惯了，我也习惯了。包括我自己，所有人似乎都把我当成了沈沫的助手，当成了警察。

可想而知，袁琳否认了所有指控。她否认自己是庄亦铭的女儿，否认当年设下圈套杀死了周叶的母亲，否认参与策划了最近这一系列案子，否认打算把四大法器卖给日本人。她说她当年嫁给周自恒是因为爱情，而不是阴谋。她说她不认识老杨，不认识苍本，也不认识飞刀客。她说她在周叶被绑架之后才认识了闻达，他们并不熟悉，更没有彼此相爱，她不明白闻达为什么要编造这样一个故事来陷害她。

至于她为什么会深夜出现在货场，袁琳的解释是：这只是一个巧合，最近发生的这一系列事情让她无法安眠，于是出来走走，散散心，恰巧看见了我和沈沫。她意识到我们可能有行动，于是悄悄跟着我们去了货场。当飞刀客出现时，她吓了一跳，下意识地找了个地方隐蔽,直到沈沫发现她的存在……太牵强了。

没有人相信她的解释,马向东也不信,一个字都不信。我们都注意到一个细节,提到苍本的时候,袁琳似乎愣了一下。这个稍显异常的反应让我们更加坚信自己的判断。不过,截至目前,除了沈沫的推理和闻达的口供,我们确实并没有掌握任何证据。但是,你要知道,那不是一个只讲证据的时代,除了证据,破案还需要一些非常手段,比如刑讯逼供。周自恒没吃苦是因为他的身份和地位特殊,马向东不敢为所欲为。闻达则是因为有沈沫庇护,沈沫答应过周叶不让他吃苦。袁琳的处境和他们不同,马向东认为她必须吃点苦头。当然,打人不对,打女人更不对,但马向东不是一个怜香惜玉的人,在这个非常时期,他决定打破常规。

马向东抡起了巴掌,没有人制止他,包括沈沫,也包括我。为什么要制止呢?马向东已经疯了,没有人能制止他。如果这样能让袁琳改口,也许可以给大家节省点时间。

袁琳没有改口,即使脸蛋被打肿,鼻孔里淌出了鲜血,她仍然坚持自己的那一套说辞。马向东只好继续打耳光,他很卖力,如果袁琳死不改口,他似乎不打算停下来,直到莫长山出现在门口。

过去的这段时间,莫长山和姜铁军一直在鼓捣苍本落下的那只手提箱。莫长山的出现意味着手提箱已经被打开。他的两只眼睛原本距离很近,活像一只鳎蟆,现在它们分开了,分得很开,这意味着他们从手提箱里找到了一些东西,或者说,他们有了一些很特别的发现。

2

我想,如果沈沫知道手提箱里有什么,他一定会后悔把它带回警察局,甚至,他会后悔去追捕苍本。

手提箱里有几份剪报、两本书和几样工具。剪报的内容与最近这一系列案子有关，包括罗盛昌、雷万钧和乔振邦遇刺案，也包括从周公馆中搜出四大法器和周自恒被捕的消息。两本书都是日文，让人眼花缭乱，从图片上看，内容似乎与鉴宝有关。工具则包括微型照相机、放大镜和尺子，应该是用来鉴别文物真伪的。除此之外，箱子里再没有别的东西了，至少表面上看是这样。不过，沈沫认为事情没这么简单，如果箱子里只有这些东西，苍本没必要神神秘秘地把它抱在怀里，鳗蟆和喇叭也不会那么兴奋。果然，莫长山又鼓捣了一阵，我们才发现箱子里还有个夹层。打开夹层，又发现了一个账本、一本黑皮书和几封密信。

　　密信里都是汉字；账本上既有汉字也有日文，还有阿拉伯数字；黑皮书上大都是日文。这难不倒马向东，他早年在日本留过学，当翻译不是问题。

　　先说账本。这是一本流水账。你可以把它看作历史交易记录，其中记载了十几笔文物交易，涉及陶瓷、玉器、书画、青铜器等各个种类，每一笔都价值不菲。从时间上看，最近的一笔交易发生在十二年前，最远的可以追溯到十八年前。每一笔交易在现实中都有据可查，可以和当年报纸上记载的那些文物失窃案逐一对应。我或多或少听说过那些案子。它们都是无头悬案，事隔多年，终于露出端倪。所有账目的付款人都是苍本，收款人都是周自恒。也就是说，至少十二年前，周自恒就已经开始和日本人交易。许多文物流失海外，都是拜周自恒所赐。

　　再说黑皮书。这是一本内部手册，封面上印着"绝密"。它分为两部分。第一部分是文物目录，罗列出了苍本想要的所有中国文物，包括四大法器，有文字介绍，还有图片。苍本似乎打算在日本东京开一间博物馆，向人们介绍中国文化。第二部分是花名册，罗列出了苍本在中国的生意伙伴，他们被称为灰衣社。在这份名单中，我看到了几个熟悉的名字，你知道他们是谁。在他们的名字旁边，我还看到了一个熟悉的图案：一双狼的眼睛。我想，它应该是灰衣社的标志。

最后说密信。密信一共三封，署名都是周自恒。第一封内容大意是：经秘密调查，确认庄亦铭已将四大法器带回国内；第二封：确认庄亦铭已将四大法器转交汪道坤代为保管；第三封：已有周密计划，既可得到四大法器，又可铲除汪道坤。

如果密信内容真实无误，你知道这意味着什么。这意味着，我此前听过的许多故事都需要重写，许多人的命运都可能发生改变，包括周自恒、雷万钧、乔振邦和罗盛昌，也包括汪道坤、石敬山和娄阿法，还包括沈沫、周叶、闻达和我。死去的，活着的，无一例外。

沈沫继续挣扎。他认为，这些东西很可能是赝品，是日本人伪造，是他们用来构陷周自恒的道具。马向东不以为然，立刻派人从周公馆搜集了周自恒的亲笔字迹进行比对。

许多名流都有舞文弄墨的雅好，周自恒也不例外。他擅长颜体，尤其是楷书。这个业余爱好出卖了他。即使对书法没有任何研究，我也能看出这些密信是周自恒亲笔写的。

沈沫仍然抱有一线希望。他认为，模仿一个人的笔迹并不难，模仿到逼真的程度也不是不可能，日本人既然设下了圈套，一定会下足功夫，不会轻易被人识破。

那么，谁来判定这些密信的真伪呢？苍本还是周自恒？

马向东派人把周自恒带进了办公室，给他沏了杯茶，然后把所有东西都铺开在他面前。我们屏住呼吸，等待周自恒的反应。

周自恒一件一件拿起来看，首先是账本，然后是黑皮书，最后是密信。他看得很仔细，似乎在辨认自己的笔迹，又似乎在回忆当年的事情。他的表情渐渐有了变化，脸色变白，越来越白；眼神变暗，越来越暗。

周自恒是个体面人。尽管十二年前他做了很不体面的事情，但他毕竟当了十二年的名流，体面已经成为一种深入骨髓的习惯。既然证据摆在他面前了，他也不想再做无谓的抵抗，因为那样做很不得体，和小孩耍赖或泼妇打滚没什么两样。

"十二年了！欠下的账，迟早要还！"周自恒叹了口气，瞬间苍老了十岁。

3

这是周自恒的故事，也是灰衣社的故事。

十八年前，周自恒的生意遇到了很大的麻烦，几乎破产。就在这个时候，他遇到了苍本。苍本给他出了一个主意。尽管周自恒也认为把那些珍贵的东西卖给日本人是不对的，但是为了拯救自己的家业，也为了给刚刚出生的周叶提供更好的生活，他同意了。他加入了苍本创立的灰衣社，从此走上一条不归路。

盗卖文物非常复杂，为了让事情变得更简单，苍本又给周自恒出了一个主意。他照办了，并且取得了庄亦铭的信任，加入了永安社，这样他就有机会知道苍本想要的东西在谁手里。即便如此，周自恒仍然认为仅凭自己一人之力很难完成苍本交给他的任务，于是他用苍本给他的钱收买了一个镖师、一个警察和一个记者。他们分工明确，周自恒负责策划和交易，罗盛昌负责从目标手中盗取文物，雷万钧负责在查案时寻找替罪羊，乔振邦负责在报纸上把水搅浑。合作进行得很顺利，他们慢慢积累了财富，积累了名望。周自恒成了商界大亨，罗盛昌开了自己的镖局，雷万钧当上了总探长，乔振邦也当上了报馆主笔。他们开始享受名望，享受所有人的尊敬，同时渴望洗白自己，从此做个好人，不用再担惊受怕。

他们知道，再干下去的话，迟早会暴露，因此他们打算金盆洗手，脱离苍本的控制。但苍本握着他们的把柄，不肯轻易放过他们。经过谈判,苍本终于答应,再干最后一票,从此两不相干。最后一票的目标就是四大法器。

周自恒很快查到,庄亦铭从海外买下四大法器运回了国内,但不知藏在什么地方。庄亦铭似乎不再信任他,即使他隐讳问起,庄亦铭也不愿透露,只字不提。他们只能暗中调查。他们悄悄跟踪了庄亦铭,发现庄亦铭与汪道坤秘密接触频繁,因此判断四大法器藏在汪公馆。随后,他们想办法截获了汪道坤与庄亦铭的通信,确认了这个判断。让他们震惊的是,通信内容显示,庄亦铭和汪道坤都已经注意到了灰衣社,并且开始怀疑他们。

为了根除后患,他们密谋了一个计划:首先是刺杀庄亦铭,然后迫使娄阿法充当替罪羊,以娄阿法为人证,以四大法器为物证,将灰衣社的罪名转嫁给汪道坤,再杀死汪道坤,伪装成自杀,最后由雷万钧监守自盗,夺取四大法器,与苍本完成交易。如果不是最后一步出了问题,这个计划就成功了。当他们在旅馆里找到苍本的时候,才发现苍本被人打晕,随身携带的手提箱也不见了。苍本毕竟是个祸患,他们索性在房间里烧炭,将苍本的死亡伪装成了意外。他们骗过了所有人,日本方面也没有深究。

接下来,他们开始寻找手提箱,箱子里有他们的把柄。他们怀疑到了石敬山。石敬山之所以这样做,一定是想阻止他们与苍本交易,同时为汪道坤翻案。但是,石敬山失踪了,同时失踪的还有汪嵩和石永。为先发制人,雷万钧公然宣布石敬山是夺走四大法器的灰衣社余党,发出了通缉令。他们很快得到了线索,在挂月峰下找到了石敬山夫妇和两个男孩,于是展开了疯狂追杀。第一个被杀死的是石敬山的妻子,然后是石敬山,石敬山身中四枪,垂死之际,他宁可把两个男孩推下悬崖,也不愿落到他们手里。他们本来打算下到崖底,找回手提箱,由于途中几次迷路,几次遇险,险些丢了性命,只好半途而废。悬崖深不见底,山中常有毒蛇猛兽出没,他们认为任何人都不可能生还，更不用说两个十来岁的孩子，因此他们放心地离开了。回城以后，他们建了四间密室，分别保管四大法器。从此，他们洗白了自己，欺世盗名，过了十二年的太平日子，直到最近这一系列案子发生。

周自恒讲完了他的故事，我们掉进了冰窟。

沈沫看上去很绝望，我也很绝望。为了周叶，沈沫一直试图拯救周自恒，但我们每走一步，都在把周自恒往死路上逼，还有什么比这个更让人绝望的？

周自恒有罪，但他也无辜。你知道我的意思，十二年前他有罪，但十二年后他没做错什么。他掉进了一个陷阱。

是谁设下的陷阱？如果没有天大的仇恨，谁会这样做呢？

沈沫推理认为：当年那两个男孩摔下山崖之后，奇迹般地逃过一劫，现在他们长大成人，于是来找周自恒讨债。而他们的讨债方式，就是当年周自恒对待汪道坤的方式。

我同意。我去过挂月峰，我也认为没有人摔下山崖还有机会生还，但我不能否认这个世界上确实有奇迹。毫无疑问，这是一个复仇计划，不然无法解释我们过去经历的这一切，无法解释我们为什么会去挂月峰。我不相信什么巧合，从来都不信。苍本和汪道坤已经死了，因此我们在货场里见到的那两个人应该是汪嵩和石永假扮的。其中一个故意假扮苍本，就是为了吸引我们的注意，或者说，他算计到了我们会监视，也发现了我们在跟踪，但他不动声色，故意扔下手提箱，目的就是让我们获得证据，从而置周自恒于死地。

沈沫进一步推理，在这个复仇计划里，他们还需要一个人配合，于是他们想方设法，找到了庄亦铭的女儿……

"不！"周自恒打断他，"袁琳不可能是庄亦铭的女儿。"

"为什么？"沈沫问他。

"因为……"周自恒欲言又止，他很快意识到没必要再隐瞒什么，于是继续说下去，"因为庄亦铭只有一个女儿，十二年前，她已经被罗盛昌杀死了。"

"你们……"沈沫很吃惊，"你们连一个小姑娘都不肯放过？"

"不，我们没打算杀她。"周自恒摇了摇头，"她不应该在那个时候醒来，更不应该跑到她父亲的房间里去，她看见了罗盛昌的脸……"

在那个时刻，我们都沉默了。

"如果袁琳不是庄亦铭的女儿，"马向东问，"那她是谁？"

周自恒思索许久，忽然目光一闪："苍本！她一定是苍本的女儿。"

苍本的女儿？我们都呆住了。

"对。"周自恒似乎很确定，"我知道苍本有个女儿，我还见过她小时候的照片。我刚认识袁琳的时候，总觉得在哪儿见过她，一直想不起来。她说我们前世见过，这就是缘分，冥冥之中的缘分。我真是糊涂，居然相信了她的鬼话……"

"她叫什么？"沈沫问，"她的日本名字叫什么？"

周自恒回忆了一下，想起了那个名字。

"蕙子，苍本蕙子。"

4

马向东很为难。如果是一个中国女人，他不会有丝毫犹豫，但袁琳忽然变成了日本女人……马向东又开始在我们面前遛来遛去，不停地抽烟。

日本人很麻烦，马向东很懦弱。他已经打肿了袁琳的脸蛋，他必须考虑接下来怎么办。把她放了？向她赔礼道歉，然后把脸凑上去让她打回来，直到他的脸变得像她一样肿胀？如果我没记错的话，他刚才一共打了她十四记耳光。

沈沫顾不了那么多，他冲进小黑屋，直接叫出了袁琳的日本名字。

"苍本蕙子！"他大声说，"你累不累，你打算把戏演到什么时候才算完？"

袁琳呆住了。她嘴巴微微张开，眼睛瞪得很大。这是我们真正确信她是苍本蕙子的时刻。

袁琳是个聪明人，她知道再演下去已经没有任何意义。她承认了自己是日本人，是苍本的女儿。她丢掉了她的优雅，变得蛮横。她要求我们立刻通知日本领事馆，获得领事保护。

"你们支那人，没有资格对我进行审判。"她看着我们，眼神很轻蔑。

这句话和这个眼神激怒了沈沫，他狠狠打了她一记耳光。马向东刚刚进门，我猜他本来打算制止沈沫，但他来不及这样做，沈沫已经动手了。而且，袁琳的话也激怒了他，他似乎恢复了一点血性，因此他不但没责怪沈沫，反而又打了袁琳一记耳光，并且告诉她，如果她还是什么都不说，他还有更厉害的手段。

袁琳的瞳孔开始收缩。很明显，她害怕了，但她仍然态度强硬。

"我是日本人，你们不能这样对我。"她说。

"没有人知道你是日本人，也没有人知道你在警察局。"马向东冷酷地说，"即使我现在挖个坑把你埋了，也不会有人知道。"

袁琳更加惶恐，求助地看看沈沫。也许在她看来，沈沫更文明，看在相识一场的分上，也许能为自己说点什么或做点什么。但沈沫无动于衷。她又看看我，我也回避了她的目光。我当然知道刑讯逼供是不对的，但现在不是区分对错的时候。那时候我还很年轻，有些想法很简单，我觉得她杀了周叶的母亲，应该受到惩罚。

马向东不耐烦了。他把莫长山和姜铁军叫进来，让他们死死抓住袁琳，丝毫不让她动弹。然后他点燃了一支又粗又长的雪茄，猛吸一口，把火红的烟头慢慢向袁琳的眼睛靠近。沈沫似乎有些不忍，但马向东甩开了他。马向东的表情很狰狞，样子很可怕。他一边这样做，一边告诉袁琳，烟头会很烫，接触到眼睛的时候，她首先会感觉到灼热，接着是刺痛，而且越来越痛，然后她漂亮的容颜将不复存在，永远变成一个独眼龙，变成一个怪物，变成一个令人作呕的丑八怪……

我不知道我应该做什么。我也不确定马向东是真的打算这么干，还是为了吓唬她。谁知道呢？我所知道的是，有些女人真的很奇怪，她们似乎把脸蛋看得比命还重要。

不管怎样，袁琳屈服了。她大声尖叫，浑身颤抖，眼泪流了下来。

"别再折磨我了！"她对马向东说，"你想知道什么，我可以告诉你。"

马向东收回烟头，得意地笑了。他后来告诉我们，这是自甲午海战之后，中国人与日本人交战时取得的第一场胜利。顺便说一下，两年以后，战争爆发了，马向东没有当汉奸，也没有当英雄，他失踪了，失踪得很彻底。据我所知，后来再也没有人见过他。

5

这是袁琳的故事。准确地说，这是苍本蕙子的故事。

十二年前的一天，苍本雄一登船离开日本，前往中国。离开之前，他告诉蕙子，他会把四大法器带回来，作为给她的生日礼物。蕙子生日当天没有收到礼物，因为她的父亲死了。有人告诉她是个意外，但她不相信。她知道父亲所做的事情让许多中国人讨厌，她怀疑有人杀了他。但她不确定是谁干的，她所知道的只有一个名字——周自恒,因为她听父亲提到过。没有人相信她,毕竟她当年只是个孩子。而且,她没有任何证据。从此,她开始学习中文,她知道终有一天会有用处。

三年前,蕙子来到天津,她发誓要找出真相,发誓要把四大法器带回日本。她要求领事馆派人重新调查父亲的死因,并且提供了"周自恒"这个名字。她被拒绝了。领事馆告诉她,他们正在筹划大东亚共荣圈,而周自恒是他们必须拉拢的对象。她没有放弃,于是伪造了袁琳的身份,当上了护士,秘密展开调查。但她无法接近周自恒,无法知道四大法器的下落,于是她花钱雇了两个杀手,制造了一场意外,杀死了周叶的母亲,并且在照顾周自恒的过程中逐渐获得了他的好感和信任。

有一天,周自恒告诉她,他太太的死并非意外,而是蓄意谋杀,雷万钧正在追查凶手。她很紧张,唯恐暴露,于是利用闻达对她的追求,谎称那两个杀手是害死她父母的山贼,要求闻达替她复仇。呆头呆脑的闻达居然相信了她,赶在雷万钧动手之前把他们杀了。

蕙子嫁入周公馆之后,为了继续笼络闻达,谎称周自恒是那两个山贼的幕后主谋,她这样做同样是为了复仇。闻达再次相信了她,不仅相信她还爱他,也相信他还有机会,因此没有出卖她。她继续展开调查,但周自恒非常谨慎,始终不露半点儿口风。有一天,她无意中发现了那间密室,看见那把金伞时,她更加坚信自己的判断。但她仍然无法探知另外三件法器的下落,直到有一天她夜间外出时被人胁持。

胁持她的是两个陌生男人。他们都戴着人皮面具,一个像哑巴,另一个压着嗓子说话。他们并不打算杀她,而是想与她合谋,否则就将她的真实身份和真实目的告诉周自恒。他们似乎一心只想复仇,只想让周自恒身败名裂,对四大法器没有任何兴趣。他们承诺，事成之后一定会将四大法器交给她。她没有选择，对方神出鬼没，想杀她轻而易举，而且她看不出这个计划对自己有什么坏处。事实上，在她原来的计划里，周自恒也必须死。

根据这个计划，他们不需要闻达杀人，但他们需要一个替罪羊，于是她告诉闻达，她是庄亦铭的女儿，她有一个完整的计划，只差最后几步就能完成复仇。闻达居然又同意了。闻达很天真，对她死心塌地，他真的以为他们会在夺走四大法器的同时把他从小黑屋里救走。但她知道他们不会这样做，她也根本没打算与闻达一起远走高飞。

当他们利用飞刀传书通知她深夜去货场收取四大法器时，她确实有过怀疑，也有过犹豫。不过，她认为，如果对方食言，完全可以带着四大法器销声匿迹，没必要再通知她。她太想得到四大法器了，于是决定相信自己的判断。她是利用周公馆的逃生地道逃走的，因此没有被看管的警察发现。那是一条绝密地道，入口在卧室，出口在后院围墙外面。我们两次搜查周公馆都没有发现它。周叶当然知道它的存在，在绑架事件发生之前，她正是通过它逃走的。但我们从来没问，周叶也一直没说。

接下来的事情我们都知道了：蕙子按时赶到货场，没想到发生了意外，她来不及逃走，只好躲进一个角落，直到被沈沫发现。

马向东相信了这个故事，但他不相信蕙子对飞刀客和冒牌苍本一无所知，不相信她不知道四大法器藏在何处。我也不信。她当然有理由把大部分黑锅都扔给她的两个同谋。

为了追回四大法器，马向东决定把手段用到极致。这次不是巴掌，也不是烟头，而是烙铁。马向东让莫长山和姜铁军烧了一盆炭火，然后把烙铁放在炭火里烧得通红。

莫长山举起了烙铁，他的两只眼睛盯着烙铁，距离更近了，就像在斗鸡。他把火红的烙铁慢慢伸向蕙子那张被打肿的脸蛋……

我实在不忍心再看下去，于是把头扭开，闭上了眼睛。我仿佛听到了烙铁接触皮肤时刺耳的声音，仿佛闻到了皮肉被烧焦时刺鼻的气味……但这一切并没有发生。

在这一切发生之前，蕙子开口了。她哭喊着："我知道他们在哪儿，我带你们去找他们！"

6

出人意料，蕙子带我们去的地方，居然是沈沫的公寓。她说，要找到汪嵩和石永，必须利用周叶。

她告诉我们，在汪嵩和石永的计划里，还有最后一步：杀死周叶，根除后患。凭他们的身手，杀死周叶似乎不难，但沈沫一直在照顾周叶，始终高度警惕，这让他们有所忌惮，毕竟沈沫手中有枪。另外，汪嵩和石永似乎还有一些别的打算，至于具体什么打算，他们没说，蕙子也没问，但她猜他们是想先折磨周叶，然后再杀了她。按计划，去货场见面时，蕙子应该把周叶交给他们，换取四大法器。蕙子认为这个任务不难完成，因为周叶很信任她。于是她去找了周叶，但她在上楼之前退缩了，因为她发现有两个巡警在暗中保护周叶，她还在楼下的垃圾堆里发现了自己之前带给周叶的零食，这让她感到意外。她意识到自己可能已经暴露了，于是她没有惊动周叶，孤身前往货场，打算将这个意外情况告诉他们，但她还来不及这样做就被捕了。她说，汪嵩和石永一直很警觉，凡事都留有后手，他们在飞刀传书中提供了一个后备计划，如果在货场交接不成，则次日早晨到西开教堂附近会合，一手交人，一手交货。

马向东认为，汪嵩和石永很可能不知道蕙子已经被捕，因此我们还有机会。他的计划是，让蕙子带着周叶去西开教堂，我们悄悄设下埋伏，争取一网打尽……沈沫反对这样做，他不能让周叶冒险。问题是，如果周叶不出现，对手就不会出现，如何一网打尽，如何追回四大法器？马向东已经疯了，他决定不顾一切，没有人能阻止他，沈沫也不能。

周叶一直没睡，眼巴巴地在公寓里等我们。我们整晚都没回去，她能猜到一定发生了什么。她说她的右眼皮一直在跳，不知道是什么征兆。我们正在犹豫是否要告诉她那个坏消息，马向东已经抢先开口了。他只字不提周自恒，只说他有个计划，可以抓住真正的凶手，但需要周叶配合。

周叶毫不犹豫地同意了。沈沫几次反对，都被她驳回。她很坚定，也许她认为这样做可以换回周自恒的清白，即使是冒险，也在所不惜，但是……我犹豫许久，还是什么都没说。周自恒的故事太长了，我不知从何说起。

出发之前，沈沫悄悄往周叶手上塞了一把手枪。那是周自恒送给周叶的礼物，防身用的。在此之前，沈沫一直替她保管。我希望它没有机会派上用场。

天亮之前，我们出发了。

西开教堂的尖顶十字架遥遥在望，我们在一条僻静的巷子里停了下来。马向东再次警告蕙子，我们有十几个人和十几条枪，所有枪口会一直对着她，如果她不老实或者敢使诈，所有枪会同时开火，只需要五秒钟，就能将她撕成两半。蕙子再次向他保证，她不会不老实，也不会使诈，因为这也是她最后的机会，她现在比任何人都想立功。马向东满意地点点头说，谅你也不敢。

周叶跟着蕙子走了。我们拉开距离，悄悄地跟上。沈沫一直很紧张，我看见他握枪的手在微微颤抖。

蕙子忽然回头看了我们一眼，脸上浮现出一丝微笑。确实是微笑，很邪恶，这让我感觉很不好。我们还来不及做出反应，蕙子已经完成了她想做的事情。她看上去一直很温婉、很柔弱，但她突然变得很凶恶、很可怕。她从周叶手里夺过枪，勒住周叶的脖子，闪身躲到周叶背后，用枪指着周叶的头……不到五秒钟，所有动作一气呵成。周叶徒劳地挣扎了两下，蕙子死死地控制住她，不让她动。

我们都吓呆了。沈沫下意识地举起枪，马向东和探长们也举起枪。

"把枪扔了！"蕙子大声命令，面孔极其扭曲，穷凶极恶。

沈沫没有任何犹豫，乖乖地把枪扔了。但马向东和探长们都没扔，枪口仍然对准蕙子。更准确地说，枪口对准的是周叶。

"快，都把枪扔了！"蕙子声嘶力竭，手枪顶在周叶的太阳穴上。周叶痛苦地闭上眼睛。

马向东和探长们仍然没动。他们当然知道放下枪意味着什么，蕙子也许会杀死所有人，然后逃走；或者不杀人，直接逃走。她会逃进日本领事馆，再想抓住她几乎是不可能了。接下来的麻烦，马向东抽自己嘴巴一万下也解决不了，如果他愿意拿烙铁烫自己的脸，也许还有机会。

"沈沫！"蕙子有点慌乱，大声呼喊，"你在干什么？快让他们放下枪！"

沈沫看看马向东，似乎想说什么。但马向东在他开口之前忽然掉转枪口，对准了他。

"你别过来！小心走火。"马向东确实疯了。此刻，他脸上的表情像蕙子一样狰狞。

"你冷静一下，先听我说……"沈沫说。他开始向马向东靠近，似乎想夺枪。

"你闭嘴！这里我说了算！"马向东打断他，然后大声冲蕙子说，"你把枪放下！不然你会被打成筛子。"

"我数到三！"蕙子嘶吼着，声音都哑了，"不，我连三都不数,你现在就放下枪,不然我杀了她!"

"开枪吧。"马向东冷酷地说,"她对我们没用,杀了她,你也逃不掉。"

沈沫继续向马向东靠近,马向东再次把枪口对准他。

"别傻了。"马向东说,"女人有的是,没必要在一棵树上吊死。"

"你听我说,"沈沫脚步不停,继续劝说,"她不会开枪,她也不敢开枪……"

砰!马向东真的开枪了。枪声撕开了清晨的薄雾,惊起了几只麻雀,阻断了沈沫的步伐。子弹打在他脚下,泥土四溅。所有人都被震住了,包括蕙子。

"我警告你,"马向东说,"下一枪我可没这么准。"

沈沫的眼神变得灰暗,他看上去很绝望。

"还有你!"马向东把目光移向蕙子,"你现在知道了,没有人能救得了你!"

蕙子似乎比沈沫更绝望。她咬咬牙,肿胀的脸上忽然浮现出一个表情。那是鱼死网破的表情,她大概再也不想面对通红的烙铁了,即使是死,她也要把周叶带走。

巷子里忽然静得可怕,空气似乎凝固了,令人窒息。在那一刻,我仿佛嗅到了死亡的气味。

蕙子扣下了扳机……我闭上了眼睛。周叶,十八岁,最好的姑娘,她什么都没做错……太糟糕了!

但什么都没发生。我只听见扣动扳机的声音,却没听见枪声。我睁开眼睛的时候,看见所有人都呆在那里。蕙子呆呆地看着手枪,表情像所有人一样奇怪。在她重新举枪之前,周叶做出了她一生中最重要的一个反应,她抬起右脚狠狠踩在蕙子的脚面上,同时抬起右肘猛击蕙子的肋部……我猜这是闻达当保镖时教给她的防身术。

周叶挣脱了，沈沫扑了上去，蕙子再次举起枪，但她再没机会扣下扳机了。在马向东和探长们做出反应之前，一把飞刀挟着风声从空中划过，准确地插在蕙子的喉咙上。这一切发生得太快了，当我们回头看时，飞刀客已经消失得无影无踪。他杀死了蕙子，掐断了我们唯一的线索。

周叶流着眼泪，浑身颤抖，沈沫抱住了她。我拾起了那把手枪。弹匣里没有子弹，一颗也没有。后来我才知道，出发之前，沈沫已经对蕙子起了疑心，他觉得蕙子很可能使诈，于是他悄悄清空了弹匣，然后才把手枪交给周叶，并且故意让蕙子看见。事实证明，他是对的。

蕙子死了。她杀死了周叶的母亲，还想杀死周叶，现在她死了。

7

我们把周叶带回了公寓。她表情木然，目光呆滞，仿佛灵魂出窍，始终无法归位。她刚刚距离死神如此之近，又目睹了蕙子死亡，没有人能经受住如此强烈的刺激和震撼。尽管她在最关键的时刻做出了最关键的反应，但事过境迁，她几乎无法自持。不只是她，我也一直感到恍惚，感觉刚刚发生的一切很不真实，就像一场不堪回想的噩梦。

当周叶逐渐恢复心智，她向我们问起了周自恒的情况。我们有两种选择：告诉她，或者继续隐瞒。告诉她，她会很痛；不告诉她，她现在不会痛，但将来还是会痛。

沈沫最终告诉了她。这很残忍，但我能理解。迟早会有人做这件残忍的事情，与其交给别人，不如由他自己来做，至少可以在宣布这个消息的时候，不给她附加任何额外的伤害。

周叶哭了。沈沫一直抱着她,直到她哭累了,才慢慢平静下来。

"睡一会儿吧,"沈沫对她说,"睡醒了去看看他。"

她听话地躺下了。我觉得她很难入眠,即使很累也很困,锥心的疼痛随时都可能把她叫醒。

马向东又出现了。他很沮丧,像一只斗败的公鸡。在此之前,他和探长们一直在料理蕙子的后事。愚蠢的人凑到一起,总是能碰撞出智慧的火花。他们的决定仍然是封锁消息,先把蕙子的尸体藏起来,抓紧时间把案子破了,将来再编个故事自圆其说。我从不怀疑他们编故事的能力,这对他们来说不难。

马向东要求沈沫继续追查,尽快找到汪嵩和石永,追回四大法器。沈沫答应了,他说他有一些想法,但在他说出那些想法之前,他提了一个条件:让周叶见一下周自恒。

我明白沈沫的意思。拯救周自恒已经是不可能完成的任务,这是沈沫唯一能为周叶做的。

马向东同意了。他不再需要周自恒做什么了,他现在需要的是四大法器。

沈沫把周叶叫起来。她认真地梳洗,换了一身衣服,很庄重。出门之前,她还往脸上扑了粉,画了眉毛,涂了口红,尽可能让自己看上去没那么憔悴。

我想我知道她为什么这样做。她想让父亲看见一个完美的自己,这样也许能给他带去一些安慰。无论周自恒做过什么,他毕竟是她的父亲。他也许伤天害理、罪大恶极,但对周叶来说,他仍然是一个慈爱的父亲,十八年的养育之恩刻骨铭心。周自恒迟早要为他的所作所为付出代价,但在此之前,她不想让他为她难过,即使她心里比任何人都难过。

8

铁门轰然打开,周叶走进了小黑屋。她终于见到了她的父亲。

她哭得撕心裂肺,真正的撕心裂肺。周自恒也泪湿眼眶,但他强忍着,不让眼泪掉下来。

看着他们泪眼相对,我感觉心都碎了。沈沫的眼圈也红了,他示意我和他一起回避,给他们一点独处的时间。我理解,他们独处的机会确实越来越少了。但周自恒把我们叫住了,他希望我们留下来。他说,有些话他想让我们听见,还有些话想对我们说。

周自恒开始述说,声音喑哑。他一直是一个懂得如何自控的人,但他现在显然动了感情。

他说他确实有罪,罪无可赦,他自己也无法原谅自己。他确实得到了他想要的一切,比如财富和名望,但代价太昂贵了,这十二年来,他经历了无数惶恐不安,无数担惊受怕,无数不眠之夜。

他说他经常梦见汪道坤、石敬山和庄亦铭,他们始终在他的脑海里盘桓不去。如果可以重来,他一定会重新选择,用他得到的这一切去交换从前的日子,哪怕贫穷,哪怕卑微,哪怕日子平淡如水,只要能和叶子以及叶子的母亲在一起平静地生活,这些都不重要,都无所谓。但他知道这不可能,他知道不可能重来,自从踏出了那一步,他永远也无法回头,他亲手毁掉了自己的生活。

他说他这些年来一直备受折磨,一直试图自我救赎,因此他开始做些善事,不是沽名钓誉,而是希望以这样的方式来减轻心里的罪恶感,终结所有噩梦,但噩梦始终挥之不去。他无数次在梦中乞求他们原谅,流着眼泪,长跪不起,但他们在他的梦里始终一声不响,冷若冰霜。

他说他这些年来一直在逃避,一直在挣扎,但他知道这一天终将来临,再怎么逃避、再怎么挣扎也无济于事。他无法面对汪嵩和石永,他不知道那两个男孩这些年来经历了什么,但他可以想象他们的痛苦和艰难，如果有机会见到他们，他愿意道歉，愿意补偿，愿意以死谢罪。

他说他以前惧怕死亡，现在却渴望死亡，因为死亡对他来说是一种解脱，人死如灯灭，财富、名望、罪恶、仇恨、欢乐、痛苦……一切都不存在了，他也不必再受煎熬。

他说如果有来生，他想做一个善良的人，一个朴素的人，一个知足安乐的人，也许很平凡，也许不那么体面，也许过着穷苦的日子，只要心安理得，就心满意足。

他说他希望死后能与叶子的母亲葬在一起，叶子的母亲是无辜的，是代他受过，因他而死。她不该死，该死的是他。他相信会有另一个世界，他希望能在那里找到叶子的母亲，希望还有机会弥补他的过错，希望能有机会照顾她，给她端茶递水，做牛做马……

他一直在忏悔，痛心疾首。周叶一直在哭，泪流满面。

"叶子，你恨我吗？"他问。

"恨！"她哭着说，"我恨死你了。"

他的眼神变得灰暗，在最灰暗的时刻，她忽然又哭着对他说："我恨你，但我也爱你。"

他沉默了，泪水在眼眶里打转。他伸出手，抚摩她的脸庞，替她擦擦眼泪，她的眼泪止不住地继续流淌。

我想，爱是无法选择的，也无法逃避，它是命运的一部分。命运是无法选择也无法逃避的。

周自恒继续述说。他说他最放心不下的就是叶子，他确实做错了许多事，但至少有一件事他做对了，他一直在保护叶子，没让她沾染任何邪恶。他希望叶子好好活下去，无论如何，她都要好好活着。他知道我们一直在照顾她，他很感激，但无以为报，他希望我们能在接下来的日子里代替他继续照顾叶子。他说他剩下的日子不多了，希望我们能答应他。

我们答应了，没有理由拒绝。

周自恒终于流下了眼泪。他郑重地冲我们抱拳，郑重地对我们说了一声"谢谢"。

我和沈沫也流下了眼泪。这是一个无比沉重的时刻，涌现出无法言说的酸楚。

9

如果不是马向东强行干预，周叶似乎打算一直待在小黑屋里，陪着周自恒走到最后。

马向东很不耐烦，他急于知道沈沫的那些想法。他说他已经对周叶仁至义尽，沈沫也应该立刻兑现他的承诺。

沈沫的想法很简单：把周叶送回公寓，安排足够人手暗中保护，同时设下埋伏。他说，如果汪嵩和石永仍然不放弃周叶，这样做也许能守株待兔。

马向东同意了，但他担心兔子未必上钩，这样做太被动。于是沈沫又说出了他的另一个想法：找到老曹，也许能通过他找到汪嵩和石永。

"哪个老曹？"马向东问。

"那个包打听。"沈沫说，"你答应过给他赏钱，你忘了吗？"

马向东想起来了，但他仍然不明白："你是说，老曹认识汪嵩和石永？"

"你不觉得老曹很可疑吗？"沈沫问他。

我看着沈沫，忽然心里一动。

老曹确实可疑。苍本每一次出现都与他有关，仿佛苍本真的藏在他家的衣柜里，任何时候想找都能找着似的。苍本当然是假的，撕掉人皮面具之后，也许是汪嵩，也许是石永，无论他是谁，都是我们要找的人。而老曹的每一次出现，都给我们带来了关键证据，从而为汪道坤翻案，同时将周自恒置于死地。很明显，那些事情背后有人在精心安排，否则，以汪嵩和石永的智慧和谨慎，不可能被老曹轻易找到。所以说，老曹很可能被他们利用，参与了布局。也就是说，老曹很可能见过汪嵩和石永的真实面目。

马向东终于明白了。接下来就到了选择的时刻，马向东选择了守株待兔。也许在他看来，这样更省事，至少不需要像只无头苍蝇一样四处奔波。

在马向东赌咒发誓绝不让任何人伤到周叶一根毫毛之后，沈沫把周叶交给了他。然后，我和沈沫一起去了大经路。

10

老曹说得没错，大经路一带确实是他的势力范围，许多人认识他。但我们还是花了不少时间，走了不少路，问了不少人，终于在太阳落山之前打听到了老曹的行踪。

那是一家赌馆。赌馆里有许多人：打麻将的、玩纸牌的、推牌九的……烟雾缭绕，嘈杂不堪。我们穿过烟雾和嘈杂，四面搜索，最后在一个靠窗的角落里发现了老曹。

老曹在打麻将。麻将桌旁还有三个人，一个是老六，就是偷听到苍本打电话的那个旅馆门童；另一个不认识，我猜是老梁，就是老曹提到过的那个小偷朋友；还有一个是……

苍本！

我确定他是苍本，是冒牌苍本。尽管他把小胡子剃了，但我忘不了他的眼睛，还有他的招风耳。

就在我们发现他们的同时，他们也注意到了我们。老曹第一时间做出了反应，他从屁股底下抓起椅子，朝我们扔了过来。另外三人也被惊动了，更多的椅子朝我们飞来。最后，他们把麻将桌掀了……我们躲开了，不过这也延缓了我们的速度。当我们靠近的时候，他们已经跳窗逃走了。

我们追出窗外。窗外是一片开阔地。他们分开了，朝四个方向逃跑。我还在考虑追哪一个，沈沫已经做出了选择。

苍本东奔西跑，慌不择路。他跑上了金刚桥，穿过了海河。我们瞄着他的背影，穷追不舍……最后，他逃进了渤海大楼。我们继续追，一直追到楼顶。

苍本站在楼顶边缘，无路可逃，他喘得像条狗。我也是强弩之末，腿一直在抖，肺都要炸了。沈沫看上去还好，他拔出了手枪。

"别过来，不然我跳下去。"苍本喘息着说。他不再是日本口音，天津话很纯正。

"跳吧！"沈沫无所谓似的，抬了抬枪口。

我后来见过许多高楼大厦，但那个时候我只知道渤海大楼。它是全天津最高的楼，大概有五十米高，当时它还没竣工，只是个楼架子。从楼顶俯瞰，我有一种头晕目眩的感觉。我想，如果从这里跳下去，即使侥幸不死，下半辈子也只能在轮椅上度过。

苍本的想法大概和我相似。他不敢跳，一屁股坐在地上，整个人都瘫了。沈沫拿枪逼着他，我走过去给他戴上了手铐。

沈沫抓住苍本，在他的脸上摸索半天。苍本的耳朵都快被他揪下来了，痛得嗷嗷直叫。没有人皮面具，这就是他的真实面目。

11

回到警察局以后，沈沫把苍本带进了办公室，让他双手抱头蹲在地上。

"日本人？"沈沫盯着他问。

"不，天津人。会几句日本话，八嘎、米西、沙扬娜拉……"他说。我发现，小胡子剃了以后，他确实不再像日本人。

"你是叫汪嵩，还是叫石永？"沈沫追问。

"谁？"他似乎没听清。

沈沫重复了一遍他的问题。

他听清了，但他仍然问："谁？"

"你叫什么？"沈沫问。

"免贵姓杜，道上混的都叫我二狗。"他说。

沈沫盯着他看了半天，他一点也不像是我们要找的人。我想象中的汪嵩和石永目光阴沉，面带杀气，特别冷酷，而这个人的脸上带点痞气，眼神飘忽不定，看上去有些胆怯。他似乎有点小聪明，但不会有什么大智慧……我忽然明白了，这个叫二狗的家伙大概是个捞偏门的小混混儿，和老曹他们一伙。

"汪嵩和石永在哪儿？"沈沫直奔主题。

"嘛汪嵩，嘛石永？"他问。

"装傻是吗？"沈沫狠狠抽了他一嘴巴。

"谁呀？我都不知道你在说嘛！"二狗捂着脸说。他看上去很委屈。

"我问你，四大法器在哪儿？"沈沫换了个问题。

"嘛玩意儿？"二狗又没听清。

沈沫扬起手，二狗下意识地捂住脸。

"再给你一次机会。"沈沫收回了巴掌。

"我真不知道它们在哪儿，我要知道它们在哪儿，还能在这儿蹲着吗？"二狗一脸无辜。我一点也看不出他是在装傻。

"说吧，为什么冒充日本人？"沈沫喝了口水，继续追问。

"我要告诉你了，你能放了我吗？"二狗反问。

"能！"沈沫答应得很痛快。

"真的吗？"二狗很高兴，但不敢相信。

"假的。"

二狗高兴不起来了，耷拉着脑袋。

"你渴不渴，要不要喝水？"沈沫忽然问他。

"渴，来点水喝。"二狗点点头。

"来点辣椒水，怎么样？"沈沫板着脸说。那个时候，在警察局里，辣椒水和老虎凳都属于常备手段，用来撬开犯人的口。

二狗把头摇得像拨浪鼓。

"现在肯说实话了？"沈沫说。

二狗点头如捣蒜。

如我所料，他们确实都是捞偏门的，经常一起组局骗人。有一天，有人破了他们的局，他们恼羞成怒，大打出手，结果躺下的却是他们自己。不过，那个人不打算报官解决，而是让他们帮忙布一个局。按照计划，他们要做的第一件事，就是把我们引到那间旅馆，找到那本手账；第二件事，就是把我们引到那个货场，拿到那只手提箱。他们不明白为什么要这样做，但他们没有多问，也不敢多问。那个人告诉他们，如果他们照办，可以得到一笔钱；如果他们不干，一人打断一根肋骨。看在钱的分上，也为了保住肋骨，他们照办了。那个人并没有食言，他们拿到了报酬。从此，他们再没见过那个人。

我相信二狗的故事。一个连辣椒水都害怕的小混混儿，怎么敢打四大法器的主意？即使他们有这样的想法，也没有那样的能力。现在，他既然栽在了警察手里，应该没胆量说谎，也没必要说谎。我想，他们不过是被人操纵的木偶，就像闻达一样。不同的是，闻达的软肋是爱情，而他们的软肋是贪婪。

沈沫最关心的是，操纵他们的人是谁。二狗说他不认识，也不知道对方叫什么，但他记得那个人的样子。根据他的描述，我画出了一幅肖像。

你猜我画出的是谁？不是汪道坤，不是石敬山，不是庄亦铭，也不是娄阿法，而是……

闻达！

"你确定是他？"沈沫不相信。

"没问题，就是他。"二狗说。

沈沫仍然不相信。他把二狗带进了小黑屋，与闻达当面对质。

当二狗见到闻达的时候，他下意识地后退了几步，眼神恐惧，仿佛看见了恶魔。闻达却很茫然，他看着二狗，莫名其妙，就像在看一个陌生人。

二狗坚称操纵他们的人就是闻达，闻达坚称他从来没见过二狗。无论二狗怎么提醒他，包括见面的时间地点、具体谈话内容，甚至把酬金数目都说了出来，闻达还是一脸茫然。

"你在胡说什么呢？"闻达说。

我想，闻达或者二狗，必有一人说谎。但沈沫不以为然。他认为，他们说的都是真话。

沈沫应该是对的。我仔细回忆了一下，根据二狗所说的时间和地点，他们当时见到的人肯定不是闻达，因为那个时候闻达已经被捕，他被关在小黑屋，不可能有机会逃出去。即使他能逃出去，他为什么还要回到小黑屋？如果二狗没说谎，那么操纵他们的人应该是汪嵩或石永假扮的闻达。汪嵩或石永既然可以假扮成庄亦铭的样子去警察局门口卖馄饨，为什么不能假扮成闻达的样子去操纵几个小混混儿？

该死的人皮面具！

12

沈沫把二狗扔进了另一间小黑屋。这时，我忽然想起了一件事情：有一天夜里，周叶说她看见了闻达，她说闻达就站在公寓楼下的巷口，和她对视了一眼……

我们一直以为那只是因为她对闻达念念不忘，现在看来那很可能不是幻觉。如果那个人是汪嵩或者石永，他们到底想干什么呢？我想，答案只有一个：把周叶骗出公寓，然后抓住她，就像蕙子所说的那样，先折磨她，再杀死她。如果当时我们没有跟着周叶追下楼去，他们很可能已经成功了。

我把这个可怕的想法告诉了沈沫，并且进一步猜想：汪嵩或石永也许会假扮成沈沫，也许他们此刻就出现在周叶面前，而马向东和探长们对此毫无察觉……

沈沫吓坏了。

我们跑出了警察局，然后停了下来。周叶出现在门口，手上拿着一个包裹，身后跟着马向东和几个探长。

马向东告诉我们，周叶打算给周自恒送几件衣服和几本书，他觉得没必要为难她。而且，他们在公寓里蹲了大半天，一直没见动静，大家都累了，正好借此机会喘口气。

沈沫松了口气，然后带着周叶朝小黑屋走去。

铁门打开了。马向东侧过身子，示意周叶可以进去了。

"五分钟。"马向东说。

"五分钟？"沈沫很不满。

"十分钟？"马向东看看沈沫，改口说，"最多十五分钟。"

周叶进去了。马向东重新把铁门关上，我们在门口等待。

很快，小黑屋里传来了周叶的哭声。我猜到她会哭，但哭声不会这么绝望，一定是出事了。

我们冲进小黑屋，然后都呆住了。

周自恒吊在房梁上，他自杀了。

第十二章 大白

1

周自恒死了。

他用床单把自己吊死了。当我们从房梁上把他解救下来的时候，他已经没有了呼吸，整个人都凉透了。

周叶瘫坐在地上，沈沫上去抱住她，同时把目光投向马向东，眼睛里冒着火。马向东面对他的愤怒，把问罪的目光投向拥到门口的警察。那些警察面面相觑，都很震惊，都很无辜。没有人宣布对这件事情负责。

没有人想得到周自恒会自杀。也许在他说出真相的那一刻，他已经死了，活着的只是一具没有灵魂的躯壳。小黑屋里的时间非常难熬，对一个绝望的人来说，更是生不如死。当一个人万念俱灰时，每一秒都是煎熬。周自恒也许只是不想再熬下去了，一刻也不想。他一定想象过说出真相的后果，千夫所指，万人唾弃，声名狼藉，先上法庭，最后上法场……他习惯了体面的生活，这些都是他无法忍受的，因此他用一条床单结束了一切，把所有痛苦都留给了周叶。

周叶也许对诀别有心理准备，但不会想到诀别来得这么仓促、这么残酷。她抱着父亲的尸体，把所有痛苦都化成眼泪。她号啕大哭，撕心裂肺。沈沫也流下了眼泪，默默守着她。我猜他一定像我一样后悔，后悔没有提醒那些警察周自恒可能会自杀。如果我们足够警醒，应该能意识到，周自恒最后一次对我们说的那些话，几乎就是临终遗言。

周叶慢慢地止住哭泣，抬头看着我们，泪眼蒙眬。

"帮帮我好吗？我要带我爸回家。"她说。

我忍了很久的眼泪终于流了下来。沈沫展开床单，盖住了周自恒。我走过去正要帮忙，忽然听到马向东一声暴喝。

"别动！"

我停下来，不知道他想干什么。沈沫同样困惑。

"先别动他。"马向东说，然后朝门口的警察下令，"你们先把周小姐带到我办公室去。"

那些警察都没反应，似乎没听懂。

"快把她带走！"马向东很不耐烦，"都不想干了是不是？"

我忽然明白了马向东想干什么。他想封锁消息，如果周自恒自杀的消息泄露出去，那么四大法器被盗的秘密也就无法掩盖了，对他来说，这太可怕了，因此他必须扣留周叶。至于接下来怎么办，他现在还来不及考虑，以后的事情以后再说。

两个警察走过来，磨磨唧唧，很不情愿。在他们靠近周叶之前，沈沫出手了。我还没看清沈沫的动作，他们已经躺下了。沈沫愤怒地瞪着马向东，要把他吃了似的。

沈沫已经愤怒到了极点，即使威胁要枪毙他，他也无法自控。但马向东顾不了那么多，他后退一步，冲剩下的警察发出命令。

"快！都给我上，把他给我摁住。"

警察们很为难，不过，他们还是行动起来。一个是警察局局长，一个是代理总探长，如何选择并不难。

紧接着，沈沫做出了一个让所有人目瞪口呆的举动。他拔出手枪，指着马向东的脑袋。

"让他们滚出去，不然我一枪崩了你！"沈沫说。他面目扭曲，我几乎不认识他了。

"你敢！"马向东说。但他的眼神里透出了恐惧。

"你可以试试。"沈沫拉了一下枪栓，子弹上膛。

马向东脸都吓白了。他挥了挥手，警察们退了下去。

"沈沫，"马向东试图挤出微笑，但他笑得比哭还难看，"你听我说……"

"闭嘴！"沈沫厉声打断他，"现在我说了算。"

接下来，沈沫安排了三件事情。他首先命令一个警察把马向东的汽车开过来，然后命令两个警察把周自恒的尸体抬上车，最后命令马向东亲自开车把我们送回周公馆。

马向东不敢不听话，因为沈沫的枪口始终没有离开过他的脑袋。

2

灵堂布置好了，就在周自恒的卧室里。

许多事情周叶都要自己做，不让我们插手。她亲手为周自恒擦洗身体，亲手为他换上寿衣，亲手为他整理遗容……她告诉我们，过去一直是父亲照顾她，她现在能为父亲做的，只有这么多了。

现在，周自恒平躺在床上，就像睡着了一样。墙上挂着他的遗像，照片上的他气度不凡，神态安详地看着周叶。周叶双膝跪地，双目无神，面无表情。她始终沉默，没有哭泣。但我宁愿看见她哭，她一声不吭的样子更让人担心。

守灵三天，周叶没有离开过灵堂。沈沫一直陪着她，我偶尔出去帮忙买些吃的。如果不是沈沫逼她喝水吃饭，周叶似乎打算水米不进。

没有人来吊唁，任何人都没有。周自恒曾经有许多朋友，周公馆曾经高朋满座，现在，所有朋友都消失了，周公馆冷冷清清，很凄凉。

我想，周自恒已经不需要朋友了，有周叶陪着他就足够了。而周叶现在最需要的，就是安静。

至少有两天时间，周公馆是安静的，安静得就像时间停滞了一样。

我始终感到不安，担心马向东来报复沈沫。沈沫确实太冲动了。我认为他有许多种方法可以解决问题，其中最傻的一种，就是拿枪指着马向东的头。当然，这是被马向东逼的。不管怎么说，我能理解沈沫。我了解他，他就是这样的人。别人可以动他，但不能动他心爱的姑娘，不要说警察局局长，天王老子也不行。但马向东也许永远无法理解，为了一个姑娘，沈沫居然以下犯上，这是他万万没想到，也是他万万不能容忍的。

我提醒沈沫注意防备，他告诉我不用担心。他说，马向东也许将来会报复，但不是现在，现在姓马的还有更重要的事情。

确实是这样。我后来才听说，马向东回到警察局之后，立即召集了探长们商议对策。他们都认为沈沫欠收拾，但眼下最重要的不是如何收拾沈沫，而是如何收拾这个烂摊子。他们商量出的结论是：事情已经搞砸了，盖子恐怕捂不住了，最好的办法就是争取主动。马向东听从了他们的建议，他找到季成庸，主动交代了周自恒自杀和四大法器失窃的消息。我听说马向东声泪俱下，搥胸顿足，甚至双膝跪地，最后他争取到了一个戴罪立功的机会，但他只有一个礼拜的时间。然后，所有警察都开动起来，就像无头苍蝇一样，四处搜查。他们搜了许多地方，抓了许多人，搞得鸡飞狗跳，怨声载道。当然，他们没能抓到汪嵩和石永，也没能找到四大法器。

第三天中午，我照例出去买吃的。等我回来的时候，发现周公馆闹翻了天。

　　许多人冲进了灵堂，他们不是来吊唁，而是来闹事的。即使周自恒已经死了，他们仍然不打算放过他，似乎只有鞭尸才能让他们解恨。沈沫没能拦住他们，他们在灵堂里乱打乱砸，骂声不绝于耳。周叶仍然跪在地上，一声不吭。直到有人朝周自恒的身上扔东西，她才站了起来，挡在父亲身前。一个中年女人疯了似的，抽了周叶一记耳光。在她继续撒泼之前，沈沫上去抓住了她的手。我认为沈沫只是想阻止她，而不是要打她。但他的这个举动激怒了所有人，于是他成了人们泄愤的靶子。不知道为什么，沈沫只是抱着头，一直没有还手。他们太疯狂了，如果不还手的话，我觉得他很可能会被打死。于是我冲了上去，但我还没来得及跟他们讲道理，就已经躺下了。在我躺下的时候，我听到了一声枪响。

　　砰！

　　所有人都停了下来。

　　我以为是沈沫开的枪。但不是他，他甚至没拔出手枪。

　　开枪的是周叶。那是周自恒送给她的手枪，枪口朝天，还在冒烟。她又把枪平举着，慢慢扫过人群。

　　所有人都往后退了一步。

　　然后，周叶把枪口对准了自己的太阳穴。

　　所有人都呆住了。

　　"叶子，"沈沫吓坏了，结结巴巴，"不要，求你了，不要。"

　　周叶没有放下枪，但也没有扣动扳机。

　　扑通！沈沫双膝跪地，跪在所有人面前。

　　"求你们了，放她一条生路吧。"他含着泪说。

　　所有人面面相觑。也许是被沈沫打动了，也许是不想闹出人命，他们终于冷静下来，一个接一个地走出灵堂，只留下一地狼藉。

　　灵堂里恢复了平静。沈沫站起来，小心翼翼地从周叶手上接过手枪。周叶身体一软,在她瘫倒之前,沈沫抱住了她。

周叶终于哭了,泪流满面。

3

收拾灵堂的时候,我发现了几份报纸。都是些小报,他们用了两个整版的篇幅来讲述周自恒和灰衣社的故事,标题很吓人:

无恶不作灰衣社,丧心疯狂周自恒!

小报上说,灰衣社都是些人面兽心的家伙,他们不光出卖国宝,还奸淫妇女,更可恨的是,他们还操纵着一个贩卖儿童的团伙。也就是说,周自恒不光是汉奸,也是淫贼,还是人贩子。在他犯下的每一桩案子背后,都有一个破碎的家庭及一群痛不欲生的人。我终于明白那些人为什么那么愤怒、那么疯狂,沈沫又为什么愿意忍耐,打不还手。

小报上没说消息来源。我怀疑是马向东在背后捣鬼,于是我找到一个同行,证实了这个判断。周自恒自杀和四大法器失窃的消息已经传了出去,小报记者当然会去找马向东。马向东当然不愿意谈论四大法器,但他非常愿意谈论周自恒。也许他希望利用小报记者为自己争取机会,于是他开始胡说八道,这样他就能把堆积在他办公桌上那些破不了的案子,一股脑儿地全都推到周自恒头上。无论如何,周自恒已经死了,不能再替自己辩解。对马向东来说,这样做的好处显而易见:一是给自己表功,也许能冲淡丢失四大法器的过错;二是减轻压力,把那些伤脑筋的无头悬案一笔勾销;三是给沈沫制造一点麻烦,让沈沫为他的冲动付出代价,让沈沫明白,没有人可以拿枪指着他的头,然后若无其事地扬长而去。如果马向东确实是这样想的,那么他的目的达到了。沈沫确实付出了代价,我说的不是皮肉之苦,而是他差点儿失去自己心爱的姑娘。

我听说国外新闻界有一句名言："你妈妈说爱你，请核实。"但这句话不适用于那些小报记者。他们不认识"核实"两个字，或者说，他们的字典里没有这个。对他们来说，妈妈爱不爱我并不重要，真不真实也不重要，重要的是，故事够不够耸动，能不能卖出更多的报纸。如果故事足够耸动，如果能卖出更多的报纸，即使不是真的，又有什么关系呢？周自恒既然已经是个混蛋，把他说得更混蛋一点，又有什么坏处呢？

我觉得，每个人都应该对自己做过的事情负责，做错了就应该受到惩罚，但他不应该为自己没做过的事情负责。如果马向东的做法可以被容忍，小报记者的做法也可以被接受，那么所有的错误都可以忽略，接下来就是错误的延续，然后无限循环。事实上，如果忽视这一切，那周自恒和当年的汪道坤有什么不同，马向东和当年的雷万钧有什么两样，那些小报记者和当年的乔振邦又有什么区别？

说到"乔振邦"这个名字，真让我百感交集。你知道，乔先生曾经是我的师父，他不仅是我的职业导师，也是我的人生导师。"你妈妈说爱你……"这句话就是乔先生告诉我的，现在我却要拿它来批判乔先生……世事难料。

我回到报馆，找到了主编。我不是要替周自恒辩护，只是想陈述事实，把我所知道的都说出来，包括汪道坤当年如何被周自恒栽赃陷害，周自恒现在又如何代人受过……我的意思是，周自恒确实有罪，但他已经付出了代价，一码归一码，人们不应该在他的尸体上浇上汽油，再烧上一把火。

主编姓奕，中年人，他很耐心地听我说话。我说完了，他很震撼，然后是犹豫。我知道他为什么犹豫，这件事绕不开乔振邦。乔先生曾经是报馆主笔，是他的朋友，无论如何，这算是家丑。我觉得，家丑是盖不住的，迟早外扬，因为那些小报记者编排完了周自恒，迟早要编排乔先生，与其让别人任意编排，不如自己主动出来说话。

栾主编认为我说得有道理，于是给我留够了版面，让我把知道的全部写在报纸上，不要有任何保留。我照他说的做了。

我是含着泪把文章写完的。我承认，对周叶的同情让我受到了一些影响。但我尽可能保持客观。在这篇文章里，我没有使用任何形容词，只是把事情陈述了一遍。标题很普通：汪道坤沉冤得雪，周自恒自杀谢罪。

这篇文章完成了两项任务：一是为汪道坤和石敬山翻案；二是讲述了灰衣社当年的所作所为，同时告诉人们，他们与那些强奸案和贩卖人口案无关。

栾主编问我，你怎么知道那些案子不是灰衣社做的？我觉得，如果没有证据证明是他们做的，那就不是他们做的。就这么简单。

这是我写的第一个长篇报道，但我不认为有什么值得高兴的。

4

第二天早晨，报纸出街的同时，我们为周自恒举办了简单的葬礼。

除了几个花钱请来帮忙的脚夫，我们没有惊动任何人。为了避免不必要的麻烦，我们天不亮就出发了。周叶披麻戴孝，捧着周自恒的遗像走在前面。我们扶着棺木，跟在后面。墓地已经选好了，就在周叶母亲的坟墓旁边。

这是我见过的最凄凉的葬礼。落叶时节，万物凋零。有风吹过，枯叶在空中飞，纸钱在空中飞，周叶的眼泪也在空中飞。墓地很安静，没有哀乐，甚至没有哭声。

周自恒入土为安。脚夫们离开了，只剩下我们三个人。周叶跪在坟前，默默流泪。沈沫守在她身旁，一声不响。我盯着周自恒的墓碑，想了许多事情。

我想，这就是一个人的一生。无论显赫或卑微、富贵或贫穷、善良或邪恶，无论受人尊敬或遭人唾弃……最后都逃不过一个结局。有些人还能留下墓碑，有些人连墓碑都没有。现在我们能记住一些人的名字，将来又有多少人能记住我们？

我想，我们应该如何回顾周自恒的一生，如何评价乔振邦、雷万钧和罗盛昌？他们确实罪无可赦，但他们这一生并不是只做过坏事，至少这十二年来，他们也做对了许多事情，曾经帮助过许多人。无论如何，他们确实有过善良的愿望。当然，这不能抵消他们的罪恶。同样的道理，罪恶也不能掩盖他们曾经有过的善良的时刻。

我想，对周叶来说，这是一场灾难，她也许会有变化，但我不知道她将来会变成什么样的人。汪嵩和石永也许原本心地善良，也许在汪道坤和石敬山被杀之后，他们就变了。他们当然有理由复仇，但我认为他们应该借助于法律。不过，法律真的可靠吗？了解马向东之后，我也无法确信法律会给所有人公道。无论如何，我不赞同他们用这样的方式复仇，不赞同他们将四大法器据为己有。我真想会会他们，撕掉他们的面具，看看他们的真实面目。我知道自己没有这样的能力，但我确实有这样的冲动。

我盯着周自恒的墓碑，想起了……我忽然有了一个大胆的想法。周自恒的墓碑让我联想到了另一座墓碑。在此之前，我从来没见过那座墓碑，但我相信它一定存在于某个地方，上面刻着汪道坤的名字。

我想，汪嵩既然要为父亲复仇，那他一定会去寻找父亲的墓地，一定会去扫墓。他也许能找到，也许不能。我不确定，但我觉得应该试试。不尝试一下怎么知道是无用功呢？这是沈沫教给我的信条。

谁知道汪道坤的墓地在哪儿呢？我第一个想到的就是老杨，杨德广,原名温兆祥,那个辞职的老警察。你可能还记得,老杨曾经跟我们提到过一件事情:当年为汪道坤收尸的,是汪公馆的一个忠仆。如果能找到那个忠仆,也许能解决我的问题。

我把这个想法告诉了沈沫。沈沫问我,去哪儿能找到老杨呢?我被问住了。老杨已经消失了,他可能永远也不会再出现。

沈沫说,从现在开始,他一刻也不会离开周叶,如果有必要,他会带她出去散散心,找个安全的地方避一避。他提醒我,在他想出对付汪嵩和石永的办法之前,不要轻举妄动,不然很可能成为他们的刺杀目标,而他没有更多的时间和精力来保护我。

"记住,你斗不过他们。"他说。

"我知道,我能保护好自己。"我说。

我当然知道自己斗不过汪嵩和石永。他们神出鬼没,即使他们此刻从我眼前走过,我也不会知道他们是谁,拿什么跟他们斗?

5

回到公寓之后,周叶忽然想起了闻达。她说她昨晚梦见了闻达,在梦里,闻达像她父亲一样自杀了。她希望我们能替她去看看闻达。

沈沫要保护周叶,探视闻达的任务当然交给了我。在我出发之前,周叶给了我一笔钱。她仍然惦记闻达的父母,她不知道老太太是否完全康复,也不知道两位老人靠什么生活。她说她现在不方便再去看望他们,希望我能替她跑一趟,把这笔钱转交给他们。

我看着周叶,忍不住想流泪。我真想知道,她的心到底是什么做的。

我去了警察局。马向东和探长们都不在,也许还在外面四处搜查。值班的几个警察没有为难我。

我走到小黑屋前，轻轻敲响铁门。闻达出现了。我通过透气窗看着他的眼睛，告诉他周自恒已经入土为安，周叶很担心他，希望他不要干傻事。

闻达沉默许久，然后问了我一个问题。

"周叶……她还好吗？"他问得很艰难。

回答同样艰难，我没有吭声。

闻达沉默下来。他的眼睛从透气窗移开，隐入黑暗。

接下来，我去了贫民窟。闻达的父母不在家，屋子里乱七八糟，东西扔得到处都是，仿佛被人洗劫过。谁会洗劫一个穷人家呢？要知道，这里家徒四壁，没有任何值钱的物件。

我去了河边，但两位老人没在河边晒太阳。他们去哪儿了？

邻居们告诉我，前两天有一帮警察来过，宣称闻达是杀人犯，然后在他家里大肆搜查，似乎在找什么东西。他们问我，闻达真的杀了人吗？

我想，马向东一定是疯了。如果找不到四大法器，他也许会把所有罪名都安在闻达头上，然后编一个故事，做几个赝品，给所有人一个交代。

没有人知道两位老人的去向。邻居们说，那帮警察气势汹汹，老头儿和老太太都吓坏了，不等搜查结束，他们就卷起铺盖离开了，再没回来。

我四处打听，终于打听到了两位老人的消息。那位代写书信的先生告诉我，昨天傍晚，他在一个菜市场里见过他们。

两位老人确实在菜市场。我看见他们的时候，忍不住一阵心酸。他们的脸又黑又脏，衣服破破烂烂，就像两个老叫花子。他们看上去都饿极了，一边蹲在地上捡拾烂菜帮子，一边盯着不远处的烧饼铺子，不停地咽唾沫。我买了几个烧饼，走过去递给他们。他们感动地看看我，然后开始狼吞虎咽。

依照周叶的吩咐，我把那笔钱交给了他们，然后带他们去了医院。大夫给老太太做了检查，结果表明她的肺炎已经基本痊愈，再吃几服药就没事了。

这是个好消息，这些日子以来唯一的好消息。我想闻达听了一定会高兴，周叶也一样。

我拿了药，带着两位老人走出医院。我问他们，是否想去看看闻达，无论他做了什么，毕竟是他们的儿子。

"他不是我儿子！"老太太说。

"我们没有这样一个儿子！"老头儿说。

我觉得他们只是在说气话，闻达闯下了大祸，他们只是想发泄一下心头的怒火。这很容易理解。等他们气消了，也许会改变主意。

老太太似乎还想说什么，但我已经没注意听了。我看着医院门口的红十字，忽然心里一动，瞬间想起了老杨。

我想，老杨说过要叶落归根，因此他不会离开天津，他可能会隐居，但他一定会去医院。当他肝痛难忍的时候，他需要吗啡。

6

我猜对了，而且运气不错。我在那个教会医院找到老杨的时候，大夫正在给他注射吗啡。

老杨当然记得我，也记得沈沫。他说他没有隐居，如果我们在那间破瓦房里没能找到他，那说明他当时在医院。

老杨还记得袁琳，记得袁琳曾经是这个医院的护士，曾经照顾过他，但他不知道袁琳嫁给了周自恒，更不知道她居然是个日本女人。当然，他从来没把那个秘密告诉过袁琳。

我想知道当年为汪道坤收尸的那个忠仆是谁，老杨告诉了我。他说，那人姓聂。当年他因为没帮汪道坤送出那封家信而感到内疚，为了弥补，曾经帮老聂运送过汪道坤的尸体，但他不知道老聂后来把汪道坤埋在哪儿了。他知道老聂家的地址，但无法确认老聂是否还住在那儿，是否还活着。

老天保佑，老聂还活着，而且很健康。我送给他一份报纸。他看完老泪纵横，仰天长哭。他说他从来不信汪道坤和石敬山是什么灰衣社，现在终于真相大白。我刚想提问，老聂已经拿着报纸跑出门去。我问他去哪儿，他说他要把报纸烧给汪道坤看看。

我跟着老聂来到了汪道坤的墓地。很快，老聂就发现他没必要再烧报纸了，因为已经有人这样做了。如果汪道坤泉下有知，他已经知道了所有事情。

烧剩的灰烬还有温度，说明那个人刚走不久。我四处看看，不见人影。我觉得，烧报纸的人一定是汪嵩。

"少爷还活着？"老聂问我。

我注意地观察老聂的表情。他的惊讶不像伪装，他应该不知道汪嵩的下落。

老聂告诉我，十二年前，汪道坤被捕之后，石敬山似乎预感到什么，连夜带走了汪嵩，从此他再没见过他们，也不知道他们去了哪儿。后来他听说了那些事情，知道石敬山死了。他四处寻找过，但没找到汪嵩，他认为少爷很可能也死了，从此断了寻找的念头。不过，从三年前开始，他发现每逢汪道坤的忌日，都会有人过来扫墓。他很想知道是谁，但一直没机会见面，他也从来没有往少爷身上联想。现在看来，汪嵩可能确实还活着，也许不方便露面，也许悄悄跟踪了他，因此知道了墓地的位置。

我盯着汪道坤的墓碑，忽然感到一阵寒意。

"汪先生的忌日是哪天？"我问老聂。墓碑上有答案，但我不确定。

"三天前。"老聂说。

三天前？一个可怕的想法跳进了我的脑袋。

十二年前的这一天，汪道坤死了。十二年后的同一天，周自恒也死了。至少从表面上看，他们都是在小黑屋里用床单把自己吊死的。

天道轮回？不可思议的巧合？我不相信。我告诉过你，我不相信什么巧合，从来都不信。

十二年前，周自恒设下陷阱，算计了汪道坤。十二年后，周自恒同样被人算计，掉进了同样的陷阱。回顾当年的汪道坤案和现在的周自恒案，你可能已经发现了许多相似之处。两个故事如出一辙，不光结构雷同，就连布局顺序都没有改变，首先是杀人案，然后是替罪羊出现，接着是"主犯"被捕，随后是四大法器被盗，最后是"主犯"自杀……

周自恒真的是自杀吗？

周自恒当然有理由自杀，但我不认为他会选择这个特殊的日子结束自己的生命。要知道，这一天恰好是汪道坤的忌日。我的意思是，这不是巧合，而是刻意安排的。

那么，是谁在安排周自恒的命运？答案似乎很明显。真正的问题是：他们是怎么做到的？

7

我跟着老聂回了他家。我想，作为当年汪公馆的忠仆，老聂也许还保留着当年的老照片，照片上可能会有汪嵩或石永的线索。

"你到底想干什么？"老聂很困惑。

"我想找到汪家少爷。"我告诉他，"我想当面告诉他，案子翻过来了，他不用再东躲西藏。"

我当然有理由说谎。如果我告诉他实话，他不可能配合。但我必须找到汪嵩和石永，否则，隐形的铡刀会一直悬在周叶的头上，我们一刻也不得安宁。

老聂似乎相信了，他打开柜子，找出一张精心保存的老照片。他说，这是他当年离开周公馆时带出来的，当时只是想给自己留作纪念，没想到还能为寻找少爷派上用场。

老照片有点发黄，但照片上的三个人仍然清晰可辨。汪道坤在左，他穿着西装，站姿挺拔，意气风发；石敬山在右，他穿着中式短褂，敞着怀；中间是汪家少爷，大概五六岁，他似乎不爱照相，皱着眉头，不太高兴。

我看了半天，看不出所以然。老聂对我说，毕竟十几年过去了，当年的小少爷已经长大成人，相貌一定有很大变化，即使在街上遇见，他也未必能认出。

至于石永，老聂告诉我，他只知道石敬山在杨柳青老家有个孩子，但他从来没见过那个男孩，没有任何印象。

我又仔细看看照片，忽然眼前一震。

照片上的石敬山敞着怀，胸前挂着一枚玉佩，那是我印象深刻的玉观音！

你可能还记得这枚玉观音。在闻达的故事里，它是传家之物。在闻达和周叶相识的故事里，它是关键道具。

所以说，闻达其实是石永？

在那个时刻，我耳边忽然回响起两位老人的声音：

"他不是我儿子！"

"我们没有这样一个儿子！"

我想我明白了，这不是气话，而是实话。我后来才知道，两位老人原本无儿无女，以乞讨为生，直到有一天，闻达收留了他们。毕竟他们只是乞丐，有人供养总比沿街乞讨强。闻达完全不像是坏人，他们也看不出闻达有什么企图，于是他们答应了闻达的条件，从来没告诉过任何人其实闻达与他们非亲非故,直到他们听说闻达摊上命案。

现在我知道了,闻达就是石永。那么,"飞刀客"应该是汪嵩?

老聂告诉我,当年负责教少爷武功的是石敬山,石敬山确实擅长飞刀,也许教过,也许没教过,他不记得了。

我问老聂,汪嵩小时候有什么特征,比如胎记。老聂摇头说,少爷身上并无明显胎记。

我很失望,正打算离开时,老聂叫住了我。他说他忽然想起少爷当年有个奇怪的习惯,不知道是否有用处。

"什么习惯?"我问。

"少爷小时候心思重,爱琢磨。"老聂说,"他一琢磨就爱撕纸。"

撕纸?我想起了……我吓坏了。

但我不敢相信,于是再看看老照片,照片上的小汪嵩皱着眉头,和我记忆中沈沫思考时的样子叠加在一起。他们的表情一模一样,简直就是同一个人。

嗡的一下,我感觉脑袋炸了。

8

我用最快的速度跑回了小白楼。

沈沫不在公寓,周叶也不在,并且她从周公馆带来的行李箱不见了。我暂时松了口气,至少周叶现在还活着。但是,我的心很快又悬了起来,因为我的时间不多了。

我想,沈沫大概说服了周叶"出去走走"。周叶大概不会想到,这一次"散心"可能会要了她的命。她当然也想不到,这个表面上对自己百依百顺的男人会是一个深藏不露的杀手,他甚至不需要人皮面具。

我又用最快的速度跑进了警察局。

我以为警察局里会有一场激战，一场劫狱大戏正在上演。结果我没猜对。警察局里很安静，没有人劫狱，也没有激战。

所有警察都认识我，我问他们沈沫刚才是否来过，他们摇了摇头。

我闯进局长办公室，找到了马向东。马向东刚刚从外面回来，正在沮丧。两个亲信陪着他沮丧，一个是莫长山，一个是姜铁军。

马向东不想看见我，在他眼里，我大概和沈沫一样讨厌。

"让他滚！"他冷冷地说。

在鳙蟆和喇叭靠近我之前，我大声告诉马向东："我知道四大法器在哪儿。"

这句话对马向东很管用。他很震惊，刚刚喝进嘴里的茶水喷了出来。他挥了挥手，示意鳙蟆和喇叭退下。然后，他挤出笑容，试图对我表现出亲切。

"四大法器在哪儿？"他问我。

"沈沫就是汪嵩，闻达就是石永。"我答非所问。我确实考虑过是否要出卖沈沫，但不出卖沈沫就无法拯救周叶。我答应过周自恒照顾周叶，不能食言。

"你说什么？"马向东似乎不敢相信自己的耳朵。

我重复了一遍。

"你怎么知道？"他追问。

这个故事很长，我不知从何说起。为了节省时间，我告诉马向东，只要能撬开闻达的口，就能找到沈沫；只要能找到沈沫，就能拯救周叶，还能追回四大法器。

马向东半信半疑，但他照我说的做了。他大概对拯救周叶没什么兴趣，但他一定很高兴能有追捕沈沫的机会，更让他兴奋的是，这样做也许能追回四大法器。

闻达的小黑屋只有一把钥匙,钥匙在沈沫手中。但这难不倒马向东,他让人把铁锁撬开了。第一个进去的是莫长山,然后是姜铁军、马向东,最后是我。

我们又一次呆住了。

小黑屋里空无一人。闻达不见了。角落里仍然立着带盖的木桶,地面上仍然铺着冰凉的草席,草席上整齐地陈列着……四大法器!

阳光扑进了小黑屋,四大法器金光闪闪,几乎晃瞎了我们的眼睛。

9

闻达逃走了。在逃走之前,他留下了四大法器,同时留下了一个谜团:他是怎么做到的?

值班警察赌咒发誓,他们没有溜号,没有打盹儿,没有吃零食。沈沫没有出现过,也没有任何人靠近小黑屋。当然,他们也没有检查过小黑屋。为什么要检查呢?看管如此严密,就连一只苍蝇都飞不进去……

马向东尖叫道:"谁告诉我,这他妈怎么回事?"

有个警察悄悄看了一眼铁门上的透气小窗,马向东甩手给了他一记耳光。

"不要告诉我,他是从那儿逃走的。"马向东又疯了。

警察们全都傻站着,不敢吭声。

"去找他!"马向东狂吼道,"快,把他给我找出来!"

警察们行动了起来,乱哄哄的。然后,他们都停了下来。

"去哪儿找他?"一个警察问。

这确实是个问题。闻达逃走了,没有人知道他是怎么逃走的,更没有人知道他逃往哪个方向。他就像风中的烟雾,凭空消失了。

马向东气急败坏,目光能点起火来。我感觉他真的疯了。他终于找回了四大法器,但是犯人逃走了。我不知道他应该感到高兴,还是感到崩溃。或者说,他既高兴又崩溃,这两种截然相反的情绪几乎要撕裂他的神经。

所有人都很焦虑,所有人都很不安,但没有人知道接下来应该做什么,因此他们什么都没做。

莫长山也许是唯一清醒的人。他检查了小黑屋,检查得很仔细,不放过任何一个角落。最后,他停了下来,盯着墙角的那个木桶。

我介绍过那个木桶。带盖的木桶是小黑屋里的厕所。一般情况下,除了犯人,没有人会靠近它,更不会有人动它。现在,莫长山把它拎了起来……

地上露出了一个洞。

确实是一个洞。我们都看见了,洞口不大,刚好被木桶盖住。

马向东探头看了看那个洞,又打开手电筒照了照,下面挖了一条地道。他收起手电筒,把目光转向距离他最近的一个警察。

"你,下去看看!"他说。

那个警察下意识地后退了一步。

马向东重复了一遍他的命令,并且发出了威胁。

那个警察并不情愿,但他更不情愿脱衣服走人。他抓着手电筒,缩着肩膀,战战兢兢地跳进洞口。他的身影慢慢消失,手电光也慢慢消失。开始能听到他缓慢移动的脚步声,还有衣服的摩擦声,渐渐地,这些动静都消失了。然后,我们又听到了他的脚步声,还有他的喊声。

"我在这儿。"他出现在小黑屋门口,出现在我们身后。

"什么情况?"马向东很困惑。

那个警察把我们带到了不远处的另一间小黑屋,那是周自恒待过的地方。屋里也有个木桶,木桶底下也有个洞。我想,你可能已经猜到了周自恒是怎么"自杀"的。

更多人跳进了洞里，包括我。我们在地道里摸索了一阵，然后听到了水声。再往前，我们就进入了下水道。警察们继续搜寻，不过我不认为他们能找到闻达。下水道四通八达，闻达有无数选择，他可以在任何地方攀爬到地面。

事实上，闻达选择的地点让人意想不到。我也是后来才知道的，闻达选择了小白楼。他钻出下水道，穿过巷子，上楼，从容地走进了沈沫的公寓。

接下来，我要告诉你我能想到的。

除了袁琳，只有沈沫和闻达。所有事情都是他们做的。沈沫一直是警察，代理总探长，而闻达是所有人。即使闻达被困在小黑屋里，也不妨碍他做任何事情。夜深人静的时候，他可以出现在任何地方，警察局、沈沫的公寓、货场……人皮面具可以帮助他掩人耳目，伪装成任何人，汪道坤、庄亦铭、石敬山、娄阿法……或者干脆以他的本来面目出现，戴不戴面具都无所谓。只要沈沫还是代理总探长，就不会有人走进那间小黑屋，也不会有人想到闻达可以来去自如。

当然，这需要时间，需要耐心。他们一定花了许多时间来构思整个计划，然后耐心地按照计划执行，一步一步，很严格，直到他们将周叶带走。

现在，所有的谜团都可以解释，只剩下最后一个问题：他们去哪儿了？

10

全城搜捕又开始了。马向东派出了所有警察，他们四散而去，又开始忙活。

我不知道他们能不能找到沈沫和闻达。我怀疑他们已经逃走了，也许远离了城市。接下来他们会去哪儿呢？我猜不出来。无论如何，我希望他们还活着，我希望周叶还活着。

马向东和他的两个亲信留在警察局，他们的任务是看管四大法器。我想，如果再把四大法器丢了，马向东一定会彻底崩溃，他也许会杀人，或者自杀。

我的脑子里一片空白，不知道我应该干什么，也不知道我应该去哪儿。我忽然想去周公馆碰碰运气，但我没能走出警察局，马向东叫住了我。

"你跟我来，我有话问你。"他蛮横地说。

马向东的表情很奇怪，我感觉他似乎在怀疑什么。也许他怀疑我是沈沫和闻达的同谋，整件事情我也有份？他当然有理由怀疑，人人都知道我们是结拜兄弟，过去的这些日子里，我和沈沫几乎形影不离。

莫长山和姜铁军押着我，跟着马向东朝局长办公室走去。我承认，那个时候我有点恐惧。我心里没鬼，让我恐惧的是烟头和烙铁。但我没想到，办公室里还有更可怕的事情。

马向东打开门，走进了办公室。我们紧随其后。莫长山顺手把门关上，然后他呆住了。门后的角落里埋伏着一个人影……

沈沫！

沈沫出手了，快如闪电。鳀蟆和喇叭脸上的惊愕只持续了三秒钟，下一秒他们已经躺下了。

马向东吓呆了，脸色煞白。他下意识地想拔枪，但沈沫比他更快，他的枪已经对准了马向东的脑袋。

"别开枪！"马向东举起双手，"别冲动，冷静，冷静……"

"我不杀你，"沈沫面无表情地说，"但我需要找你借点东西。"

"没问题，四大法器都在证物室，你可以……"

"四大法器留给你交差。"沈沫打断他，"我需要的是一辆车，钥匙给我。"

马向东乖乖地交出了汽车钥匙。沈沫扬起手……马向东躺下了。

沈沫把目光转向我。在那个时刻，我整个人都是蒙的，脑袋里一团糨糊，无法思考问题，也无法做出任何反应，更不用说反抗。但沈沫没有对我动手。

"你跟我走。"他说。

我不由自主地照办了。我仍然很恍惚。沈沫的样子一点也不像个杀手，他看着我的时候，眼神还是那么熟悉，仿佛我们还是朋友，还是结拜兄弟。

我梦游般地跟着沈沫走出办公室，走出警察局，钻进了小汽车。

沈沫似乎十万火急，把车开得飞快。直到汽车开出城外，我才慢慢地恢复了心智。

"我们去哪儿？"我问沈沫。

"去救人。"他说。

"救谁？"

"叶子。"

"叶子？"我很困惑，"她不是和你在一起吗？"

"闻达把她带走了，我打不过他。"

我不知道发生了什么，但我猜沈沫和闻达之间似乎有什么分歧。他们之间能有什么分歧呢？我想了想，忽然心里一动。

"你是说，闻达要杀她，而你要救她？"

"对，"沈沫说，"所以我需要你帮忙。"

"你都打不过他，我能帮什么忙？"

"我需要有人把叶子带回来，我相信你可以做到。"

我听懂了他的意思，但我仍然不明白："我们去哪儿找他们?"

"挂月峰。"

11

这是我第二次登上挂月峰。中途下起了暴雨,山路仍然湿滑,黑暗中仍然危机四伏,但我克服了困难,也克服了恐惧。

我不是说我有多么勇敢,我只是放不下周叶,同时还有一点侥幸。我认为沈沫不会杀我,否则他早就可以这样做了。至于闻达,我不确定。但是有一点我很确定,如果我上山,也许会死,也许不会;如果我不上山,如果周叶死了,那么我一定会后悔。为了不让自己后悔,我决定赌一把。你知道我赌赢了,不然你听不到这个故事。

当我们抵达山顶的时候,已经是深夜。山顶上没人,龙王庙里也没人。我们没有见到周叶和闻达。

沈沫告诉我,闻达没有车,也不会开车,他需要周公馆的车,需要周叶当司机。周叶应该会顺从,不会反抗。因此他们应该是路上耽搁了,最大的可能是他们迷路了。总之,沈沫很笃定,他认为闻达和周叶一定会来,而我们接下来要做的,就是等待。

我们点燃了篝火,面对面坐着。火焰跳动着,沈沫的脸上忽明忽暗。这样的场面似曾相识,只是少了周叶和闻达。一想到周叶生死未卜,我忍不住揪心。沈沫看上去同样焦虑。在漫长的等待中,他打破沉默,向我讲述了自己。

这是沈沫和闻达的故事。或者说,这是汪嵩和石永的故事。

十二年前,石敬山夫妇带着两个男孩四处逃亡,最后隐居在挂月峰下。石敬山一直很谨慎,他预感到追杀必将来临,因此他在山崖底下布下一张绳网。当追杀真正来临的时候,他身中四枪,在生命的最后一刻,他毫不犹豫地将两个男孩推下了山崖。两个男孩毫无悬念地跌落到绳网上，幸运地活了下来。除了一只手提箱，他们一无所有。他们走出了山谷，在无法想象的艰难困苦中忍耐和煎熬。复仇是他们活着的唯一理由。

十年后，他们长大成人，决定以牙还牙。汪嵩当上了警察，石永成了镖师，潜伏在仇人身边。但他们并不急于动手。为了制订一个完整而周密的计划，他们开始监视周自恒。监视中，他们意外地发现还有人在跟踪周自恒。那个人就是袁琳。他们不知道她是谁，也不知道她想干什么，只觉得她似曾相识，直到他们从那只手提箱里翻出苍本和蕙子的照片。于是他们决定将袁琳纳入这个计划。闻达开始"追求"袁琳，而沈沫开始"追求"周叶。

在此期间，周太太的死亡让他们意识到，袁琳接下来可能会做更可怕的事情。他们不能让四大法器流入日本，更不能让周自恒和周叶死在日本人手里，于是他们决定控制袁琳。他们以武力胁迫袁琳，同时以四大法器作为砝码，迫使袁琳放弃暗杀周自恒和周叶的计划。他们本来不打算杀死袁琳，只打算把她交给马向东处置，但她朝周叶扣下扳机的那一刻，等于宣判了自己的死刑。闻达用飞刀杀死了她，然后回到小黑屋继续等待。

当周叶和周自恒见过最后一面，周自恒交代完"遗言"，所有人都离开之后，闻达杀死了周自恒。他告诉沈沫，当他通过地道出现在周自恒面前时，周自恒很震惊，但并不慌张，他很快知道了闻达是谁。他没有呼救，也没有挣扎。他说这是最好的结果，死在闻达手上也算是天意，至少他不必在刑场上遭人唾弃。

接下来就是这个计划中的最后一步。闻达逃出小黑屋，找到了沈沫和周叶。但是，这个时候，沈沫改变了想法，他打算放过周叶。闻达不同意。他们第一次发生了分歧，最后的结果就是闻达强行带走了周叶，而沈沫找到了我。

"为什么一定要来挂月峰杀她呢？"我不明白。

"我没打算杀她,闻达也没有。"沈沫说,"我们的计划只是把她带到挂月峰,让她经历我们经历过的一切。"

"让她自己跳崖?"我很吃惊,"那和杀了她有什么区别?"

"那是她的命运,也许会有奇迹。"沈沫说。但他的表情告诉我,他也不相信奇迹。

我想,沈沫和闻达能活下来是因为绳网,周叶不可能有那么幸运。但是……我看了看沈沫。

"我很想提前布一张绳网,"沈沫似乎看穿了我的心思,"但我来不及这样做。"

"你是什么时候改变主意的?"我问。

"我不确定。"他说,"也许是在叶子照顾老太太吃药的时候,也许是在周自恒把叶子托付给我们的时候。"

"你为什么会改变主意?"

"我们为什么要捍卫四大法器?"沈沫反问我。

"它们是文物,是珍贵的艺术品、伟大的艺术品。"

"艺术品?"沈沫目光一闪,"那我问你,这个世界上最珍贵、最伟大的艺术品是什么?"

我答不上来。

"人心,"沈沫说,"善良的人心。当你看见它的时候,你不可能想去毁灭它,你不但不会毁灭它,当别人试图毁灭它的时候,你还会捍卫它,不惜一切代价。"

我能理解。我想,任何人在熟悉周叶之后,只会想如何保护她,而不是如何毁灭她。但是,闻达为什么不这样想?

"石敬山毕竟死在他面前。"沈沫说,"那样的刺激他永远无法忘记,那样的痛苦我们永远无法体会。有些事情我们能看见,他看不见。或者,他也能看见,但他不会往心里去。"

"你能说服他放过叶子吗?"我心存希望。

"我不确定。"他轻轻摇头。

"如果他一定要杀叶子,你会杀了他吗?"

沈沫没有回答,下意识地看了看他的手枪。

12

雨一直下。天蒙蒙亮时,闻达和周叶出现了。他们刚刚经历了风雨,浑身湿透。

周叶显然知道了一切,她平静地看了我们一眼,径直朝山崖边走去,步履飘忽,一副生无可恋的表情。闻达停了下来,冷酷地看着她。

我们跑过去,站在山崖边缘,挡住了她的去路。她试图绕过我们,却被沈沫一把抓住。她拼命挣扎,但他不肯放手。

"放开我!"周叶大声说,"我死了,你们就解脱了,我也解脱了。"

"你必须活着!"沈沫比她更大声,"不然我永远无法解脱。"

闻达动了,迈步向我们走来。我注意到他手上拿着一把飞刀。沈沫把周叶交给我,然后拔枪指向闻达。

"别动!"

闻达停下脚步。他看着沈沫,就像看着一个陌生人。

"你知道,你不是我的对手。"闻达说。他抓紧了手上的飞刀。

"你也知道,飞刀快不过子弹。"沈沫说。他也握紧了手里的枪。

"值得吗?"闻达指指周叶,"为了她和我翻脸?"

沈沫没有回应,也没有放下枪。

闻达看着沈沫,似有所悟:"你真喜欢她,是吗?"

沈沫仍然不吭声。

"醒醒吧!"闻达大声说,"你只是在骗她。"

"我以前是在骗她。但是现在,我骗不了自己。"

"这不可能!"闻达怒吼。

"我也以为不可能,我也以为杀了她才能解恨,我也以为杀她很容易。但是……这太难了,我做不到。总之,她不该死!"

"我们该死吗?那个时候,你十岁,我十一岁,我们吃了多少苦才走到今天,你都忘了吗?"

沈沫咬了咬牙。他显然没忘,只是不想回忆。

闻达扔掉飞刀,继续向前走,直到他的额头顶住沈沫的枪口。

"你选吧,要么杀了我,要么杀了她。"闻达说。

沈沫没放下枪,也没扣扳机。他紧咬牙关,似乎在苦苦思索,这是一个无比艰难的选择。

那是最紧张的时刻、最揪心的时刻。闻达如此坚决,沈沫进退两难。我不相信沈沫会开枪,但我也不知道沈沫将如何选择,如何结束这一切。

周叶拼命挣扎,我没让她挣脱。她喘息着,似乎想说什么,但沈沫在她开口之前结束了思索。他看着周叶,露出了微笑。

"好好活着,"沈沫对她说,然后看着闻达,"如果我死了,你能不能放过她?"

"什么意思?"闻达很困惑。

接下来,沈沫做出了他的选择。他扔掉手枪,走到山崖边,张开双臂,纵身一跃……

我惊呆了,下意识地松开周叶。

在沈沫坠落山崖之前,闻达做出了反应,他像只豹子一样向前飞扑,抓住了沈沫的脚踝。沈沫的体重和下坠的惯性带着闻达滑下山崖,闻达的一只脚钩住了山崖边的一块石头。那块石头很快承受不住了,他们继续滑落……周叶扑了上去,抓住了闻达的脚踝,她同样被带着滑落。我终于醒悟过来,扑上去抓住了周叶的双腿。

就像是拔河，一端是我，另一端是沈沫，中间是闻达和周叶。事实上，沈沫和闻达都已经悬在空中，只有闻达的一只脚还留在山崖边。

周叶快坚持不住了，我也一样。如果都不放手，我们都会掉下山崖，同归于尽。

闻达扭头看着周叶，露出了惨淡的微笑，那一刻，他的眼神忽然变得温暖。

"好好活着，"闻达说，"不然他白死了。"

紧接着，闻达腿一抖，从周叶的手中挣脱了。我们眼睁睁地看着他们坠落，离我们越来越远，越来越远……终于消失不见。悬崖深不见底，甚至听不到他们落地的声音。

周叶瘫坐在地上，瑟瑟发抖。我紧紧抓住她，一刻也不敢松开。她哭了，撕心裂肺地哭了。

雨终于停了，太阳升起来了。天边显现出绚丽的彩虹，仿佛一道七彩的拱形天门，如梦如幻，触手可及……

我后来无数次梦到过那个场景，一幅油画般的景象：四个年轻人站在峻峭的悬崖边，一字排开，面朝天边巨大的彩虹，双目紧闭，双手合十，面目虔诚，默默许下各自的心愿。在梦里，我还能听见周叶遥远而宁静的声音：

"快许愿！快闭上眼睛，朝它许愿！"

尾声　教我如何不想她

谢谢你听我讲完这个故事。

这是我们的故事，关于真相，关于命运。当然，还有爱情。

现在，我要告诉你那些事情的结局。

四大法器后来被安置在博物馆，供民众参观。我和周叶去参观过一次。隔着玻璃柜，我们长久地凝视着它，百感交集。从玻璃柜的映象中，我看见了周叶的眼泪。一九三七年，日本人发动了战争，四大法器从博物馆消失了。战争结束后，它们又出现了。我最后一次见到它们是一九四九年，后来就再没有见到它们，据说是被裹挟到了那个隔海而望的海岛上。

我继续当我的记者，经常去泡茶馆，希望能听到更多的故事。当然，我希望自己听到的最坏的消息就是一个裁缝做坏了一件衣裳。我知道这不可能，但我抱有这样的希望。有希望总比没有希望强。

至于周叶，她失去了一切。当局认为周自恒罪无可赦。确实是这样，但他已经付出了代价。当局罚没了他的全部财产，包括周公馆。除了周叶的一些私人物品，他们什么都没给她留下。但她并不在意。她对我说，那些东西本来就不属于她，因此，除了她的父亲,她什么都没失去。

有一天,周叶忽然来茶馆找我。她说她要走了,离开这座城市。我很担心她,但她告诉我不用担心。她说她经历过绝望,就不会再绝望。她还说,她一定会好好活着,如果她不懂得珍惜自己,沈沫和闻达就白死了。

她去了南京。南京沦陷后,她去了重庆,然后去了香港……最后去了法国。后来她一直待在巴黎。她说她很喜欢那里,那里也有一条河,叫塞纳河,她时常一个人去河边待着,有时一待就是一天。那里总是能让她想起海河,勾起许多回忆。

后来我每年都会收到她的信,每次她都会随信寄来照片。照片上的她,开始还是个姑娘,后来就变成了一个女人,最后变成了一个老太太……任何人都逃不过时间。但是,在我的记忆深处,她永远是那个姑娘,心地善良,美丽大方。我不知道她后来结没结婚,有没有孩子,她在信里从来不提这些事情,我也没问。我只关心她过得好不好。她寄来的每一封信,开头都是这样的:"三哥,我现在很好……"

我收到的最后一封信,停留在一九九八年。从此我再没有她的音信。我猜她去了一个美好的地方,那里终日晴朗,没有阴霾,没有眼泪,没有悲伤。也就是在那一年,我开始动笔写下这个故事。我花了许多年,断断续续,终于把它写完了。我只是想给自己留个纪念,我害怕有一天会忘记这个故事,忘记他们,因此我需要用这些文字证明他们来过,至少在我的记忆里出现过。

回到一九三五年,我把周叶送走的那一天。那是一个阴沉的下午。我站在月台上,她坐在车厢里,隔着车窗对我笑,但我能看见她的眼睛里有泪光。告别总是让人伤感。

火车开动了,她的脸渐渐远去,终于消失在浓浓的蒸汽中。

火车站人来人往,我慢慢地走着,忽然在人群中看见了两个熟悉的背影。我有点恍惚,不知道这是不是幻觉。等我回过神儿来,眼前仍然人来人往,而他们已经消失不见。

我走出老龙头火车站,在万国桥边停了下来。我安静地在河边坐了许久,想起了许多事情。这个故事并不长,只有一个秋天,但我感觉它似乎比一辈子还长,所有细节都在那个下午涌向我,仿佛一切就发生在昨天。

夕阳西下,我站了起来,朝一个从我眼前经过的船家招了招手。

一个人的船菜,说不出的孤独。我睁开眼睛看不见,闭上眼睛才能看见:我坐北朝南,对面是周叶;周叶在歌唱,嘴巴微微张开,下巴微微仰起,眼睛瞟向闻达;闻达不看她,而是看着沈沫;沈沫双目微闭,似乎在听歌,又似乎在思索……

一片枯叶在水面飘零,我望着它渐渐远去,直到它消失不见。冬天就要来了,河面很快会冰封。但春天总是会来的,那个时候冰面会化开,生机会重新降临,一切还会继续。

在哗哗的流水声和吱吱的摇桨声中,小船顺流向东,两岸风景依旧。前方烟波浩渺,水汽凌空。不知从哪儿传来一阵歌声,若有若无。

  ……
  枯树在冷风里摇
  野火在暮色中烧
  西天还有些儿残霞
  教我如何不想她
  ……